Fazıl Say

Suya Yazılan

romancı

ROMANCI YAYINLARI : II

Kitabın adı: Suya Yazılan
Yazan: Fazıl Say
Editör: Senem Tekinkoca
Dizgi: Ceyda Çakıcı Baş
Kapak Resmi: Mustafa Toygun Özdemir

Yayın Hakları: ACM Prodüksiyon ve Gösteri Hizmetleri Tic. LTD. ŞTİ.

#TEAMSAY'a özel teşekkürlerle: Ece Dağıstan Say, Taner Zadsan, Eren Yağmuroğlu, Toygun Özdemir, Senem Tekinkoca

ISBN: 978-605-69392-1-1

Birinci Baskı: Eylül 2020
Sertifika No: 44452

Baskı ve Cilt: Mega Basım Yayın San. Ve Tic. A.Ş
Cihangir Mah. Güvercin Cad. NO: 3/1
Baha İş Merkezi. A. Blok Kat:2
34310 Haramidere – İstanbul
Tel : +90 212 412 17 00

Romancı Yayınları
Muradiye Mah. Hüsrev Gerede Cad. Huzur Apt No: 40/1
Teşvikiye - İSTANBUL
Tel : +90 212 227 69 37
info@romanci.net
www.romanci.net
www.acmzone.com

Fazıl Say

Suya Yazılan

romancı

Zamanı kullanmayı,
Sükûneti korumayı,
İçtenliğe inanmayı öğren.

14 Ocak 1970, Ankara doğumluyum. Yüz yaşıma kadar yaşayacağım için (!) yolun yarısında, herkese bir selam vermek istedim. Sonuçta ben bir yeteneğin kiracısıyım ve ödemem gereken faizler var. Elli yaş...Daha genciz merak etmeyin.

Yarım asırlık adam olduğumda; yanımda eşim, ailem, ekibim, beni seven dostlarım ve sizlerle birlikte olduğum için mutluyum. Geriye dönüp bakınca, neler oldu bu yarım asırda diye düşünüyorum. İlk yirmi beş yıl, öğrenme ve ustalaşma yılları oldu. Tüm hocalarımı, ailemi ve dostlarımı hep sevgiyle anıyorum. Yirmi beş yaşımdan sonrası; dünyaya açılma, üretme, çalışma telaşı hissettiğim, müziğimle kendimi kabul ettirmeye çalıştığım, varoluş mücadelesi verdiğim, fırtına gibi geçen bir süreçti.

15 Ocak 1995 günü, New York'ta bir yarışmada birinci olduktan sonra başlayan dünya serüvenimde çeyrek asırlık bir zaman geçti. Bazen dertli bazen mutlu, uzun sayılabilecek bir yol. Sonuçta zaman hızlı aktı. Bundan sonrası için de hayallerim var tabii. Mesela elli ve yetmiş beş yaşları arası, biraz erdem süreci... İnsanlara iyilik vermek ve daha iyisini üretmekle geçmesini dilediğim bir dönem. Dünyayı gezmekle de geçsin bu yaşlar.

Bu yazıyı, elli yaşıma merhaba demeden bir gün önce yazıyorum. Şu kırk dokuz yıl, üç yüz altmış dört gün boyunca; *Sayın Say, Mr. Sey, Mösyö Se, Herr Zay ve Fajilo Sayo-san* adları altında dolaştığım ve yaşadığım bu dünyada sesler ile kurduğum iletişim, genel itibarıyla benim için hep mutluluk oldu. Herkesle anlaşabildiğim bu evrensel dil babında, doğrularım ve yanlışlarımla, tutkuyla bir hedefe koştum.

Güvendiğimiz, güvenmediğimiz...

Sevenimiz, sevmeyenimiz...

Hepsi bir bütün.

Maalesef bazen biraz provokatif bazen de sert dilli ve ön yargılı olduğum dönemler oldu. Çocuk gibi hatalar da yaptım. Zor bir ülkede, zor bir dönemde, başımıza çok ağır haksızlıklar geldi malum. Ama tüm bu haksızlıklarda, sizlerin yanımda olduğunuzu hissettim. Bu da hayatımın büyük gururu oldu. Bu yüzden, bu dünyaya ve hayata borçluyum. Elli yaşımda, yeteneğimle ödemek zorunda olduğum bir borcum var. Kendime soruyorum, iyi müzik yaptım mı?

En azından şunu söyleyeyim: çok uğraştım, deli gibi uğraştım iyi yapmak için. Takdiri zaten benim değil.

Üretmek ve hedeflerim konusunda, özünde matematikçiyim. Sayısallık çok severim. Yorumcu olarak elli yılda, elli cd yaptım. Hedefim yüz kayıt! Besteci olarak da elli yılda, 85 müzik eseri yazdım. Tamamı 30 cd'de toplanır. Hedefim yine yüz! Dünya üzeri konser sayımı tam bilmiyorum. Üç bin civarı bir konser sayısı olması lazım. Umarım dünya üzerinde ulaşamadığım hiçbir yer, hiçbir insan kalmaz.

Ve bir de kitaplarım var: *"Uçak Notları"*, *"Yalnızlık Kederi"* ve *"Akılla Bir Konuşmam Oldu"*

"Suya Yazılan" ise, benim 50'nci yaş armağanım. Aklımın, ruhumun, kalbimin, anılarımın bir köşesinde duranları paylaştığım yazılarım.

Sözlerime ek: Kitabın çıkmasına yakın bir dönemde, tüm dünyada ve ülkemizde hayatı durduran korona salgını baş gösterdi. Acı da olsa bir tarihe tanıklık ettiğimiz bugünlerde yaşananları, karantina yazıları olarak kitabın sonuna ekleme gereği duydum. Herkes gibi ben de bekledim, durdum. Kendimi yeniden anlamaya, tanımaya, keşfetmeye çalıştım bu süreçte. Kitap yayına hazırlandığında eser sayım 85'ti, karantinada 95 oldu. Çokça düşündüm, çokça üretmeye yöneldim. İyi de geldi sanki. Evlerimizde kapalı kaldığımız günler boyunca sorularım da oldu. Ne hissediyoruz, nasıl hissediyoruz? İyi miyiz, kötü mü? Kendimize ayna tutmayı başardık mı? Özgürlüğümüzü, biricik yaşamlarımızı ne kadar sorguladık? Elli yaşımdayım artık. Yapmak istediklerimde yolun yarısındayım daha. İlk zamanlar kitabın adı olarak *"Yolun Yarısı"* dönüp duruyordu aklımda. Sonra kitabın adı *"Suya Yazılan"* oldu. Ne söylersek söyleyelim ne yaşarsak yaşayalım ne yazarsak yazalım, nafile bir imkânsızlıktan fazlası değildir anlattığımız. Suyun üzerine yazı yazmanın imkânsızlığı vardır her birinde. Ruhumuzda, aklımızda, kalbimizde sert rüzgârlar estiren tüm duygu ve düşünceler, bir gün ardında hiçbir iz bırakmadan silinip gidecek. Yolun yarısında bile olsak, suya yazılmış gibidir çoğu kez hayat.

Öyleyse,
Hoş geldin elli yaşım,
Hoş geldin yeni kitabım.
Hoş geldin her daim kendiyle yüzleşen yeni "ben"
Sevgiyle, içtenlikle…

Fazıl Say

- Dünya gezegeninde çelişki evreni

2019 yılının Temmuz ayından itibaren Kaz Dağları bölgesinde yaşanan doğa katliamına ait fotoğraflar, hepimizi şok etmişti. Bunlar üç yüz bin ağaçlık ormanın yok edildiği, dağın birçok bölgesinin kazındığı görüntülerdi. Aslında Kaz Dağları'ndaki doğa katliamı, altın madenleri konusu; kararları uzun süre önce alınmış mevzulardır ve uzun yıllardır da gündemdedir. Fakat kesilmiş ağaçların olduğu fotoğraflar ortaya çıkınca, sosyal medyada da duruma büyük tepkiler doğdu.

Buradaki meselenin özü; Kanadalı altın firmasını ya da altın çıkarmayı protesto etmek filan değildir. Türkiye'nin kendi altın madeni varsa, tabii ki bundan kendi faydalanır. Hepimiz aynı fikirdeyiz. Buradaki mesele *yaşamaktan* ve *yaşatmaktan* yana olmaktır. Yaşamak, yani yok edilmeden var olmak! Ağaçların, kuşların, kaplumbağaların, sincapların ve daha nice canlıların yaşamasıdır mesele. Yoksa firmanın Kanadalı olup olmadığı, kimsenin konusu değildir. Ortada, siyasi ve toplumsal olarak uzlaşmadan yapılan bir katliam vardır.

Burada "yaşatmak" derken ortaya çıkan ve az tartışılan bir çelişki de vardır. Doğa katliamını protesto eden insanoğlunun kendisi otobur ve etoburdur. Yemek ihtiyacını bitki, hayvan, deniz mahsulü ile sağlayan insanoğlunun hikâyesine dönülürse kim avcı-toplayıcıydı? Kim tarımla uğraşıyordu? Kim doğaya üstünlük sağlayan olduğu için insanoğlu oldu? Henüz yaşamın biricik olduğu şu evrende, şu dünya gezegeninde, doğanın kuralları düşünülürse bir çelişki vardır. Yok, diyemeyiz.

* * *

18 Ağustos 2019 yılında bir Pazar sabahı saat 11.00'de bir orman konseri vermeye karar vermiştim. Sadece orman için, ağaçların ve hayvanların müzik dinlemesi fikrinden yola çıkarak... Kaz Dağları'nda doğa nöbeti tutan herkes bu konseri dinlesin, dayanışmamız hissedilsin diye düşündüm. Konser için Çanakkale Belediyesi'nden izin aldık. Sonrasında konseri herkese anons ettik. Ağaçlar dinleyecek, insanlara "dinlemek yasak" diyecek hâlimiz yok ya! Belediye, dağın başına kuyruklu piyano getirdi. Ses sistemini kurdu. Ambulans ve itfaiye desteği sağladı. O sabah, orada binlerce insan vardı. Görünen yirmi beş bin kişi... Ve en az bir o kadar insan da dağlara, ormanlara yayılmıştı. On km uzağa park etmiş araçlar, uzun kuyruklar, konsere yetişemeyenler... Konser yetmiş beş dakika sürdü. Eric Satie'nin "Gnossien" eseri ormanda tınlarken, üzerimdeki ağaçtan bir bülbülün şakımaları dakikalarca bize eşlik. Elli bin kişilik, derin ve izahı olmayan, çıt çıkmayan o büyük sessizlikte, yaralı bir kuş şakıyordu ve insanlar sükûnetle dinliyordu.

O ağaç ve kuş aslında bize tek gerçeği anlatıyordu:

"İnsanoğlu, bu doğaya zarar vermeyi sürdürürsen bu gezegen bitecek. Bu "yaşamak" sona erecek. Yapma artık insanoğlu! Yapma! Yapma!"

Bir saatliğine de olsa, elli bin kişi ormana, ağaçlara, hayvanlara sahip çıktık. Altın madeni ne oldu? Parası nereye gidiyor? Kesilen üç yüz bin ağaç ne olacak? Bu hükümet ne diyecek? Altın kimin? Yaralı kuş kimin? Hepsi bir yana, biz insanlar *yaşamak* ve *yaşatmaktan* yana olmayı öğrenmeliyiz. Bunun olmadığı, olmasının da mümkün gözükmediği sistemimizde, bunu değişiklikler ile öğrenmek zorundayız kardeşim!

Şu sözleri asla unutmayalım:
"Doğa siyaset üstüdür"
"Hayattaki en büyük erdem yaşatmaktır"
"Dünya mükemmel olmadığı için sanat vardır"

-İsimsiz ıstakozun matemi

Yıllar oldu. Uzak bir ülkede, camianın önde gelenleri ve benim için de önemli olan insanlarla birlikte, bir gril restoranında öğle yemeğindeydik. Izgara ıstakoz ve et söylendi. Istakozu canlı canlı getirdiler önümüze. Beş yüz derece ısıdaki ızgara masasında, hayvanın birkaç saniyeliğine oradan oraya delirmiş gibi kaçışını seyrettim.

Sonra?

Istakoz öldü. Pişti. Ayıklandı. Sosu ve baharatı eklendi. Önümüze konuldu. Ben yiyemedim. İçten içe derin bir hayal kırıklığı ve matem yaşıyordum. O önemli camia masasında çok uzun kalamadım. Moralim bozuktu. Ülkenin adı mühim değil. Haksız bir tabu yaratmak istemiyorum. Mesele biziz, yani insanoğlu!

Soracaksınız; daha önce ve daha sonra ıstakoz yedin mi diye. Evet, ikisine de evet. Öncesinde de ve maalesef sonrasında da yedim. Hatta lezzetini, sosunu, kalitesini filan değerlendirerek... Ben mi doğacıyım? Çelişki? Bence var!

Biz insanoğlu; et, sebze, deniz mahsulü yerken, tam olarak ne düşünüyoruz acaba? Zaten başka ne yiyoruz ki? Kara toprak mı yiyeceğiz? Yerken hissiyatımız ne? İnfaz anını mı düşünüyoruz? Tadını mı? Her seferinde doğa korumacısı mıyız? Günde üç öğün korumacı olabilir miyiz? Ölüyü yerken, öldürülmüşü seyretmeyi sevemiyoruz. Bu bizi daha mı uygar yapıyor? Neyiz biz?

-"Anadolu'ya git, her yerde çal oğlum"

Babam hep; "Anadolu'ya git, her yerde çal oğlum. Bu ülkenin aydınlanması için hepimiz bir şey yapmalıyız," derdi.

Haklıydı.

Babamın sözünü tuttum.

Türkiye'de pek çok köyde, kasabada, hatta büyük şehirlerimizin ücra semtlerinde konserler verdim. Anadolu'da hemen her yıl, yirmiye yakın şehrimize gittim.

Devlet, kültür adına çok az şey yapıyor. Belediyelerin yaptığı yetersiz, özel sektör ise popüler olanın peşinde. Bu nedenle uzun yıllardır Anadolu'daki konserlerimizi kendi imkânlarımızla, kendi organizasyonumuzla yaptık. Hâlen de yapıyoruz.

2002 yılında, Türkiye'ye döndükten sonra yaptığım Anadolu turnelerinde pek çok ilginç anım ve hikâyem oldu. Kayseri'nin Karaözü köyü, Fikret Otyam'ın kültür merkezinin olduğu bir köydür. Sivas'ın Sivrialan köyü, Àşık Veysel'in köyüdür. Malatya'nın Arguvan ilçesi "türküler diyarı" olarak geçer. Bu köylerin hepsinde, ayrıca; Ege, Akdeniz ve Trakya'nın köylerinde pek çok konser verdim. Hepsi çok kıymetlidir. Konserler köyün meydanında olurdu. Ve köylülerin yanı sıra civar illerden, şehirlerden gelenlerle birlikte, konsere gelenlerin sayısı binleri bulurdu.

Bazı köylerde, Serenad Bağcan ile "şarkılarım" konserleri de yaptık. Bu konserlerin hepsi, benim; müziğinden, folklorundan, halk türkülerinden çok şey aldığım Anadolu'ya olan boynumun borcudur.

Yabancı gazeteciler ile sohbetlerimizde bu konu geçtiğinde, kültürlerarası köprüler kurmaktan bahsederler. Şu noktada doğrudur: bir ömür boyunca memleketimden aldığımı dünyaya, dünyadan aldığımı memleketime taşıdım. Bu konserler bir proje değildi. Bir amaç değildi. Bu benim doğamdı. Doğalımın önüne konan buydu zaten. Türkiye'den bir Batı müzikçisi, Batı kültürünün ögelerini kendi ülkesine tanıtır. Bu doğaldır. Aynı zamanda Àşık Veysel'inden Nâzım'ına, horonundan köçekçesine, Kürtçe türküsünden zeybeğine kadar kendi kültürünü yoğurmuş olarak; bu öğeleri, dünya ülkelerinin konser salonlarına, festivallerine götürür.

Dolayısıyla dostlar, benim için Sivas'ın köyünde verdiğim konser ile New York'ta, Viyana'da, Tokyo'da verdiğim konser; özünde eşit önem taşır.

-Burgazada'da "Sait Faik" ile uhrevi gece

Temmuz 2014- Burgazada

Bu fotoğrafta Sait Faik'in yaşadığı ve şu an müze olan evin yüz metre önündeyiz. Edebiyatımızın büyük ustası Sait Faik için bestelediğim eserin dünya prömiyeri yapılacak. Altmış dakikalık, butik bir proje. Özen Yula'nın yazdığı eserde; Demet Evgar, Songül Öden ve Esra Bezen Bilgin anlatıcı rolünde, Zeynep Halvaşi ve Serenad Bağcan da solist.

Konsere bir saat var. Güzelim Burgazada'nın limanına yakın bir yerdeyiz. Karşımızda Heybeliada...Ben düşüncelere dalmışım, konseri bekliyorum. Tüm solistler kulis odasında son hazırlıklarını yapıyor. Gelen her vapurdan yüzlerce sanatsever iniyor. IKSV küçük bir sahne hazırlamış, bin iki yüz civarında da sandalye koymuş.

Konser öncesinde ekibim, IKSV görevlilerini uyarmıştı. "Aman dikkat! Işık, ses, her şey için tedbirimizi alalım. Jeneratör de olsun."

IKSV yetkilileri de jeneratörü getirip, denemesini yapmıştı. Ve konsere on beş dakika kala elektrikler kesildi. İstanbul'da başka hiçbir yerde, hatta hiçbir adada kesilmemişti. Burgazada'da kesildi! Hava karardı. Ada loş bir karanlığa büründü. Jeneratörü çalıştırdık. Bir tek bizim sahnemiz apaydınlıktı. Eser başladı. Oyuncular, şarkıcılar ve müzisyenler şiir gibi bir performanstaydılar.

Ve o gece, hayatımın en etkileyici en romantik konserlerinden birini yaşadım. Tuhaf şeyler oluyordu sürekli. Oyuncularım "kuşlar" diyordu, o sırada kuş sürüsü geçiyordu. Şarkıcılarım "vapur geçiyor" diyordu, tam o sırada vapur geçiyordu. Hangi kelimeyi kullanırsak, yukarıdan bir güç onu dekor olarak önümüze koyuyordu. "Rüzgâr" diyorduk, piyanonun içinden tatlı bir rüzgâr esiyordu. Açıklanamaz şeyler oluyordu. Uhreviydi. O elektriği kesen sanat düşmanı alçak her kimse, o gece orada olsa yukarı güçlerin korkusundan Yalova'ya yüzerdi! Unutulmaz bir geceydi.

- Nâzım'ın ışığı Aspendos'u aydınlattı

Haziran 2004- Aspendos Antik Tiyatrosu

Yine bir "elektrik kesilmesi boykotu" hikâyesi anlatacağım. Ama bu sefer tüm olay farklı. Aspendos Antik Tiyatrosu'ndayız. O zaman otuz dört yaşımdayım. Sıcak bir haziran gecesi, *"Nâzım Oratoryosu"*nu seslendireceğiz. Genco Erkal, Zuhal Olcay, Bilkent Orkestrası, koro, solistler ve ben... Ve Fazıl, o dönemler henüz "küçük" olduğu için -Burgazada konserinde mevzubahis boykotta olduğu gibihenüz hedefteki adam değil. Hedefteki adam belli; Nâzım Hikmet! O tarihte, karanlık gerici zihniyetin hedefinde oluşunun neredeyse 75. yılında zaten!

Oratoryonun yarısına geldik, kız çocuğu söyledi ve pat diye elektrik gitti. O dönemki menajerim Kadir Dursun, jeneratörü devreye sokturamıyor. Mümkün değil, kablo prize yetişmiyor. Buhran bir durum. İçerisi zifirî karanlık. Beş bin seyirci, iki yüz sanatçı bekliyor. Ses gitti ışık gitti, Kadir çırpınıyor. Durduk kaldık, her şey o an bitti. Ses sistemi olmadan çalarız çalmasına ama karanlık kardeşim! Orkestra notaları göremiyor, orkestra ezbere çalabilir mi?

Ben, beklerken birkaç halk türküsü çaldım, seyirciler beraber söyledi. Hâlâ bekliyoruz. Yok! Jeneratörü de çalıştıramıyoruz, elektrik de gelmiyor. Sabote ediliyoruz. Nâzım, yine sabote ediliyor!

Sonra Şef İbrahim Yazıcı'nın aklına şahane bir fikir geldi. O gün orada, konseri görüntüleyen altı ya da yedi kameraman vardı. Hepsini yanına çağırdı. Kamera ışıklarını yakıp, müzisyenlerin notalarına fener ışığı yapmalarını rica etti. Bir anda tekrar nota okuyacak ışığımız olmuştu. Yirmi dakika daha akustik olarak çalmaya devam ettik. Genco Erkal, *"Vatan Haini"* ni ses sistemi olmadan gümbür gümbür haykırdı! İnanılır gibi değildi. Ve geldik eserin sonlarına... Solistim Zuhal Olcay, tam *"Memleketim"* diye söylemeye başladı, işte tam o an elektrik geldi. Ah memleketim ah(!)

-Piyanoyu sahneye sokmak için duvar yıkılan konser

Kadir Dursun'u pek çoğunuz tanırsınız. Dünyadaki en nevi şahsına münhasır insandır. Çok uzun yıllar benim menajerliğimi üstlendi. Birlikte "Antalya Piyano Festivali"ni (2000-2014), "Türkiye Yollarında Bir Virtüöz" projesini (2002-2004) yaptık. Beraber büyüttüğümüz çocuklarımızdı bunlar. Nâzım Oratoryosu prodüksiyonlarını ve Türkiye'de çaldığım çok sayıda konseri de birlikte yaptık. Kadir şimdilerde Side Festivali'ni ve Akra Caz Festivali'ni yapıyor.

Bir menajer olarak eşsizdir. Dünyadaki tüm müzik sektörü çalışanlarının, operasyon konusunda Kadir'den öğrenebileceği çok şey vardır. Türkiye'nin zor, tuhaf, matrak ve kimi zaman üzüntü verici şartları; onu inanılmaz yaratıcı, cesur ve perfeksiyonist bir hâle getirmiştir. Dağ başında yapılan konserlerden, köy konserlerine kadar; imkânsız denilen ortamlarda, imkânsız denilen şeyler bile mümkün olmuştur onunla.

Kadir'le pek çok ilginç anımız oldu. Türkiye konserleri sırasında en ilginç anılarımızdan birini, 2006 yılında Manisa'da yaşadık. Manisa Celal Bayar Üniversitesi'ndeki konserimize, konser günü geldik. Salonun arkasına, eşya girişi için herhangi bir alan yapmamışlardı. Diğer tüm girişler ise, dar ve merdivenliydi. Kuyruklu piyanomuz, bin beş yüz kişilik üniversite salonuna hiçbir şekilde sokulamıyordu. Bırakın kuyruklu piyanoyu, koltuk bile çıkarılamazdı salona.

Ve Kadir'in aklı…

Konser sahnesi dışarıdan üçüncü kat yüksekliğinde. Kadir izin aldı ve bu duvarı balyozlarla yıktırdı. Üç metrelik kuyruklu piyano, vinç ile üçüncü kat seviyesine taşındı. Çok zor bir operasyonla, sahneye arkadan sokuldu. Piyano sahnedeydi. Ama arkamızdaki yıkık duvar, çirkin bir görüntü oluşturmuştu. Ona da çare buldu. O boşluğa, yirmi metrelik dev Türk bayrağı ile Atatürk resmi astık. Görüntü harikaydı. Kimse bir şey fark etmeden konseri çaldım. Ertesi gün piyano, aynı yöntemle salondan çıkarıldı. Duvar tekrar örüldü.

-Uğruna şampanya patlatılan yanlış beste

Pek çok stilde beste yapanlar vardır, en avangardından en tutucusuna... Elbette ki her besteci istediğini yapar. Bunda hiçbir sorun yok. Ancak yazdığı müziği bilmemek, insanın istediği midir gerçekte?

Bir yorumcu olarak; tüm bestecilere eşit yaklaşırım, emek veririm, tartışmam. Ama meslektaşlarımla sohbetlerimiz sonucunda konular farklı noktalara varınca, hayatımda yaşadığım pek çok ilginç anıdan birini de paylaşmak istedim.

90'ların başında, Almanya'da hocam David Levine ile bir piyano düomuz vardı. Stravinski'nin *"Bahar Ayini"* başyapıtını ve İkinci Dünya Savaşı sonrası ekolün en büyük bestecileri kabul edilen Ligeti ve Zimmermann'ın önemli eserlerini çalardık. Çeşitli Alman şehirlerinde konserler verirdik. Bazen de genç bir besteciye eser sipariş ederdik. David Levine, amansız Aids hastalığıyla boğuşmaktaydı. Zamanı dardı. Yine sipariş verdiğimiz bir eseri çalışıyorduk. Ve eseri hiç sevmedik.

David şöyle dedi:

"Bu korkunç kötü eser için benim vaktim yok. Bu yeteneksiz gençten ümidim de yok. Ama çalmazsak camiaya ayıp olur. Biz iyisi mi bunu konserde deşifre edelim."

Ben de "tamam" dedim.

Konsere çıktık. Önümde notalar... Kendimin de karşımdaki diğer piyanoda oturan David'in de ne çaldığını görüyorum. Bir iki dakika geçti. David, notada yazmayan saçma sapan şeyler çalmaya başladı. Onun nerede olduğunu bulamıyordum. Sayfayı öne arkaya çevirip arıyordum. Ama yok. Neyse, on beş dakika sonra tamamı yanlış çalınmış eser bitti. Besteci genç çok mutluydu "buna yorum derim" filan diyordu. Şampanyalar patladı.

Eve gidince David'in çaldığı notaya baktım ki; fotokopileri sayfalara yanlış yapıştırmış. Sayfa 1-2, sonra sayfa 7-8, sonra 3-4-5... Sayfa sayfa yanlış çalınmış bir eser ve bestecisi fark etmiyor!

O an düşündüm.

Pekâlâ neyi fark ediyor?

-Uzun kuyruklar, dar koridorlarda bekleyişler

Bazı ülkelere girişte, pasaport kontrol işlemleri artık iyice zorlaştı. Uzun kuyruklar, herkesle çok uzun uğraşan gümrük memurları... Bir sürü soru: niye geldin? dönüş biletin nerede? Parmak izi... Bazen başka sorular, bazen sinirli tavırlar... Yolcuların yorgunluk stresi, dil bilmeyenlerin çektiği zorluklar... Yorulmuş gümrük memurları, kuyrukta bir saatten fazla bekletilen yüzlerce yolcunun çilesi... Bu, son birkaç yıldır artarak gelişen bir durum. Bu uygulamalar belli ki İstanbul'dan gelen uçaklara, Türk vatandaşlarına karşı ağırlaştırılmış.

Düşünüyorum, bu sorun elbette ki son beş yılda belirginleşen mülteci ve terör olayları sorunu ile birlikte daha da arttı. Diğer yandan da Batı ile girilen çıkmaz sokak! Siyasi sorunlar, düzelmesi beklenen tonla dert...Bunların acısını normal yolcular çekiyor. AB'ye girişlerimiz beş sene önce böyle değildi. Her şey hızlı hallolurdu. Hatta on sene önce daha da iyiydi. Bu uzun kuyruklar bana 80'leri hatırlatıyor. Dar koridorlarda saatlerce bekleyişler! Dünya, belli ki siyasi gelişmeler itibarıyla bir geri adım attı.

-Hangi yapay zekâ, sabah tanının renklerini müziğiyle anlatabilir?

Yapay zekâ, Beethoven'in 10. senfonisini besteleyecekmiş. Sosyal medyada tartışılıyor. Beethoven'in dokuz senfonisi vardır. Bunların arasında 3. senfonisi olan "Eroica"yı (Kahramanlık Senfonisi) önce özgürlük umudu ile Napolyon'a ithaf etmiş, ardından Napolyon'un yaptıklarını gördükten sonra kalemle ithafın üzerini çok sert çizmiştir. Dramatik anlatımlı ve anlamlı bir senfonidir. Beethoven ilk sayfa ithafını öylesine bir öfkeyle yırtmıştır ki; orijinal notada, altındaki yirmi altı sayfada o çiziğin izi devam etmektedir!

"5. Senfoni" yani "Kader Senfonisi", dünya sanat tarihinin en önemli eserlerinden biridir ve tam bir başyapıttır. Beethoven her gün dağlarda, ormanlarda yürüyüşe çıkardı. Altıncı senfonisi olan "Pastoral Senfoni" de çok sevdiği doğayı anlatır. Bence en güzel eserlerinden biri "7. Senfoni" dir. İnsanlığın sembolü olmuş, korolu bir senfoni olan "9.Senfoni" eserini ise, neredeyse dünya üzerinde yaşayan her insan bilir.

Belki bir de "10. Senfonisi" olacaktı, ömrü yetmedi. Eskizler var. Bas partisi... Beethoven hızlı not tutarken bası yazıyor. (Hızlı not tutma, çok ender bir yöntem. Çoğu besteci melodiyi not eder.) Onun dışında eksik ölçülerle pasajlar, bölümler... Yani yarım kalmış bir çalışma. Bence kimse tarafından tamamlanması gerekmiyor. Hele ki bir yapay zekâ tarafından tamamlanması, hiç gerekmiyor.

Bu tartışma, Yuval Noah Harari'nin kitabında da var. Harari, yapay zekânın basit bir pop şarkısı besteleyebileceğini ama Çaykovski gibi beste yapmasının zor olacağını söylüyor. İnsan yaratıcılığı!

Napolyon hikâyesindeki gibi bir öfke, tutku, kader adında bir senfoni ya da doğayı anlatan "Pastoral Senfoni", insanlar korosu… Bunlar ile yapay zekânın arasında ne tür bir ilişki doğar bilmiyorum ama şunu biliyorum: bir bestecinin eskizlerinden yola çıkarak bir eser yazılamaz. Yazılsa da bu eser, asla o bestecinin eseri gibi olamaz.

Hangi yapay zekâ; sabah tanının renklerini, güneşin önüne kara bulutların gelişindeki renk değişimini ve bunun yarattığı endişe hissiyatını müziğiyle anlatabilir? Hangi bilgisayar bir insan gibi bestesini yaparken, hangi estetik mantıkla yanlışa ya da daha kötü olana karar verir? Tercihlerini nasıl yapar? Beethoven'in eserlerini biliyoruz, çöpe attığı eskizlerini biliyor muyuz?

* * *

Beethoven'in senfonileri, sonatları, aslında aynı formda eserler. Yapay zekânın hangi yargı gücüyle sonuca varabileceğini düşünelim. Hatta bin yıl ya da milyon yıl sonraki teknolojiyi de hesaba katarak düşünelim bunu. Birkaç örnek vereceğim. 30 numaralı sonatı "Opus 109" hülyalar, mutluluklar içinde başlar. Sekiz on saniye sonra ani bir sert akor ile her şey bozulur. Tam bir form kesiği, sadece insana özgü yargı gücü devrede…

Beethoven, 30 numaralı sonatını yazdığında kırk sekiz yaşındaydı. Anlatılan o ki, çok genç bir kıza âşık olmuştu. Umutsuz bir aşktı bu. Ani darbeli akorun; Beethoven'in bir an aşkın hülyalarına kapılıp, ardından kızcağızın torunu yaşında olduğu gerçekliği ile "tüh ya" diyerek masaya vurması gibi olduğu yorumlanır.

Yorum ve yapay zekâ?

Aşk ve yapay zekâ?

Yılgı ve yapay zekâ?

Mümkün mü?

Mümkün olur belki, on bin yıl sonra…

Peki gerekli mi?

Yapay zekânın; güdüler, aşk, yaratı, yılgı, çalışma arasındaki yaşamsal ve yaşamaktan yana yolculuğunda insana rakip olacağına asla inanmayan ben, bir tek olası ricada bulunuyorum.

Örneğim şudur;

Beethoven, son sonatı olan 32 numaralı "Opus 111" sonatında cazı keşfetmiştir.

Tarih 1819!

2. bölüm / varyasyon no 3!

Swing piyano çalışı, bildiğimiz tüm caz örneklerinden yüz yıl öncedir. Yüz yıl ilerisini yapmak bayağı büyük iş. Bence şu ilginç olurdu: bir yapay zekâ bize, yüz yıl sonra nasıl bir müzik yapılacağını örneklesin. Yapay zekâ, aslında verilerle buna yakın bir şeye varabilir.

-Kalabalık istasyonda "kaybolmuş çocuk" korkusu

Memleket konusunda hayli dertliyim. Haberleri gördükçe daha da karamsarlığa sürükleniyorum. Akılla konuşmayı deniyorum. Sanki bütün bir halk, kalabalık bir istasyonda "kaybolmuş çocuk" korkusu yaşıyor. Annesini, babasını bulamayan korkmuş bir çocuk... Ve bu sefer, tünelin ucu ve ucundaki ışık görünmüyor. Halk korunaksız hissediyor. İnsanlar derdini anlatamıyor. Çünkü derdini anlatmanın, suç olup olmayacağını bilemiyor. İnsanlar kafasındaki dertlerini önüne bile koyamıyor. Anlatmak ise muhtemelen imkânsız. Bir de aklına; hep anlattığı şeyleri, bir türlü anlamamış olanlar geliyor. Yapması gerekenleri düşünüyor. Yaşamanın değerini düşünüyor. Ve üzülüyor. *Doğu-Batı-Dünya-İnsan* kavramları! Bu değişkenlikte neyin, ne kadar değeri kaldı kestiremiyor insanlar. Bekliyorlar sadece. Bekleme odasındalar sanki.

İçlerinde dev bir sıkıntılı haber korkusu,
Bekleyişin zamanı zayıflatması,
Zaman da yardımcı olmuyor.
İşte bu yüzden, derdimiz ciddi!

-Sükûnetli olmak ve kendine yenilmeme mücadelesi

Sahne sanatçısı için, kendine yenilmeme mücadelesi ne zor konudur.

Sükûnetli olmak…

Sükûnetli olmayı kendime geç öğrettiğim için bazen iç çekiyorum. Belki kırk yaşıma kadar yolunu, yöntemini tam anlamamışımdır. Hiç durmadan gitmenin bedeli olan dikkatsizlikleri, hataları çok yaşadım. Ama sonunda öğreniyor insan. Kimisini yüz performanstan kimisini de bin performanstan sonra öğrendim. Ki benim yaradılışımda olan biri için, çoğunlukla bin!

Sükûnet, birisinden öğrenilecek bir konu değil. Ders konusu değil, etiği yok. Yıllar içinde tecrübe ile elde edilen bir oluş, bir hissiyat, yargı gücü ve karar…Bazı sahne sanatçıları yetmişinde bile tir tir titrer, mide sancıları çeker. Düşünüyorum, onlar için ne zor olmalı. Yaradılışı o mertebede olanlara kıyasla, aslında şanslı sayılırım.

Tüm bir hayat, ruhun bedeni yenmesi üzerine kurulu. Her gün yeniden başlıyor. Her gün, belki bir gram daha ilerlemiş olarak yeniden ve yeniden doğuyoruz. Pitagor'un her şeyin başı olan "1" kavramı gibi. Sahneye seyircilerin karşısına çıkıp, en güzel müzikleri, en doğal ve en anlamlı hâliyle sunmak bilincinde ve kültüründe olmak, asla elden bırakmamak. Bu bir bütün. Bu aslında kendimizi yenmek ve ertesi sabah uyandığımızda, yine yeni gün ve yeni hedef ile var olmak. Ve kim ne derse desin, şu yaşamda bu değerli bir konudur.

-İnsan yüzünün iki yarısı "Joker "filmi

Joker müthiş bir film. Toplum, kötü olanı nasıl yaratır? Haksızlıklara, eşitsizliklere verilen tepkiler ve tepkinin orantısızlaşması üzerine bir başyapıt bence. Joker aynı isimdeki DC Comics karakterine dayanan, Todd Philips'in yönettiği psikolojik gerilim tarzında bir film. Joker karakterini aktör Joaquin Phoneix canlandırıyor.

Şubat 2020'de Los Angeles kentinde düzenlenen 92'nci Oscar Ödül Töreni'nde Joaquin Phoneix, Joker filminde canlandırdığı karakter ile, En İyi Erkek Oyuncu Ödülü'nü aldı. Bence sonuna kadar hak edilmiş bir ödül. Bravo!

Joaquin Phoenix, teşekkür konuşmasında; "Sessizlerin sesiyiz. Hepimiz adaletsizliğe karşı savaşıyoruz. Kendimizde bir ineği yapay olarak dölleyip, yavrusunu çalma hakkını görüyoruz," dedi. Phoenix'in büyük alkış alan konuşmasının devamı ise şöyle: "Şu an şükran doluyum. Diğer aday arkadaşlarımdan ya da bu salondaki herhangi bir kişiden daha yukarıda olduğumu düşünmüyorum. Çünkü hepimiz aynı sevgiyi- film sevgisini- paylaşıyoruz. Ve bu ifade şekli, bana olağanüstü bir yaşam sağladı. Onsuz şu an nerede olurdum bilemiyorum. Bana ve bu sektördeki birçok kişiye bahşettiği en büyük lütuf; sesimizi sessizler için kullanma olanağı oldu. Hepimizin kolektif olarak karşı karşıya olduğu, rahatsız edici bazı meseleleri düşündüm. Zaman zaman farklı davaların savunuculuğunu yapıyor ya da yapmak zorunda hissediyoruz. Ama ben ortak bir payda görüyorum. Cinsiyet eşitliği, yerli halkların hakları ya da hayvan hakları konularında; adaletsizliğe karşı, ırkçılığa karşı, savaştan bahsediyoruz."

Joker'i izlemekten büyük keyif almıştım. Artık günümüz film sanatında içinde yaşadığımız yanlış sistemleri, kapitalizmin kitlelere verdiği hasarı, oldukça sert bir biçimde yargılayan eserler üretiliyor. Bunlara gittikçe daha sık rastlıyoruz. İnsanlar sorguluyor.

Yüzyıllardır suçlular ve katiller, kötü karakterler olarak nitelendirildi. Ancak bu karakterlerin suçlu hâle gelmesindeki sistem yanlışları, bu insanların kötüye dönüşmesindeki koşullar, çok da irdelenmedi. Özellikle, belki de çok nitelikli insanların, sistem yanlışları ve toplum ön yargıları neticesinde nasıl hasar aldığı yeteri kadar sorgulanmadı ve bu insanların bambaşka bir şeye dönüşme sebepleri göz ardı edildi.

Son dönem bazı dizilerde ve Joker gibi filmlerde, bu irdelemenin artması dikkatimi çekiyor. Bu öz eleştiri öğesinde, ciddi bir artış seziyorum.

-Nefessiz izlenecek bir dizi "Çernobil"

Bildiğiniz gibi Çernobil Nükleer Santrali faciası; dünya tarihinin bilinen en büyük radyoaktif patlamalarından biriydi. 26 Nisan 1986 tarihinde, o zamanlar Sovyetler Birliği'ne bağlı Ukrayna'nın Pripyat şehri yakınlarındaki Çernobil Nükleer Santrali'nde gerçekleşen bu kaza sonucunda; otuz bir kişi yaşamını kaybetti. Ancak yayılan radyasyon nedeniyle bölgede binlerce kanser vakası görüldü ve birçoğu ölümle sonuçlandı. Rusya'ya, Türkiye'ye ve Avrupa'ya önemli miktarda radyasyon yayıldı. Santralde kazaya neden olan reaktörün üzeri; 2016 yılında, daha önce görülmemiş bir mühendislik yöntemiyle, çelik kalkanla örtüldü. Bu çelik kalkan sayesinde, önümüzdeki yüz yıl boyunca santralde oluşabilecek herhangi bir radyoaktif sızıntının engellenmesi bekleniyor.

Kazanın yaşandığı tarihten sonra terk edilen ve bir hayalet şehre dönen bölge, artık tehlikeli olmadığı iddiasıyla birkaç yıl önce ziyarete açılmıştı. Ancak tabii ki, hâlâ belirli bir saatin üzerinde zaman geçirilemiyor. Tüm dünyayı etkileyen bu nükleer facia, "Çernobil" adındaki bir dizide oldukça iyi anlatılmış. Son yıllarda izlediğim en iyi dizi diyebilirim. Dizinin yönetmenliği Johan Renck'e ait.

İzlerken birçok kere "vay be, neler olmuş" dedim. Büyük bir heyecan ile izledim diziyi. Öyle ki; izlemeye akşam başladım ve tüm bölümleri gece yarısı bitirdim. Ve saatin nasıl geçtiğini fark etmedim. Oyunculuklar harikulade. Facianın yaşandığı 1986 yılı Sovyetler döneminin ruhu, görüntülerde birebir yansıtılmış. İzlerken sanki içindeyiz, oradayız. Muazzam zekice bir senaryo akabinde, felaketi çok felsefi bir bakış açısıyla ele alan, çok çok iyi bir dizi.

-Beethoven Mağarası

Beethoven'in karanlık mağarasında ilerledikçe sesler çoğalıyor. Kasvetli, bronz duvarlardan arkaik bir orkestra sesi bu. Anlatım şekli; genel zaman ritmi... Almanca düşününce "Gesamt Puls" adını taktığım, onun olmazsa olmazı. Onun feryadının içinde, dayakçı babası ve sığındığı annesi gizlidir.

Beethoven mağarası...

Beethoven, bütün eserlerini çaldığım ikinci bestecidir.

Liszt "Beethoven'i anlamak en zor şeydir," derdi.

Mozart ise, "Gökyüzü birdir. Bir şey ise, her şeydir."

Yani Mozart, Pitagor'u doğrular. Her daim, herkese nasip olamayan bir gökyüzüdür. Bulan devamını getirir. Beethoven mağarası, çok daha problemli. Değişken çünkü. Karanlıkta ilerliyor. Anlamak için ilerlemek, ilerlemek için ise düşüncede genişlemek gerek.

-Âşık Veysel de müziktir, Zeki Müren de ... Ön yargı niye?

Devlette çalışan müzisyenler; halk müziği, Türk sanat müziği gibi diğer müzik dallarına karşı oldum olası bir ön yargı içindeler. Ben, hocam İlhan Baran ve babam Ahmet Say gibi; ömürleri boyunca bu ön yargıyı kırmaya çalışan insanların arasında yetiştim. Ama gördüm ki; bu ülkede o ön yargı hâlâ kırılmadı. O gereksiz küçümseme, o gereksiz kibir bitmedi. Kardeşim! Âşık Veysel de müziktir, Zeki Müren de... Dünyada bize çok şey anlattıkları yerleri vardır.

Peki bu eleştirenler; kendi yaptıkları müziğe, yani klasik müziğe hâkim mi? Eleştiriyorlar, kültürel basamaklar yaratıyorlar, alt kültür- üst kültür diyorlar da bu düşüncelere nasıl varıyorlar? Devletin kurumlarında çalışan ve bu kadar kibirli olan bu bazı müzisyenlere sormak gerekir. Hakikaten yüzde kaçı, o hafta çaldığı orkestra eserinin veya operanın partisyonunu analiz edebilir? Armonik analiz? Form? Orkestrasyon? Hakikaten merak ediyorum. Buyurun deneyelim.

-Çıkmaz sokağın sonunda; vetolar, yaralar, dilekler, hesaplaşmalar

1 Ocak 2020

Yıllar öncesine dönüyorum. Bu toplum, Klasik Batı müziğine hayli uzaktı. Toplumun çoğu, Klasik Batı müziğini duyduğunda "O bir meslek mi?" diye şaşırırdı. Tartışma çıkarsa bizi "Batı taklitçisi" diye azarlar, bazen kibir ve elitizm sebebiyle suçlarlardı. Zordu o yıllar! Bu ön yargıları kırmak, benim kendime koyduğum bir görev olmuştur. Çünkü müzik toplum ile buluşmalıdır. Àşık Veysel bizim müziğimizdir ama Beethoven'de bizim müziğimizdir. Yerel de bizim, evrensel de bizim. Bunları dışlayamayız, ikisini de ayıramayız. Biz bu dünyadaki insanlarız.

Türkiye'yi, insanları, Batı müziği bestecilerinin duyarlılıkları ile tanıştırmak, bu müzikleri Türk halkının gönlünde anlaşılır kılmak için, bir çeyrek asır büyük bir mücadele verdim. Yorumcu olarak, besteci olarak, bazen de makale yazarı olarak.

Ne yalan söyleyeyim, ben de bu yolda hatasız değildim. Doğrusuyla, yanlışıyla; ama gerçekten hatırı sayılır bir yön duygusu, tutkusu ve enerjisiyle, sonuçta bir yere vardım. Naçizane, beraber bir yere vardık diye düşünüyorum. Nitekim taksicisinden, kuaförüne bu halka bir şeyler anlatabilmişim ki; toplumdaki algı evreni beni doğruluyor diye görüyorum.

Buradaki dert, ünlü olmak değil. Müzik türleri, *ünlü* ya da *ünlüler* yaratmak zorunda da değil. Klasik müziğin kendi çeşitliliği içinde de bu böyledir. Operadaki bir tenor dünyada süperstar hayatı yaşarken, herhangi bir Avrupa şehrindeki fevkalade bir barok müzik topluluğunu, sadece bilen bilir. Ya da ünlü bir kemancı konser üstüne konser verirken, bir Balkan ülkesinde, evinde çağdaş müzik besteleyen bir besteciyi çok az kişi biliyor olabilir. Ünlü olmak, daha mutlu olmanın formülü değil ki amacı olsun. Ama müzik yapmak ve bunu iyi yapmak mutluluktur. Gerçek bir saadettir. En azından benim için öyledir.

Keza, Batı ülkelerinde de Türkiye'nin klasik müzik faaliyetleri hiç bilinmezdi. "Türkiye'de piyano var mı?" diye sorulan dönemlerden bugüne geldik. Bu engebeyi, gençliğimde çok yaşamıştım. Şimdi ise bu engebeyi aştığımı, yeni nesillerimize dünya üzeri bu tür bir şaşkınlık bırakmadığımı düşünüyorum. Biri hâlâ Türkiye hakkında bu tarz sorular sormaya devam ediyorsa; ona, kendi ülkesindeki piyanistleri sorun. Muhtemelen onlar hakkında da bir fikri yoktur.

Bu konulardaki ön yargıları kırmak için büyük mücadele verdim. Ve başardım da! Ama tüm bu ön yargılar kırılsa da 21. yüzyıl başında, iktidara muhalif, on beş yıllık bir döneme denk geldim. Heyhat! Devlet ile münakaşa çok zordu. Bu tartışmalarda şu haksızlığı yaşadım maalesef; müziğim engellendi! Konserlerim, bestelerim... Bunlar benim bütün hayatım.

Yani "muhalif olursan savunduğun ideolojin bize uygun değilse, müziğini de yaptırtmıyoruz!" O zaman demek oluyor ki tartışılacak bir durum kalmamış. Tartışmanın galibi zaten belliyse, biz de yok sayılacaksak, konu zaten kapanmış demektir. Çok uzun müddet, bu böyle sürdü. Bu bağlamda, kendi müzik camiamdan pek de destek bulamadım. Hatta kötü olaylar yaşandı. Bir nebze olsun toplumsal ön yargıyı kıran, dünyayı, hatta azıcık da olsa devleti bile ikna edebilen ben; maalesef camiamızın pek çok kurumundan veto yedim. En acısı bu olmuştur içlerinde. Ve en çıkmaz sokak olanıdır. Çaresiz durumların yarattığı, acınası bir hâldir. Benim için de onlar için de...

Mesela 2015 yılında, Devlet Çoksesli Korosu "Fazıl Say ile çalışmama" kararı aldı. Tüm basında bir kınama yazısı yayınladılar. Denilen o ki; koro üyeleri bir oylama yapmış. Ne bileyim, seksen kişilerse; güya bu kişilerin yarısı kurum adına değil, kendileri kişisel olarak bu kınamayı imzalamışlar. İyi de bu karara imza atmayan, bu iş yanlış diye düşünen koro üyeleri de var. Peki onların kararı ?!

Şu bir gerçek ki; beraber müzik yapmak için dost olmak gerekir. Bir şehre ilk kez gidiyorsak, kimseyi tanımıyorsak ve henüz dost değilsek bile, en azından müzik yapmak için düşman olmamak lazım.

Ben şimdi beni kınayan, şikâyet eden, "biz bu adamı istemiyoruz" diyen bir koronun önündeki piyanoda, Nâzım Oratoryosu'nun piyano solistliğini yapamam ki kardeşim! Beni istemeyen birilerini, doğal olarak ben de isteyemem. Yani bir devlet kurumunun, kurumun memur sanatçıları ve onların berbat hataları yüzünden, bir besteci ile on yıllarca çalışamaz hâle getirilmesi ve Fazıl'ın karşısında durması, sadece bir moda dönemi olarak yaşandıysa; buyursunlar, düzeltsinler durumu. Pişmanlarsa buyursunlar. Çünkü böyle bir durumda benim yapabileceğim bir şey yok. Ben, onlar ile beraber müzik yapmak için her şeyi önerdim. Bu ülke için, müzik için, kendim için doğru olan her şeyi önerdim.

Keza, 2019 yılında da benzer bir durum yaşandı. Cumhurbaşkanlığı Senfoni Orkestrası üyelerinin büyük bir kısmı, benim olmadığım bir konserde, eserim "İstanbul Senfonisi" nin seslendirilmesini protesto ederek, provalara katılmamışlar. Eser, takviye müzisyenler ile çalınmış. "İstanbul Senfonisi", CSO'nun 2014/15 sezonu programından -söylenene göre bakanlık isteği üzerine- kaldırılmıştı. Orkestranın 2019'daki bu protestosuna, memur sanatçılar sebep olarak bir makalemi göstermiş. Ama ne tuhaf ki, aynı kurumun diğer üyeleri, aynı makalenin altına "imzamı atarım" diye düşünüyordu! Ve aslında bu makale, genel kurumsallaşmada daha iyi yerlere varılsın amacıyla yazılmıştı. Sonuçta, ben de her zaman iyi müzisyenlerin yanındayım. Bu niye sorun olsun? Bazıları için sorun ise, niye bu sorular müzik protesto edilerek cevaplansın?

Benim için yine aynı sonuç. Bu orkestra ile bir daha işimiz olamaz. "Dost" olunmayan yerde, müzik olmaz. Zorunlu değilim. Memur değilim. Ben dışarıdan biriyim. Bu yanlışlardan dönmek için, müzikten yana olmaları ve dostane adımlar atmaları şart. Yoksa gerek yok lakırdıya. Tüm bu kişi ve kurumların, bu berbat durumların tamirine başlamalarını dilerim.

Türkiye'de nice değerli sanatçının başına neler geldi neler! Belki bana yapılanlar önemsiz bile. Kendimi savunmak, kendimi aklamak, birçok insanın hak verdiği bir durum olabilir. Ama kendini savunmak zorunda kalan insanın, bir de ortaya çıkan başka eleştirilerin odağı olması, kötü bir durumdur. Kendini aklamak zorunda olmak, berbattır. Bilen bilir. Haksızlıklara karşı yıllarca durdum. Ayrıca ben Türkiye'de kendimi niye aklıyorum ki? Kime karşı? Niye? Niye daha iyi olmak gibi bir derdi olmayan insanlara öneriler sunmaya çalışıyorum?

Kendi kendime dertleştiğimde; bazı insanların asla dost olmayacağını, asla adil ve hakkaniyetli olmayacağını hissediyorum. Bu ülkeye özgü nicelikler ile, bu biraz da böyle gelmiş böyle gider bir durum. Kendi anladığım iyiyi ararken, kalbimin derinliklerine bu değiştirilemez gerçekliği sorduğumda artık "keşke iyi olsa"nın yerini, "başka iyiler ara" almaya başladı.

Sonuçta yaşananları herkes kendi açısından, kendi işine gelir şekilde yorumluyor. Bunda yapacak bir şey yok. Çünkü biz sanatçılar için mühim olan, dünyaya ve ülkemize bıraktığımız katkıdır. Emek, ürün ve ekindir. Ve kendi ürünümüzle ne zaman yüzleşsek "ben bunu daha da iyi yapabilirdim" diye hayıflanırız. Bazen de iyi çalışma için, kendi hesaplaşmamızda kendimize, "aferin böyle devam, daha da iyisi var, daha da yükseği var" hediyesi veririz. Bu hediye ne ki? Yalnız bir turne gecesinde, bir bardak içki belki. Ve bir sonraki büyük okyanusa açılırken, bir öncekini aşmak için hazırlanırız. Kendini aşma gayreti göstermeyen biri, zaten sanatçı olamaz.

Artık elli yaşıma geldim. Yirmi yaşındayken de bu kurumlarda, birtakım tuhaf sorunlar vardı. Vakti zamanında o kurumlarda çalışanlar da yaşlandı. Eğer kadroları açılırsa onların yerine muhtemelen yeni nesiller gelecek. Zaman geçip gidiyor. Artık her şeyin iyiye varma zamanı. Bu, müzik ve toplum için doğru olandır. Benim bu konularda atacak adımım kalmadı. Çıkmaz sokağın sonudur. Vergisiyle, özverisiyle, kültür ve sanata olan tutkulu takibi ile kurumlara hayat veren bu toplumu, küçümsemeye ve kendince aldıkları kararlarla insanlara bu tarz mahrumiyetleri yaşatmaya, kimsenin asla hakkı yoktur. Bu düzeltilmelidir. Sonra pek çok güzellik gelecektir.

Müzik yapmak benim mutluluğumdur. Aslında müzik yapma uğraşı, evrensel bir mutluluktur. Gerçek bir saadettir. En azından benim için öyle. Bunu paylaşmak istemiş olmamda, kötü olan ne var? Yirmi beş, otuz yıldır dünyanın çeşitli ülkelerinde, çeşitli orkestralar ile turneler yapıyorum. Hayallerimden biri de Türk orkestraları, Türk koroları ile dünyanın önemli sanat merkezlerinde konserler vermektir. Bu ülkenin sanatını, dünyaya beraber götürmektir. Beraber büyümek, paylaşmak ve bir bütün olarak dünyaya uzanmaktır. Beyin gücü, yetenek ve çalışkanlık ile Atatürk'ün ideallerini daha iyi anlatmaktır. On yıl kadar önce, bunların gerçekleşmesi için, yurt dışındaki büyük turne organizatörleri ile irtibata geçmiştim. Ülkemizin çok iyi bulduğum bir orkestrası ile gelecek sezon bu turne gerçekleşecek. Mutluyum.

Ancak yapılan haksızlıkları ve bugüne kadar yaşadıklarımı düşününce, hâliyle soruyorum; bu kadar zor ve çetrefilli olan ne? Kim, ne hakla bu buluşmaların önüne geçiyor?

Değişmeli.

İyi olmalı.

Tarkosvki'nin dediği gibi;

"Dünya mükemmel olmadığı için sanat vardır."

-Sanatı olmayan memleketle; kim, niye gurur duysun?

Kültür Bakanlığında neler olduğunu anlamak zor. Yıllardır verilmeyen kadroların yanı sıra, bir de sanatçılar için başlatılan güvenlik soruşturmaları... Yıllardır kurum denildiği anda, bin sorunla karşılaşıyoruz. Kimse insandan randıman almayı, insan kaynaklarını düşünmüyor. Köhne bir popülizm!

Sanatı olmayan memleketle; kim, niye gurur duysun? Düşünülmüyor. Şimdi sormak gerek. On yıllardır sözleşmelilere kadro verilmedi. Yıllardır çok düşük ücretler karşılığında sanatını icra eden ve bu kurumlara hizmet verenlerin hakkı ne olacak? Neden bu insanların kadroları, ısrarla verilmiyor? Neden tiyatrocu ve müzisyen gençlerimizin önü, açılmak yerine tıkanıyor? Bu yetenekli gençler ne yapsın? Bu imkânsızlıklarda tek çare olarak, başka ülkelere mi gitsinler?

Yıllardır yazıp çiziyoruz. Devlet Tiyatrolarında, Devlet Opera Balesinde ve orkestralarda, inanılmaz kadro açıkları var. Neden bu kurumları ölüme terk eden bir yaklaşım var? Neden bütçeleri yok, kadroları yok, nasıl yapacaklar? Bir ülke, sanat kurumlarından mahrum mu kalacak? Türk halkına bu mağduriyeti neden yaşatıyorlar? Neden sanatlarını dünya düzeyinde uygulamaları için, sanatçılara hiçbir şey sağlanmıyor?

Kurumlar kötüleştikçe; memur sanatçı, sanatı daha da unutup memuriyete dönüyor, sıkıcılaşıyor. Maaşını almaktan başka derdi kalmıyor. Vizyonsuz ve şevksiz sanat mı olur? Bu devlet kurumlarında on yıllardır görev yapan genel müdürler, müsteşarlar, bakanlar, bu durumlardan rahatsızlık duymuyor mu? Neden sessiz kalıyorlar?

Kadro eksikliği, kurumların sorunlarından sadece bir tanesidir. Ciddi bir sorundur. Ama tek sorun bu değildir. Bütçe de önemli bir konudur. Bir sahne eseri ya da uluslararası düzeyde bir orkestra konseri için, tek etken kadronun tamam olması değildir. Birçok ek masraf vardır. Turnelerin yapılması, cd üretimleri, uluslararası sanat camiası ile bütünlüğün sağlanması ve halk ile derin bir bağ kurulması adına yapılacak çalışmalar için bütçe gereklidir. Ve bence bu konu, kadro eksikliği kadar büyük bir sorundur. Türkiye'de mevcut kadrolarda, yıllar içinde çok sıkıntı yaşandı. Bunların kendi hataları oluştu. Sosyal medyamda bu yazıyı paylaştığım zaman, gelen yorumlarda en çok dikkatimi çeken şeylerden biri şu olmuştu:

"Madem bu kadar problem var. Neden bu insanlar susuyor?"

Ben de yıllardır bunu sordum. Ve sormaya da devam ediyorum. Ben bu soruyu sorarken, benimle kavga ettiler. Hatta müziğimi keserek cezalandırdılar. Ama onların yanlışları; benim, genç nesillerin kadroya kavuşması ve kurumların hayatının devam etmesi konulu kesin doğrularımın önünde bir mevzu değildir. Gerçekler ortadadır. Türk halkı sanatla bağını koparmamalıdır. Otuz yıl boyunca, Kültür Bakanlığında farklı görevlerde bulunmuş, kâh genel müdür olmuş kâh Ankara, İzmir gibi şehirlerde genel müzik direktörlüğü, Opera Bale Genel Müdürlüğü yapmış kişiler var. Kimse bu insanların sanatlarının ya da vizyonlarının yeterliliğini sorgulamadı.

Yıllar içinde, bize hep kendileri anlattılar. Bu kadrolar kimi zaman emirlerle verdirildi. Hak edenler mağdur edildi. Sonra "neden susuluyor?" diye soruluyor. Tabii ki susacak bazıları. Kim sorgulayacak bu otuz otuz beş yıllık küme düşmeyi? Kendileri değilse kim?

Benim gönlüm, müzikten yana bağırıp duruyor. Keşke bu içerideki çürüklerin ayıklanması mümkün olsaydı. Keşke ara seviye sınavları yapılsaydı. Emekli olması gerekenler emekli edilip, yetenekli gençlere bu anlamda şans verilseydi. Ben yirmili yaşlardayken de aynı dertler vardı. Bu yaşıma geldim, hâlâ var. İşlerin yoluna girdiği günleri görür müyüz, bilmiyorum. Galiba iyice yaşlanınca, bu gençler Fazıl dedeleriyle çalarlar ancak. Hâl vaziyet budur şimdilik.

20 Haziran 2019 – Prag

-Müzik, yüreğimizdeki inançtır

Her zaman dile getirdiğim sıkıntıların yanı sıra; Türkiye'de bir şeyi anlamaya çalışan, sevmek ve düşünmek için emek veren pek çok müzisyen tanıyorum. Mesela Ankara'da, Bach'ın bütün viyolonsel sonatlarını, yıllarca çalışan bir dostum vardı. Bu ne güzel bir uğraştır kardeşim! Ne güzel!

Ankara'da bir akşam, bir barda otururken, bana saatlerce Bach anlattı. Ve şunu da belirtmek isterim ki; bu dostum artık iyi anladığı iyi bildiği bu Bach eserlerini, konserlerde çalmak ya da cd'ye kayıt etmek için çalışmıyordu. Kendi hayatına katkısı ve mutluluğu için yapıyordu bunu. İşin özü, budur biraz. Mutlu olmak, müzik ile salt mutlu... Onun derdi; Bach sonatlarını, Yo Yo Ma veya Anner Bilsma cd kayıtları ile yarıştırmak filan değildi. O, insanın gerçek mutluluğunun güzeli anlamak olduğunu biliyordu. Bir şeyin ispatı ya da yarış kazanmak için değildi çabası.

Konserlerde çalma ve cd'ye kaydetme konusuna gelince; iç sesimiz, bize her zaman gerçeği söyleyecektir. Bir eseri insanlarla paylaşmak, eserin paylaşılmaya değer olduğundan emin olmak ve onu kaydetmek, o tecrübede ve o iyi niyette olmak, belki ayrı bir mertebe. Ama hiçbir zaman, bunun bir zorunluluk ya da memuriyet olmaması gerekiyor.

Değerli psikiyatrist Engin Geçtan'ın, kimi zaman bana kızmış olduğu o *iç sesim* yani *sesim*, gerçek bir derttir bir yandan. Çünkü kardeşim; bir insan için yaptığı müziğin değeri su, oksijen, ekmek kadar öz ihtiyaç değilse, durumun öylesine güçlü bir gerçek olmadığını tüm dünya anlar. Müzik tutkudur, aşktır, dildir ve yüreğimizdeki inançtır. Su kadar, oksijen kadar ihtiyaç!

Bakın, piyanist Tuluğ Tırpan ile yirmi yıllık dostluğumuz var. Onun Viyana'da yaşadığı yıllarda, Viyana'da bir araya geldiğimizde, günlerce, geç saatlere kadar çok uzun sohbetler ederdik. Beethoven sonatlarını konuşurduk. Tuluğ bu eserleri, derin ve kapsamlı şekilde bilirdi. Filanca sonatın filanca ölçüsünü saatlerce tartışırdık. Mesela "Hammerklavier" sonatının ağır bölümünün ilk ölçüsünü -sadece iki nota- Beethoven sonradan eklemiş. Aslında müzik ikinci ölçüde başlıyor, ama ilk ölçü bir giriş, sadece iki nota... "Hammerklavier" sonatının ilk baskısının yayına girmesine çok az bir zaman kala Beethoven, yayınevine bu tek ölçüyü yollamış. Bunlar hayatta ne değerli detaylardır. İnsan, bir şeyi sevgiyle, tutkuyla sarmalayan sanatçı bir meslektaşından ne çok şey öğreniyor.

Ben "Hammerklavier" sonatını yıllar sonra kaydettim, konserlerimde çaldım. Bu ölçüyü her çalışımda; Tuluğ ile Viyana'da bir akşam, önümüzde içkilerimiz, kafa kafaya verip yaptığımız bu konuşmalar çınlar kulağımda. Beni yönlendirir, Beethoven'i daha iyi hissetmeme yardımcı olur. Beethoven'in tüm sonatlarını kaydettiğim albümün yayınlandığı günlerde Tuluğ'dan bir mesaj geldi.

Şöyle yazmıştı:

"630 dakika, Beethoven sonatları... Bir dizi misali tutkuyla, bir sonrasında ne olacak sorularıyla dinledim. Deli işi, alnından öperim dostum"

Bunu duyunca ne kadar mutlu olduğumu düşünün.

-Beyin göç edince, ruh çok yalnız

Yurt dışında toplam on beş yıl yaşadım. Bunun sekiz yılı Almanya'da, yedi yılı ise ABD'de geçti. Son on altı yıldır ise -evimin İstanbul'da olmasına karşın- yılın üçte ikisini yurt dışı ve yurt içi turnelerinde geçiriyorum. Peki on beş yılın ardından neden Türkiye'ye döndüm ve evimi neden kendi ülkemde kurdum? Geçtiğimiz yıllar içinde hayli zorluk çekmeme rağmen, neden ülkemde kalmakta ısrar ettim? Türkiye'ye dönüş hikâyemi paylaşmak isterim.

Değerli üniversitelerimizden birçok beynin, çok başarılı akademisyenlerin ve genç yeteneklerin, yurt dışına gitmesinin önüne geçilememesine üzülüyorum. Elbette ki bir bilim insanı; kendi ülkesinde istediği imkânları bulamıyorsa, aldığı maaş ile geçinmesi mümkün olmuyorsa, çareyi başka ülkelerde arar. Bu, hepimizin anlayabileceği ve hak vereceği bir durum. Türkiye'deki yanlış sistemlerin hızla düzeltilmesi ve bunun önüne geçilmesi gerekli. Şartları cazip kılıp, bu beyin göçünü tersine çevirmekten başka yol yok. Bu bahsettiğim, sadece akademisyenler için geçerli değil. Toplumun her kesimini ilgilendiren bir beyin göçü… Bilimin, sanatın, düşünce özgürlüğünün sıkıntıda olduğu ortamda; tüm yetkililerin bu gerçeği ve felsefeyi algılaması, bilinçlenmesi ve düzeltmek için çabalaması gerekir. Bu da uzun ve zorlu bir yoldur.

90'lı yıllarda ABD'de durumum çok iyiydi. Ve üst düzey konser hayatım başlamıştı. Büyük şehirlerde, büyük orkestralar ile sahne alma imkânları doğdu. Ama bu büyük yerlerin dışında; İowa, Nebraska, Texas, Minesota ve adını bile bilmediğimiz şehirlerde de konserlere gitmek zorundaydık. Amerika'da işler böyle. Kendime şunu sormuştum: Antep'te, Adana'da, Trabzon'da, Anadolu'da ve büyük şehirlerde konser vermek dururken, ABD'de yaşamak yerine her yıl bir kere oraya turneye gitmek varken, tüm bunları neden Amerika yerine kendi ülkemde yapmıyorum?

Ve bir de umutlarım!

Bakın, yurt dışında yaşayan insanlar sonuçta yalnız kalır. Uzun yıllar yurt dışında yaşıyor olsalar da gerçek dostluklar yakalamaları, samimi çevreler kurmaları zordur. Anıları, onu anlayan dostları, sırdaşları, hiçbiri yoktur orada. Memleket hasreti cabası… Yurt dışındaki mutsuzluklar, zorluklar, yalnızlık daha mı iyi?

TUHAF UÇAK ANILARI

I- Uçak ters dönmedikçe, keyfini çıkar

Bir turne insanı olarak, hayatımın son yirmi beş yılında, her yıl, en az yüz elli kere uçağa binmekteyim. Bu sayı, bir pilotunkine yakın olabilir. Güya korkanları yatıştırmak için "uçaklarda kaza ihtimali binde bir ya da on binde bir" filan denir ya; işte o binlerce uçuşu yapmış biri olarak, artık bu oranı bile düşünmemek zorundayım. Dünyada uçağa binmekten en az korkan insanlardan biriyim muhtemelen. Bu korkusuzluğumu da Amerikalı bir pilota borçluyum.

Anlatayım; 1996 yılıydı, Amerika konserlerime başlamıştım. Artı 28 derecedeki Florida'dan, eksi 15 derecedeki İowa'ya uçuyorum. Aktarmalı bir uçuş. Önce Miami'den, Orta Amerika'daki büyük şehir St.Louis'e uçuyoruz. Oradan, on dört kişilik küçük pırpır uçakla İowa'daki şehre... St.Louis'de aktarmada, biniş kapısında tek başıma beklerken, pilot yanıma geldi, beni aldı. Pilot niye kendi geldi ki, diye düşündüm. Yürüyerek uçağa gittik. Pilot neşeli bir Amerikalıydı. Pırpıra bindik. "Kahve ister misin ahbap?" diye sordu.

"Olur" dedim.

O gün uçakta, benden başka yolcu da yoktu. Hostes de yok! Pilot kahvemi yaptı, kabine girdi. Tam o sırada bana dedi ki:

"Bugün gerçekten uçmayı öğreneceksin. Bu küçük bir uçak. Çok türbülans var. İnanılmaz sert sallanacağız, sık sık hava boşluklarına düşeceğiz. Sakın korkma, işte uçmak budur. Kendini uçuyormuş gibi hisset. Sadece iki şey olursa tedirgin olabilirsin: Bir; uçak ters dönerse, iki; bir patlama sesi duyarsan! Onun dışında, gerçekten uçmanın keyfini çıkar."

İşte bu sözler, tüm hayatıma damga vurdu.

Uçma hissiyatı...

Korkma; ters dönmedikçe ve patlama olmadıkça!

II- Cincinnati'ye zorunlu iniş ve Amerikan itfaiyecileri

Şubat 1996'da Delta Havayolları ile New York'tan Salt Lake şehrine uçuyorum. Bir akşam uçuşu... Ertesi gün, sevgililer günü konseri var. Pilotun "ters dönmedikçe ve patlama sesi duymadıkça korkma," dediği günden bir hafta sonra. New York-LaGuardia'dan kalktıktan yaklaşık iki saat sonra, o patlama benzeri ses geldi. Uçak ciddi bir şekilde sarsılmaya başladı. Bu türbülans sarsılması değil, ciddi dengesiz bir sarsılmaydı. Uçağın içinde herkes çığlık atıyordu. Ben de korkmuştum ama "daha ters dönmedik," diye de kendimi avutuyordum. Pilot anons yaptı. Motorlardan birinin arızalandığını, yedi dakika içinde Cincinnati Havaalanı'na zorunlu iniş yapacağını söyledi. İndiğimizde uçaktaki herkes birbirine sarıldı. Merdivenden inince, yeri öpenler oldu. Ama hikâye burada bitmedi, yeni başlıyor!

Delta Havayolları, bize akşam yemeği kuponu, havaalanı otelinde bir gece konaklama ve kahvaltı kuponu verdi. Salt Lake'e devam eden uçağımız, ertesi sabahtı. Akşam yemeğimi yiyip, otel odama çekildim. Bunca stresten sonra tekrar normale döndüm, keyfim yerine geldi. Uykuya daldım. Ama gece üç gibi, otelde kulakları sağır edici korkunç bir alarm çalmaya başladı. Şaşkınlıkla ne oluyor ne bitiyor diye ayaklandığım sırada, odama Amerikan itfaiyecileri daldı.

"Hemen odayı terk edin. Yangın merdivenlerinden inin. Üst katlarda yangın çıktı," diye bağırmaya başladılar.

Ne olduğumu anlamadan hızla bavulumu kapıp, yangın merdiveninden fırladım. Otelin üst katları yanıyordu. Sayısız itfaiye aracı, yüzlerce itfaiyeci geldi. Geceyi dışarıda geçirdik. Otelin yanmasını seyrettik. Bizim arızalanan uçaktan tanıdığım simalarla konuşuyorduk.

"Önce uçak arızalandı, sonra otel yandı. Bu ne biçim gün!" diye kafamızı sallıyorduk.

III - "Fazıl Bey, yanlış uçaktasınız!"

Tam on dokuz yıldır, Münih'te her yıl iki konserim olur. Biri; güz aylarında Prinzregenten Konser Salonu'nda bir cumartesi akşamı konseridir. Diğeri de bir pazar sabahı, saat 11.00'de matine konseridir. Bu yıllardır hiç değişmez. Konserimi 11.00'de verir, konser bitiminde saat 13.00 gibi organizatör dostlarımla yemek yer, 15.00-16.00 sularında da havaalanına geçerim. Münih- İstanbul uçağı 18.00'dedir. Akşam 21.00-22.00 arasında da evde olurum.

Bundan on yıl kadar önce, bir gün, saat 16.00 gibi havaalanında check–in kısmına geldim.

Dediler ki: "Boarding bitti, kapılar kapanmak üzere"

"Demek uçağın saati değişmiş, ben dikkat etmemişim," diye düşündüm. Son şansımı denemek için, Münih THY Müdürünün odasına gittim. Oradaki kadın beni çok sıcak karşıladı. Meğer hayranımmış ve her konsere gelirmiş.

"Durun Fazıl Bey, ben sizi o uçağa bindireceğim," dedi.

İstanbul'u aradı. Bilgisayar sistemini yeniden açtırdı. Çek çek el bavuluylaydım, biniş kartımı verdi. Dikkat ettim, biniş kartında "Fazıl Say" yerine "İsmail Say" yazıyor.

Kadıncağız;

"Bazen bilgisayarın azizliği oluyor,"dedi. Bir daha denedi. Biniş kartında yine "İsmail Say" yazıyor. Bir daha denedi, yine aynı.

Ardından dedi ki:

"Fazıl Bey, ben sizinle beraber geleyim. Pasaport kontrolünde bir sıkıntı olursa çözerim. Sizi uçağa götüreyim."

Neyse, sonrasında her şey hızlıca halloldu. Uçağa bindik. Koca uçakta, çok az yolcu var. En fazla, sekiz dokuz kişi... Benim yerim 18A. Oraya gittim. Bomboş uçakta, adamın biri 18A'ya oturmuş. Aman ne olacak, diye düşündüm. Karşı cam kenarına, 18F' ye oturdum.

Bir iki dakika sonra adam selam verdi.

"Fazıl Bey, pek çok görüşümüz farklı olsa da ben sizi çok takdir ederim. Hatta aynı soyadını taşımaktan gurur duyarım," dedi.

O an bana dank etti. Meğer uçakta, hakikaten bir "Say" daha varmış. İsmail Say, bu beymiş. Bilgisayar bu yüzden saçmalamış diye düşündüm. Adamla hoş sohbet ettik. Aradan yirmi dakika geçti, kırk dakika geçti. Ama bizim uçak bir türlü kalkmadı. Bir anda uçağa Alman özel tim ekipleri, komandolar, kurt köpekleri girdi. Herkesi aramaya başladılar. Hostesler; terörist alarmı, kaçak yolcu filan diye etrafta koşuyorlar. Zaten az kişiyiz uçakta, herkesi aradılar. Hosteslerden biri benim biniş kartıma baktı. İçeri gitti. Kan ter içinde geri döndü.

"Fazıl Bey, siz Lufthansa uçuşundasınız. Seferleri değiştirdiler. Yanlış uçaktasınız," dedi. Ardından ekledi: "Siz bana 50 euro verin, ben transferi yapayım. Sonuçta ortak şirketimiz, bu uçakta kalın," dedi. 50 euro verdim. Uçak beş dakika sonra kalktı.

-Hayata seslenmenin yolunu bulan Japon çocuk

Her zaman söylediğim bir şey var; çocuklar umuttur ve çocuklar yarınımızdır. Bununla ilgili bir anımı paylaşmak isterim.

2000 yılında, Tokyo'da verdiğim bir konser sonrasında, Japon bir anne kulise geldi. On bir yaşında, görme engelli bir çocuğu vardı. Ve küçük oğlunu sadece iki dakika dinlememi rica etti. Kabul ettim. Çocuk çalmaya başladı. Müthiş bir şarkı ruhu ve yüksek bir teknik ile, Chopin'in ilk baladını çalıyordu. Bir mucize gibi. Görmediği dünyada, müthiş piyano çalarak, hayata seslenmenin bambaşka bir yolunu bulmuş bir çocuk!

Menajerimi ve tüm ekibimi çocukla ilgilenmeleri için odaya çağırdım.

"Bu çocuk bir dâhi" dedim.

Nobu (Nobuyuki Tsuji), şu an dünyanın en meşhur ve en çok konser veren piyanistlerinden biridir.

Sevgili aileler; yetenek belirtisi gösteren çocuklarınızı mutlaka müziğe yönlendirin. Bu çocuklar, belki ileride müzisyen olacaklar. Müzisyen olamasalar bile, hayatta müzik yapmak ve insanlığın ortak evrensel dili müzik ile uğraşmak, onlara iyi insan olma yolunda büyük bir katkı getirir.

-Tekrar Çal Fazıl

Yıl 1991... Düsseldorf Müzik Yüksek Okulu'ndan yeni mezun olup, Berlin'e taşınmıştım. Berlin HDK Müzik Yüksek Okulu'nda asistan olmuştum. Yirmi bir yaşımdaydım. Haftada sadece sekiz saat çalışabildiğim bir işim vardı ve maaşım, o zamanın parasıyla 800 mark idi. Ev kirası da 580 mark...İki Almanya birleşeli henüz bir yıl olmuştu.

Para yetmediği için, çeşitli ek işler yapıyordum. Konser ve ders vermenin yanında, cuma ve cumartesi akşamları, bir caz kulübünde çalmaya başladım. Her akşam 150 mark veriyorlardı. Bu da benim geçimime ciddi bir katkıydı. O yıllarda Berlin'in en gözde mekânlarından biri olan Schöneberg'deki bu kulüp, artık yok. 1991 yılının Eylül, Ekim, Kasım ve Aralık ayları, fevkalade geçmişti. Barda hem para kazanıyor hem eğleniyor hem de çevre ediniyordum.

Aralık ortası bir akşam, hoş bir bayan piyanonun yanına geldi.

"Sizinle bir konu konuşmak istiyorum. Bir teklifim var," dedi. Ara verdiğimde hemen kadının yanına gittim. Şöyle anlattı kadın: "Ben Berlin Hilton'un Halkla İlişkiler Müdürüyüm. Yılbaşı gecesi bir projem var. Tüm Hilton Otelini, Casablanca filmi konseptinde donatıyorum. Bogart, Bergman heykelleri, dev fotoğraflar, Casablanca uçağı, vesaire vesaire..."

"Eee?" dedim.

Kadın devam etti;

"Tüm Berlin'i aradım taradım. Tek bir siyahi piyanist bulamadım. Filmin önemli sahnesidir; *Play Again Sam*. Biliyorsunuz Sam hep, *As Time Goes Bye* şarkısını çalar. Bizde otelin barını Casablanca filmi seti gibi düzenliyoruz. Siz, saat 18.00'den sabah 05.00'e kadar, hep aynı şarkıyı çalacaksınız. Sizi her hafta dinliyorum ve çok beğeniyorum. Bu işi yapar mısınız?" dedi.

Ve ekledi;

"Ama kendinizi boyamanız lazım, siyahi olmanız için!"

"Ücreti ne bu işin?" diye sordum.

"1500 mark," diye cevapladı.

"Tabii ki yaparım 1500 mark için. Siyah da olurum yeşil de mor da...31'i akşamı oradayım. Bu boyayı nasıl yapacağım?" diye sordum.

Kadın tuhaf tuhaf bana baktı.

"Bir makyöz bulabilirsiniz. Ya da eczaneden alıp kendiniz yapın."

Nitekim 31 Aralık 1991 sabahı, Berlin'de bir eczaneye gidip, boyayı sordum. Eczacı yaşlı Alman kadın da tuhaf tuhaf bakıyordu. Kullanımını biraz tarif etti. Ama ben o yıllarda bırak kendime boya sürmeyi; daha tıraş olmayı, saçımı taramayı beceremiyorum. Tam bir öğrenci kıtlığı yaşamaya alışmış olduğumdan ve başka bir hayat bilmediğimden saçmalıyordum.

Muhtemelen hayatımda eve ilk kez kozmetik ürünü almıştım. Makyöze para vermeyip, işi kendim yapmaya karar verdim. Tarif edildiği gibi suratımı boyadım. Aynaya baktım. Saçma sapan bir görüntü ortaya çıkmıştı. Yer yer beyaz kalan yerler, kimi yerlerde kat kat bir boya... Zift gibi, feci bir görüntüydü. Bütün suratıma nutella sürsem daha iyi olurdu. Bu suratla sokağa çıkamam. Metroya binemem. Rezillik bu. Polis görse "bu ne?" diye çevirir. Boyayı silip, yüzümü yıkadım. Otele normal gidecektim. Boyayı da yanıma alacaktım. Kadın sorarsa birilerinin yardımıyla boyayı orada yapacaktım. Öyle karar verdim.

Hilton'a saat 18.00'de gittim. *"As Time Goes Bye"* parçasını sabah saat 05.00'e kadar, on bir saat hiç durmadan, tekrar tekrar çaldım. O gece o şarkıyı, herhalde bin beş yüz kere çalmışımdır. Kadın saat 05.00'de geldi.

"Eee, siz boyanmamışsınız!" diye kızdı.

Ben mırın kırın ederken, sinirlendi. İçinde 1500 mark olan zarfı çıkartıp verdi.

"Hadi gidin evinize," diye kovdu beni.

Ben, mutlu mesut ve zengin eve döndüm. Uzun bir uyku uyudum.

-Ruhumu arındıran, doğaçlama ve dijital resim sergim

Sosyal medya hesaplarımı takip edenler, bilirler. Bir dönem kişisel sayfamda, bazı ressamların eserlerini paylaştım. Bana iyi geldi bu resim paylaşımları. Ruhumu temizledi. Öğrendim, keşfettim. On gün boyunca aralıksız sevdiğim eserleri paylaşmak, sosyal medyada âdeta tarihi bir sergiye dönüştü. Bu doğaçlama dijital sergi, benim için bir meditasyon oldu. Elbet bu resimleri; müzede, sergide görmek gerekir. Sosyal medya, sadece tanıtım ve yorumdur. Resim paylaşımlarının gördüğü ilgiyi ve istatistikleri paylaşmak isterim.

Bakın, Magritte, Klimt gibi ressamlar ya da avangart, sürrealist, kübist tarzda eser veren diğer ressamlar; ortalama yirmi ila kırk bin beğeni almış. Binlerce de yorum. İlgi gösteren herkese teşekkür ederim.

1 Klimt
1 Kurasov
2 Munch
2 Magritte
1 Schiele
1 Klee
1 Picasso
*Bu resimlerin beğenisi, kırk bini aşmış.

3 Van Gogh
2 Magritte
2 Picasso
2 Frida
1 Vermeer
1 Richter
1 Klimt
1 Kurasov
1 Munch
1 Veriko
1 Csontvary
1 Hockney
1 Matisse
1 Renoir

*Bu resimlerin beğenisi de otuz binin üzerinde… Toplam yüz doksan dört resim paylaşmışım. Benim için ressamlar eşit değerdedir. Paylaştığım diğer resimler şöyle:

13 VanGogh
13 Magritte
13 Picasso
11 Gauguin
10 Chagall
10 Rembrandt
8 Kurasov

8 Klimt
7 Dali
7 Miro
6 Schiele

5 Munch
5 Vermeer
5 Matisse
5 Monet
4 Kandinski
4 Modigliani

3 Da Vinci
3 Veriko
3 Cezanne
3 Repin
3 Goranchova
3 Frida
3 Richter
3 Klee
3 Manet
2 Michelangelo
2 Nolde
2 o'Keeffe

2 Degas
2 Martinovski
2 Czontvary
2 Mucha
2 Lepicka
2 Hopper

1 Boticelli
1 ToulouseLautrec
1 Wood
1 Warhol
1 Hokusai
1 Rivera
1 Coolidge
1 S Delanuay
1 R Delanuay
1 Gerome
1 Tonguy
1 Kondovski
1 Hockney
1 Renoir
1 Marc
1 Beueghel (y)
1 Cheringin
1 Blokhin
1 Deyneka
1 Vodkin
1 Wesley
1 Boccioni
1 Ranson
1 Cook
1 Pollock

-Gelecek nesillere kalsın "Nâzım Oratoryosu"

Nâzım Oratoryosu'nu 2000-2001 yılında tamamladım. Eserin, bugüne değin kırkın üzerinde konseri oldu. Arenalarda, antik tiyatrolarda, kapalı spor salonu ve Odeon'da, yüz binlerce dinleyici ile buluştu. Türkiye'nin yanı sıra, Almanya ve Rusya'da da pek çok kere seslendirildi. Oratoryal metin, Nâzım'ın on altı şiirinden oluşuyor. Türkiye'yi anlatan ve temsil eden, bir kültür sanat milâdı oldu diyebiliriz. Dijital platformda ve sosyal medyada en çok ilgi gören müzik eserlerinden biridir. Eserin beş farklı kaydı da yapıldı. 2001 yılındaki ilk seslendirilişi cd olarak, Aspendos Antik Tiyatrosu'nda 2005 yılında verdiğimiz konser dvd olarak ve son olarak 2016 yılında Volkswagen Arena'da gerçekleştirdiğimiz konser hem cd hem dvd olarak dinleyici ile buluştu.

Bu konserler, benim hayatımın en mutlu anları arasındadır. Nâzım Oratoryosu, çok severek ve tutkuyla bestelediğim eserlerimden birisidir. Eserde anlatıcı, kıymetli tiyatro sanatçısı Genco Erkal. İsterim ki bu eser, dünyanın bambaşka ülkelerinde de sahnelensin. Ve her ülkenin, kendi *Genco Erkal'ları* anlatsın bu eseri. Hem de kendi dilinde... Bizler bu eserin kayıtlarını, konserlerini, yeterince yaptık diye düşünüyorum. Bu eseri yeni nesillere aktaracak, yeni *Genco Erkal'lar*, *İbrahim Yazıcı'lar* ve *Fazıl Say'lar* yetişmeli.

Bugüne kadar eseri; Güvenç Dağüstün, Serenad Bağcan, öncesinde de Zuhal Olcay ve Sertab Erener seslendirdi. Şimdi Nâzım'ın yeni solistleri olmalı. Yeni neslin, yeni bir Nâzım ekibi olmalı. Onlar yürüsün, onlar yeni çağın yeni buluşmalarını yaratsın. En son konserlerdeki koromuzun ve orkestramızın yaş ortalaması, yirmi beş civarındaydı. Daha çok gençler. İnanıyorum ki; onlar ve başkaları, Nâzım'a ses vermeye devam edeceklerdir.

-Nâzım Oratoryosu Japonya'da…

Nâzım Oratoryosu, 23 Ağustos 2020[1] günü Japonya'da seslendirilecek. Bu tamamıyla bir Japon prodüksiyonudur. Türkiye'de Nâzım Oratoryosu'nu performe edenlerin hiçbiri, bu konserde olmayacak.

Bana,

"Japonya'daki Nâzım Oratoryosu prömiyeri nasıl olacak?" diye soruyorlar.

Bahsedeyim;

Nâzım Oratoryosu'nda yer alan on altı uzun şiir; iki yıl kadar önce, çok iyi ellerde, Japonca'ya tercüme edildi. Oratoryoyu Japon Nagoya Orkestrası ve Japon korosu seslendirecek. Orkestrayı şef Naoshi Takahashi yönetecek ve koro şefi Aikihiro Takahashi olacak. Bir önceki yazımda bahsettiğim yeni *Genco Erkal'lar* pozisyonundaki anlatıcı ise, ünlü bir Japon oyuncu olan Kazunori Abe… Piyanist, değerli bir Japon meslektaşım Hidehiko Nakaoka… Lee Jeongmi, Makoto Niimi, Ayasa Takahashi, solist olarak sahnede olacaklar. Yani anlayacağınız, tüm kadro Japon. Nagoya Nihon Tokushu-togyou Forest Salonu'nda gerçekleşecek konserde, hâliyle tüm dinleyiciler de Japon olacak.

Konserin nasıl olacağını bizde çok merak ediyoruz. Hatta ekibim, konseri internet ya da sosyal medya üzerinden canlı olarak nasıl yayınlarız konusunda uğraşıyor. Ezbere bildiğimiz Nâzım şiirlerini Japonca olarak duymak, eminim ki hepimizin ilgisini çekecektir. Nâzım'ın "Hiroşima", "Atom Bombası" ve "Kız Çocuğu" şiirleri, Türkçe hâliyle bile Japonya'daki sanatseverler tarafından çok iyi biliyor.

1 E.N: *Bu yazının kaleme alındığı tarihte, korona virüsü dünyada yoktu. Dünya üzeri birçok konser gibi, bu konser de salgın nedeniyle yapılamadı. Konserin ertelendiği tarih belirsiz. Ancak kitapta, konser tarihinin yazının orijinalinde olduğu gibi kalmasını istedik.*

Nâzım Oratoryosu'nun nasıl bir etki yaratacağını ben de çok merak ediyorum. Nagoya'daki prömiyerden sonra, 2021/2022 yıllarında, Tokyo ve Hiroşima kentlerinde de eserin sahnelenmesi düşünülüyor.

-Zor günler...

Türkler için çok zor bir dönem. Avrupa'da, belki de tüm dünyada bir *karşı rüzgâr* dönemi...

Hepimiz için zor.

Algı,

Yorum,

Ön yargı,

Bakış açısı,

Haklı/haksız/doğru/yanlış,

Karmaşık ve zor!

Geçecektir, yine iyi olacaktır. Zorlukları beraber göğüsleyeceğiz ve iyi olması için beraber çabalayacağız. Yol uzun. Tekrar ediyorum; hiç bu kadar zor olmamıştı. Ama inanıyorum iyi olacağına. Toplum olarak bunca derdimiz varken ve inanılmaz zor bir süreçten geçiyorken; ben sosyal medyamda naçizane, müzik, konser, beste paylaşımları yapıyorum. Çünkü işimizi en iyi şekilde yapmaya devam etmemizin, en iyi ve en doğru çözüm olduğuna inanıyorum. Daha çok çalışıp, daha çok üretip, bununla mutlu olmaya, mutlu etmeye, örnek olmaya çabalıyorum. Su akar, yolunu bulur.

Felaket haberlerinden korktuğum için, gazeteleri sadece; hani dünya yıkıldıysa haberdar olayım diye okuyorum. Siyasetin gücüne değil, insanların kalp ve sağduyu ile yaptığı işlerin gücüne inanıyorum.

Hiçbir siyasetçiyi takip etmiyorum.

Hiçbir tartışma topiğini artık sevmiyorum.

Bazı haksızlıklara da çok, ama çok üzülüyorum. Üzüldüğümü dile getirsem, bin katı daha çok üzüleceğim dertlerin başıma yığılacağını bildiğimden, dile getirmekten bile vazgeçmek zorunda kalıyorum.

Sanatçıların, siyasetin rüzgârlarında sürüklenmesini iyi bulmuyorum. Tabii ki sanatçının da bir görüşü, bir duruşu olacaktır, ama bu; toplumsal olmalı, insandan yana olmalı, herhangi bir siyasi parti için değil.

Bu dönemde Türk halkı, her konuda birbirine zıtlık yaratıyor. Deprem oluyor. Böyle bir durumda bile bizimle el ele tutuşulacağına, hayli gergin siyaset suçlamaları görüyoruz. Ülkenin tezatları, zıtlıkları, farklılıkları ile hâlâ dost olunamaması, ne büyük üzüntü kaynağı... Dostluk elleri uzatıldığında da devamını getiremiyoruz.

Cumhurbaşkanı Erdoğan, 2018 yılında annemin vefatı dolayısıyla aramış ve taziyede bulunmuştu. Ben de onu, Ocak 2019'da Ankara Congresium Salonu'nda verdiğim resitalime davet etmiştim. O da geldi, dinledi. Devletin üst düzey yetkililerini de getirdi. Sahnede bana, Àşık Veysel'in ilk plağını hediye etti.

Ancak konserin ardından çıkan tartışmalar, manipüle edilmiş yorumlar, her tarafın bu basit olayı bir yana çekmesi, hiç olmayan şeylerin konuşulması, benim için çok yaralayıcıydı. Ben kendi dostlarımın bile ihanetine uğradığımı düşünüyorum. Cumhurbaşkanının, muhalif bir sanatçının konserine gitmesi çok basit ve özünde; çok insanca bir konu. Keşke gidip, daha pek çok muhalif sanatçıyı seyretse dinlese. Siyasilerinin bunu yapması çok iyi ve pozitif caddelere kapı açabilecekken; bu etki, sığ ve ön yargılı saldırılarla bitip yok oluyor. Aslında Türkiye, tüm gerçekleri çok daha iyi anlayabilir. Ne oldu? Bir günde benim tüm hayatımın ideolojisi mi değişti? Bizler yaşadığımız dünyada ve ülkemizde, elbette ki farklı fikirlerin, ideolojilerin ve yaşam biçimlerinin temsilcileriyiz.

Ben, laik ve Atatürkçü bir ailenin çocuğuyum. Demokrasi düşkünüyüm. Türkiye'nin haklı olduğunu düşündüğüm konularda bile, yanlış tepkiler ile, ülkenin haksız duruma düştüğünü ve dostlarının her gün azaldığını gözlemliyorum. Ve Batı ülkeleri ile ilişkilerin bu kadar kopmasına sebep olan siyaseti, hiç destekleyemiyorum. Batı'da bizle ilgili artan kötü algıya da üzülüyorum. Orta Doğu ve Suriye politikalarında, hiç katılmadığım bir noktaya gidiyoruz. Orta Doğu ülkeleriyle de artık aramız iyi değil. Her şey daha iyi olabilirdi diye düşünüyorum. Olmadı, ama hâlâ umudumdur. Siyaseti artık bu gezegende inandırıcı bulmuyorum. Madem konumuz yaşamak, hayatımı adadığım müziğe, daha çok sığınıyorum.

-Hayalime mektup

İstanbul'un nüfusu, on altı milyon kişi. Dar gelirli kitlelerin, bilet fiyatı yüksek sanat faaliyetlerini takip etmeleri, neredeyse imkânsız. Kültür; toplumsal ve ekonomik dengelere çok bağlı bir konu. Kültür sanatın, müziğin, ilçelerde yaşayanlara götürülmesi mühim bir konudur. İstanbul'da konser salonlarının olmadığı, festivallerin yapılmadığı bölgelere bu hizmeti götürmek, büyük bir başarı ve denge sağlayacaktır.

Kültür sanatın en önemli ihtiyacı "devamlılık". Yani bir şeyi, bir kere yapmanın bir anlamı ve faydası yok. Sürekliliği sağlamak, takip etmek ve dört beş yıl süren, uzun vadeli planlar yapmak lazım. İstanbul'un tüm çocuklarına ve gençlerine, kültür ile tanışma, sanat yapma imkânları verilmeli. Bu konuda aileler, sıkışıp kalmış gözüküyor. Özellikle MEB'e ve Kültür Bakanlığına açık mektuplar yazmıştım.

Kültür çok boyutlu bir konu; Batı müziği, klasik, caz ve dünya müzikleri, Türkiye'nin folkloru, Türk sanat musikisi, halk müziği, dini müzikler gibi... Kanımca herkes, her şeyle tanışabilmeli. Elbet herkes, her şeyi sevmek zorunda değil. Ancak bir şeye ulaşmak sorun olmamalı. Bu dağılımda; eşit ve bu şehrin yapısını dost kılan, bütünleştiren bapta olmalı. Mozart seven birinin, Dede Efendi veya Àşık Veysel sevebileceğini biliyoruz. İstanbul'un dünya markası olabilen kurumları, orkestrası, korosu ve sentezler üreten festivalleri olmalı. Bu hepimizin hayalidir.

Türkiye'de her biri yüz kişilik kadrosuyla, üç adet dünya çapında orkestramız olması mümkün. Kurduğum orkestralardan anladığım, özellikle gençlerden nefis müzik çıkıyor. Yetenek bol. Bu müzisyenlerin önüne saygı duydukları, sevdikleri şefler, solistler geldiğinde, hakikaten güzel iş çıkıyor. Aslında her şey; çok basit bir hamleyle, yapmak istemekle hallolur. Ama ah şu ilgisizlik ah şu sistemsizlik! Israrla iyi yapılmıyor bazı şeyler. Bu konu sürekli, birileri tarafından "en önemsizler" rafına kaldırılıyor.

İstanbul, bin sene öncesinin tarihini dahi dünya ile paylaşıyor. Ama yüzlerce yıl sonrasına bırakması gereken eserler de olmalı. Bu bir yapılanma, bir paylaşımdır. İnsanları bu şehre çeker. Bizler dünya yarışında olmalıyız. Uluslararası boyutta faaliyetler yapılmalı. Hayallerimden biri; gençlik orkestraları kurmak. Ve bu çalışmalarda herkese yer olmalı. Hele şu ortamda, sanatını en iyi şekilde icra eden meslektaşlarımın hepsine şiddetle ihtiyaç olacaktır. Onlar yüceltilmeli ve hep beraber emeğimizle, gurur duyacağımız bir ürünü yaratmak için işe koyulmalıyız. Bence bir bütün olunmalı.

Haksızlıkların, dışlamaların, sansür, boykot ve çıkarların önüne geçilmesi gerekiyor. Kayırma dönemleri son bulmalı ki; sanatına olan aşkını ve yüreğinin tüm güzelliklerini ortaya koyanların güneşi doğmalı. Güzel yarınlarımız için en doğru toplum modellerinden ve dünyadaki en çağdaş en öncü sistemlerden sentezler yaratabilmeliyiz. Sanatçının ürünü toplumları ilerletir. Sanatçılar arası kızışmalar? Bunlar geçici ve önemsiz konulardır. "Sezar'ın hakkı Sezar'a!" olmalıdır. İnsanların değer bulduğu ve Türkiye için iyi olan sistemler, belirleyici olmalıdır. Herkese açık olmalı kapılar. "Ekin" ve "ürün" artık başlamalı!

-Mesele insanı, insan kılmaktır

Yaratıcı eğitim, özgür eğitim...Gerçek hayalleri olan gençler ve çocuklar... Mesele insanı, insan kılmaktır. Bu da çocuklukta başlar. Mesele tabuları aşmaktır. Almanya'nın II. Dünya Savaşı'ndaki yenilgisinden sonra kurduğu ilk kurum nedir, biliyor musunuz?

"Darmstadt Modern Müzik Merkezi"

Darmstadt küçük bir şehirdir. Modern müzik ise, bir yüzyılın yarısına şekil veren sistem. Yaratıcılık, sınırsız yaratıcılık... Siyasetçilerin, dünyadaki gelişime açık sistemleri algılaması çok önemlidir. Bu ülkede eğitime önem veren, çocukların ve gençlerin yaratıcılığını destekleyen sistemleri getiren kim varsa, Türkiye'deki birçok bilim ve sanat insanı arkasında olacaktır. Bu destek; maddi bir destekten daha çok, fikirsel bir destek olacaktır. Ki emek vermek, herkesin bildiği üzere her şeyden çok daha anlamlıdır.

2018 yılında, Muharrem İnce'nin eğitim konusundaki görüşlerini desteklediğimi belirten bir yazı yazmıştım. Aydınlık fikirler, ülke için umuttur. Dünyaya açılan, dünyayı anlamak isteyen bir Türkiye istiyoruz hepimiz. Bu bir diyalogdur. Başını kaldırıp, etrafa bakma bilincidir. Dünyayla küs bir duruma varmamızın, iç çekişmelerimizin, kıskançlıklarımızın sebebi; işte bu tıkanıklıktır. Dünyayı ve insanı anlamalıyız. En azından öğrenmeye çalışmalıyız. Doğru felsefe budur. Türkiye'nin en ücra köşelerine bilim ve sanat enstitüleri açabilir, buralarda yaz festivalleri, sempozyumlar, workshoplar yapabiliriz. Buna hasret bir toplum var.

Ağrı'da "Astrofizik Enstitüsü", Sinop'ta "Çağdaş Kimya Enstitüsü", Bolu'da "Dünya Müzikleri Festivali", Malatya'da "Çağdaş Sanat Bienali", Bingöl'de "Fizik Enstitüsü", Artvin'de "Kısa Film Festivali", Kütahya'da "Doğu Batı Felsefesi Günleri", Yozgat'ta "Gençlik Korosu", Denizli'de "Piyano Festivali", Kars'ta "Dünya Etnik Müzikleri Festivali..."

Emin olun, bunların hiçbiri uzak ya da hayal değil. Sadece anlamak gerek.

Çünkü anlayan kavga etmez.

Ve ancak anladığımız zaman, eksikliğini hissettiğimiz tıkanıklıklar açılır.

-Stalin'in son kahvaltısındaki "488"

Stalin, Mozart'ın "La majör kv488 23" piyano konçertosunu konserde ilk kez dinledikten sonra; akşam uyumadan önce, konserin kaydını ertesi sabah kahvaltıda dinlemek istediğini söyler. Melankoli dolu, ağır, ikinci bölümü çok sevmiştir. Ama konserin kaydı filan yoktur. Politbüro, Stalin uyuduktan sonra orkestra ve piyaniste gece ikide telefon açar. Orkestra ve piyanist tekrar salona giderler. Stalin dinlesin diye, sabahın ilk ışıklarına kadar süren bir kayıt yaparlar. Ertesi sabah yatağında kahvaltı eden Stalin, 488'i dinler. Kahvaltıyı toplamaya gelen hizmetçi içeri girer. O sırada ağır bölüm çalıyordur. Ve Stalin, o sabah ölmüştür. (Stalin, büyük besteci Prokofiev ile aynı gün ölmüştü.)

* * *

Benim için "488" eserinin hikâyesi, 1997 yılında başladı. Bu dâhiyane müziğin kapısını, bir türlü istediğim kıvamda aralayamıyordum. Her seferinde içten içe;

"Daha çok şey anlatabilmeliyim. Eksiğim nerede?" diye üzülüyordum.

Bazı dönemler eseri, repertuvarımdan çıkarttım. Sonra tekrar döndüm. Kaydını yaptım. Aynı sebepten dolayı, 2004 yılında kendi yaptığım kaydı, kendim dinlememiştim. Ta ki; yirmi yıldan fazla bir süre, uzun bir bekleyişin ardından Luzern'de eser benim olana kadar! Eksik olan neydi? Tamamlanan neydi? Benim için bir şey anlatmaya başlayan yorum, hayatıma gelmişti.

Çağımızı, Tokyo'da metrolarda uyuklayan yığınlaşmış hayatları, Orta Doğu'da yaşanan insan dramlarını, Berlin'de sabah yabancılar dairesi önünde uzun vize kuyruklarında bekleyen yorgun halkı, Paris'te Kuzey Afrikalı genç âşıkları, imkânsızlıkları, genç yaşında kanser olanların hüznünü, kahvelerde- barlarda maç seyredenleri, küçücük çocuğunu kaybedenleri, hayata atılmak isteyenleri anlatıyordu artık müzik. Tüm bu insanların hayat filminin, film müziğiydi sanki. Hepsine dokunuyordu. 1786'da bestelenmiş eser, 2019'da hep "ilk" kezmiş gibiydi.

Mozart insanı anlatıyordu. Toplumları anlatıyordu. Luzern'deki çalışımda benim oldu. Umut oldu.

Ufak bir not: 488 nedir? Sembol ve iç ruhlara dönelim. Mozart'ın ölümünden sonra *Ludwig von Köchel* adındaki müzik adamı, Mozart'ın tüm eserlerini besteleniş tarihine göre sıraladı. Beş yaşındaki ilk bestesinden, otuz beş yaşındaki (ne kadar genç!*)* ölümüne kadar bestelediği 620 eseri *(148 cd ediyor!)* sıralayarak "Köchel Sıralaması" adını verdi. Almancası "Köchel Verzeichniz (KV)" 488; Mozart'ın 27 piyano konçertosu içinde, no.23 olanıdır. Otuz yaşından sonra Viyana'da yaşarken bestelemiş.

- "Türkiye'de piyano var mı?"

15 Ocak 1995 günü, New York şehrinde yapılan kıtalar arası Genç Konser Sanatçıları Yarışması'nı kazanmış ve birinci olmuştum. Bunun akabinde, ABD'de çok yoğun bir konser hayatım başladı. New York Filarmoni Orkestrası ile pek çok defa konserler verdik. Onlarla beraber Amerikalı besteci George Gershwin'in eserlerinden oluşan bir cd yaptık.

İlk menajerim Susan Wadsworth şöyle demişti:

"Amerika'da yaşayan on binden fazla profesyonel piyanist var. Bunlardan sadece iki elin parmağı sayılabilecek küçük bir azınlık, senin varabildiğin noktaya vardı. Kıymetini bil, bu emeğine ve başarına sahip çık."

1995-98 yıllarıydı. Büyük Amerikan kentlerinde, konser üstüne konser veriyordum. Genç yaşta tüm şehirleri tek tek fethetmek, bu şehirlerdeki tüm müzikseverleri inandırmak, onların gönüllerinde yer etmek gerekiyordu. Şöyle bir gerçeklik önümdeydi; klasik müziğin en ünlü eserlerini yorumlarken, onları hem günümüzde hem tarihte en iyi şekilde çalanlar ile aynı kulvardasın. Tek bir hata, tek bir sorumsuz saniye kabul etmeyen perfeksiyonist bir dünyadasın. Yirmili yaşlarında yapayalnız bir Türk'sün. Her taraf lobilerin desteklediği başka sanatçılarla dolu. Ortam, tam bir kurtlar sofrası...Emeğinle, yaratıcılığınla farklı bir yere varmalısın.

Bu zorlukları elimden geldiğince yenmeye çalıştım. Hep bir yarış vardı önümde. Ben, hayatını müziğe adamış bir insandım. Cd'ler yaptık. Her biri ya ödül kazanmıştır ya da ödüllere aday olmuştur. Dünyadaki sistem bunu; o yıl çıkan yüzlerce, belki de binlerce cd kaydı arasından, yine her seferinde yarışa koşarak var eder. O yarışmayı kazanmasaydım, daha ilk cd'den itibaren albümlerim en iyi satanlar arasında olmasaydı, konser hayatım nasıl başlayacaktı, bilmiyorum.

Bu bir sistemdir. Her anı zordur. O yıllarda bana "Türkiye'de piyano var mı?" diye sorulurdu. İşimiz çok ama çok zordu. Dünyadaki önemli müzik kurumlarında, orkestralarda, festivallerde, kısacası hiçbir yerde; Türk şef, Türk yönetici ve Türk organizatör yoktu. Klasik müzik dünyasında hakikaten yapayalnızdım. Ama umutlarım hep vardı.

-"Ben en iyiyim" diyenlerden uzak durmak lazım

İnsanın durduğu yerden;

"Ben dünyanın en iyisiyim. Dünyanın en iyi orkestra şefiyim, piyanistiyim ama dünya yanlış, sistem yanlış, "demesiyle hiçbir yere varılamaz.

Dünya ve sistem yanlış olabilir ama yüz binlerce yetenek hangi platformda var olacak? O zaman tüm bu zorluklardan geçenler, niye geçti?

Düşünün,

Türkiye'de yıllardır mankenlikten, spikerlikten aniden şarkıcılığa geçiş yapanları, haklı olarak eleştiriyoruz. Yetenekli çocuklarımız konservatuvarlarda on iki sene müzik öğrenimi görüyor ama bir spiker, bir günde, alay eder gibi onun başarabildiğinin çok daha fazlasını başarıyor diyoruz. İşte popüler sistem! Yarışı kabul etmeyen, "ben oldum" diyenlerin sistemi…

Peki sonra ne oluyor gerçeklikte? Başarıyor mu? İnsanların hayatlarını adadıkları, nefes alış verişlerini unutup, tüm dertleri yenip, çok üst bir kuvvet ile varoluş mücadelesi vermesi ve başarması, elbette kendisi için iyidir. Ama en çok ülkesi için iyidir. "Ben en iyiyim" diyenlerden uzak durmak lazım. Bu işi gerçekten yapan bir sanatçı; her seferinde besteleri, konserleri ve kayıtları ile yarışın en üst kulvarında olmalı. Ve bu kuvvetini asla kaybetmemeli. Çünkü ara verdiği an biter, yerine yenisi konur. Dünya, 2020 yılı itibarıyla yedi buçuk milyar nüfusludur. Milyonlarca müzisyen vardır. Bir sanatçı, varoluş mücadelesinde her gün, bir gün öncekinden daha iyi olmak zorundadır. Tüm bunların yanında, ister istemez içine düştüğü, sürüklendiği hatalarını da telafi etmek zorundadır. İyi olamadığı anları, onarmak zorundadır. Hep bir süper atlet gibi formda, sabah saat üçte uyandırılsa bile eserleri en iyi şekilde çalacak kıvamda olmalıdır. Bunlar basitmiş gibi gözüken şeylerdir belki. Basit midir? Tartışılır.

Sanat dünyasından gözlemlediğim bazı örnekler vermek isterim. Uzun yıllar, Nürnberg'de bir Alman organizatör dostum oldu. Altmış yıl konser organize etmiş, seksen sekiz yaşında da emekli oldu. Onun bir cümlesini anlatacağım.

Oda müziği dalı, triolar, kuartetler, çok fazla seyircisi olan bir olay değildir. Daha üst düzey müzik meraklılarının ilgi duyduğu bir daldır. Eserler de öyledir. Derinliklidir, derin bilgiler gerektirir. Paris, Berlin, New York, Londra gibi dünyanın büyük kentlerinde oda müziği konserleri, genellikle üç yüz ya da dört yüz müziksever tarafından izlenir. Ender olarak büyük salonlar dolar. Nürnberg'deki dostuma gelince; aslında orta büyüklükte bir Alman kenti olan Nürnberg'deki oda müziği konserlerinin her birine, bin dört yüzden fazla seyirci geliyordu. Bu çok büyük bir rakamdır. Dostuma sebebini sordum.

"Fazıl," dedi. "Bu altmış yıllık bir emektir. Dinleyicilerimin her biri benim için bir çiçektir. Çiçeklerime iyi baktım. Çiçekleri sulamak gerekir. Her gün onları yaşatmak gerekir. Hayatım boyunca ben bunu yapmaya çalıştım."

İşte böyle...

Dünya "ben en iyiyim" diyenler ile değil, işini iyi yapan insanlar ile daha iyiye giden bir dünyadır aslında.

-Fotoğraftaki şahıs yorgundur

Fotoğraftaki şahıs yorgundur.

"Bu dünya nereye gidiyor?" diye şaşırmaktan, "Türkiye çok daha iyi olabilecekken, neden bu yol?" demekten yorgun. Düşünmekten yorgun. Mücadeleden yorgun. Her daim kendiyle savaşmaktan yorgun. Kendiyle savaşmadığında, kendini tembel ve yanlış iklimlerde hissetmekten yorgun. Ve tabii ki, onunla bile savaşmaktan yorgun. Ağır yüklerden, büyük sorumluluklardan yorgun. Büyük sorumlulukları, daha meditatif hissiyatlarla birleştirebilse bile, bunu her daim başaramamaktan yorgun. Dinlenme ümidiyle izlenen Netflix'de bile, her on şeyde sadece birinin iyi çıkmasından yorgun. Kayıt yapmaktan yorgun. Ve tuhaf bir şekilde, bu yılki kayıtların iyi şekilde bitmesinden sonra boşluğa düşmekten yorgun. Viskiden yorgun. Siyasetçilerden yorgun. İşinin ehlî olmayan, türlü memur-bürokrat-şekilci-inançsız-zımbırtılarından yorgun. Kahveden ve espresso'dan bıkkın ve yorgun. "Elli yaşına geliyoruz. Hâlâ stres yaşıyoruz," diye şaşırmaktan ve şaşırdığıyla kalmaktan yorgun. Ailesine az zaman ayırmaktan yorgun. Eşine, kızına, babasına daha çok güzellik verememekten yorgun. Dostlarını özlemekten, "insanın çok da dostu olmuyor," diye düşünmekten yorgun. Bugün dünden daha iyi olmalı inadından yorgun. 21. yüzyılın akış ve sistemini tam anlayamayan bir konservatif olduğunu bilmekten yorgun. Yeni ve ilk arayışlarından yorgun. Hiçbir kazanımı olmayan tv tartışmaları seyretmekten yorgun.

"Zorunda olmak" lardan yorgun. 365 günün 300'ünü yollarda geçirmekten, 365 günde verdiği yüz kırk konserde, hayat enerjisini akıtmaktan yorgun. Bu hayat tarzını, sevdiklerinin bin türlü uyarılarına rağmen, kendisinin ısrarla diretmiş olmasının kaçınılmazlığından yorgun. İstemediği hâlde, havaalanları uzmanı olmaktan yorgun. Hayaller kurmaya zamanı olmamasından, kendi cellatlarından, etrafındaki kaprisli, kompleksli, kıskanç insanların kibir ve cahilliğinden yorgun. Fenerbahçe'den yorgun. Manchester United'tan bile yorgun. Vize dertlerinden yorgun. Aniden ve sebepsiz gülme krizi gelmesinden ve milletin buna şaşkınlığından da yorgun.

Ve yorgunluk...

Tuhaf bir hissiyat!

- Eski kocası, yeni kocası derken ortalık karıştı

Yıl 2015... İspanya'nın en ünlü orkestralarından biri, onlar için yazdığım "Kapalı Çarşı / Grand Bazaar" eserinin ilk seslendirilişini yapıyordu. "Kapalı Çarşı"; on iki dakikalık, biraz da deli dolu bir parça. Hem eserin ilk seslendirilişini dinlemem hem de provalarına katılmam için beni de çağırdılar. Şef, kadim dostum John Axelrod'du. Kudüm ve darbuka Aykut Köselerli'ye aitti. Ben oraya Aykut ile birlikte gittim. Orkestra provada, eseri çalıyorlar. Eserin bir bölümünde biraz mizansen var. Açıklamak lazım.

Kapalı Çarşı'da küfürbaz bir halı tüccarı düşünün. Bazen genizden küfrediyor bazen de İsveççe, Fince dâhil olmak üzere, yirmi yedi farklı dilde küfrediyor. Ve bu sahneyi, orkestra enstrümanlarıyla anlatmaya çalışıyor. Farz edin; Sürdinli bir korno, tizleşen bir küfür... Birinci fagot, presto kontrtenor tarzda. Hani çok hızlı, aynı zamanda çok tiz sesle konuşanlar vardır ya; işte o, turist bir müşteri. Çok tizlerde, bir de turist adamın karısı olduğunu düşünün. Turist kadın da "korangle" yani İngiliz kornosu denilen bir enstrüman. Orkestrada korangleyi çalan, gerçekten kadındı.

Neyse...

Tüm orkestra bu pasajı çalışıyorlar. Bu arada John'da orada yeni müzik direktörü olmuş, neredeyse kimseyi tanımıyor.

Bana dedi ki:

"Fazıl, bu sahneyi biraz teatral yapalım. Mesela ben fagotu, kornoyu ve korangleyi ayağa kaldırayım. Gerçek bir kavgaymış gibi görünsün."

Ben de "Tamam yap," dedim.

John, orkestradaki bu üç enstrümana;

"Ayağa kalkın," dedi.

Doğrulur gibi oldular ama hiçbiri ayağa kalkmadı. Birbirlerine kaş göz yapmaya başladılar. Anlamadık.

Ertesi sabah saat 10.00'da prova var. Ben 09.53'te geldim. Keyfim çok iyi.

Konzertmeister beni görünce uzaktan;

"Fazil, Fazil," diye bağırmaya başladı. (Adımı tam söyleyemiyor, ı harfini i yaparak sesleniyor.)

"Ne oldu?" dedim.

"Siz delirdiniz mi?" dedi.

"Ne oluyor ya?" dedim.

"Bu korangleci kadın, fagotçuyla evliydi," dedi. "Sonra aldattı onu. Fagotçuyu boşadı, kornocuyla evlendi"

Ben şaşkınlıkla konzertmeister'a bakarken, o anlatmaya devam etti;

"Sen bunun senfonisini mi yaptın? John, bir de üçünü ayağa kaldırıyor. Delirdiniz mi? Gece gece tüm orkestra birbirini telefonla aradı. Whatsup grupları kuruldu. Bu gece sayenizde kimse uyumadı"

"Ben nereden bileyim bunu?" dedim. "Alt tarafı bir eser yazdım. Nereden bileyim, kim kimi boşadı?"

Sonra hemen John'a koştum. Aykut'a anlattım.

İkisinin de gözleri fal taşı gibi açıldı, yüzleri bembeyaz oldu.

"Sakın konuşmayın. Şu eseri çalın. Bitsin," dedim.

-Herkes derdini, endişesini bir dağa yığdı

Son dönemlerde benimle röportaj yapan bir gazeteci, eserlere isim koymak konusuna değindi ve "Gezi Park" eserlerimi sordu. Bu eser, toplamda altmış dakika süren bir trioloji- üçleme…

Ona dedim ki:

"Bakın, biz bestecilerin opus sıralaması vardır. Mesela Gezi üçlemesinin ikinci eseri olan piyano sonatı, benim sıralamamda Opus 52'dir. Ben bu esere, Piyano için Sonat

Opus 52'de diyebilirdim. Ancak "Gezi Park" dememin özel bir anlamı vardı. Bu eseri, benden başka çalacak olan tüm piyanistlere ve eseri dinleyecek olan tüm dinleyicilere, insanlara, konunun ne olduğunu anlatmak lazımdı."

Bu olayları tüm Türkiye, hatta tüm dünya takip etmiştir. Bilinmesi gerekir, çünkü bu eserler program müzik stilindedir. Tarihte, toplumsal olayları ele alan çok sayıda müzik eseri oldu. 2013 Mayıs sonu başlayan Gezi olaylarını, İstanbul'da ve tüm Türkiye'de sokaklarda yaşananları, internette, televizyonda gördüklerimizi, tepkileri, hatta alaylı tepkileri, tomaları, meydanlardaki gaz bulutlarını, dramatik ve çok üzücü olayları, parklarda insanların danslarını, geceleyin ara sokaklarda yaşanan itiş-kakışı ve kovalamacaları, meydanlarda on binlerce kişinin yarattığı sloganları ve marşları, yani kısacası; objektif bir gözle gördüklerimi, ses devinimleri ve ritimler ile besteledim. Yani sözü olmayan bir müzikte, tüm bu yaşananları sesler ile resmederek, insanca bir bakış açısıyla ele aldım.

Günümüzde televizyon tartışmalarında veya siyasi mitinglerde Gezi olayları; bir terör örgütünün ve dış güçlerin yönlendirmesiyle gerçekleşen olaylar diye yorumlanıyor. Benim müzisyen gözümde ise işin aslı; insanları anlama gayretindeki zaaflarda yatmaktaydı. Ağaçların kesilmesine karşı başlatılan küçük bir eylem, büyük tepkiyle karşılaşınca; olaylar etki-tepki arasında, inanılmaz hızla gelişen, diğer tüm toplumsal olayları içine dâhil eden bir protesto dağına dönüştü. Herkes tepkisini, derdini, endişesini, bu dağa yığdı. Büyüdükçe büyüdü. Umutlar doğdu. Umut daha da büyüdü. Hiç aklımıza gelmeyecek kesimlerin bir olmasını gördük. İlginçti. Mesele insanları anlamaktır ve bu da özünde siyasilerin zorunluluğudur. Uzlaşılabilirdi. Çok daha dostane olunabilirdi.

Babam Ahmet Say ile…

-Genetik mirasım

Sorsalar;

"Baban Ahmet Say sinirli adam mıdır?" diye, "Bazen öyledir," derdim. Ben de çok çabuk sinirlenen biriyim. Saman alevi… Aniden basar. Ahmet Say, dünyanın en iyi insanıdır. Ama işte, ani sinirlenir. Öyle ki, depremin şiddetini bile bilemezsin. Ne zaman ve niye olduğunu hiç bilemezsin. Bu genetik. Bende de öyle, kızımda da.

İkinci bir genetik konu; volta atmak. Babam tüm hayatı boyunca volta atmıştır. Üstelik hapishanede yattığı dönemlerde edindiği bir alışkanlıktan dolayı da değil. Genetiği volta atmak! Volta atarken düşünmek, üretmek... Bende de var volta atmak, kızımda da. Şimdi bu *ani parlama* ve *volta atma* konusundaki anlatacaklarımı iyi okuyun.

90'lı yıllar, Ankara... Çok soğuk ve müthiş karlı bir kış gecesi... Babamın eşi Handan, televizyon seyrediyor. Handan, yazık! N'apsın, televizyonda ne varsa onu izliyor. Vıcık vıcık çiklet gibi magazin programı, ona denk gelmiş. Biraz ileride babam, tabii ki volta atıyor. Volta atan kafesteki kaplan gibi, ne yapacağı belli değil. Kavga da çıkarabilir, gülme krizi de gelebilir. Belirsiz! Hiçbir ipucu yok. O yıllarda bizim evdeki 'ilk' televizyon; en küçük boy, antenli, ilk çağ teknolojisi... Magazin programı iyice hoşafa dönüşüyor. O anlar bir türlü bitmiyor. Ve işte infaz anı! Voltasında son kararını kılan Ahmet Say, seri ve emin adımlarla televizyona yaklaşıyor. Parlamış. Sessiz yanardağ, volkanik! Televizyonu antenlerinden sıkı bir tutup, balkon kapısını açıyor. Tüm hırsıyla ikinci kattan fırlatıyor televizyonu aşağıya. Bayağı patlama olmuş sokakta. Handan, sonradan anlattı. Evin içinde perdeleri, ışıkları kapamış, gizlice dışarıyı seyretmiş. Karşı apartmanlarda millet camlarda, karlı sokağın ortasında darmadağın patlamış televizyon.

Bir taksi durmuş. Televizyonu bagaja atmış gitmiş.

Ya işte! Voltacılar biraz böyle.

Ama iyi insanlardır.

-Genç müzisyenleri paslandıran değil, parlatan bir sisteme geçilmeli

Şef Nil Venditti, benim kızım gibidir biraz. Kumru gibi bir karakteri var. Türk anne ve İtalyan bir babanın kızıdır. Çok yetenekli, çok girişken ve sempatik biri. Henüz yirmi dört yaşında. Bir orkestra şefi için çok genç, ama iyi yerlere vardı. Dünyanın en iyi menajerlerinden birinin listesinde, önü açıldı. Bir İtalyan bir de Hollanda orkestrasında yardımcı şefliğe ve daimî ikinci şefliğe yükseldi.

Türkiye'de de iyi gidiyor. Türkiye'de ve Avrupa'da kilit yerlerde, doğurganlığını gözettiğim işlevde birkaç iş ile onun uçağının pistten havalanışını sağladım belki. Nil çok iyiydi, aldı başını gitti. Artık herkesle çalacak. Hatta birkaç yıl benimle işi olmamalı ki, imaj olarak birisiyle anılıyor gibi hissedilmemeli. Kendi kanatlarıyla uçmalı.

Daha önceki yıllarda şöyle bir durum yaşamıştık: yedi oktav sesli, mucize yetenek Cem Adrian ile 2004'te çalışmaya başladığımda, onu kimse tanımıyordu. Onun için -Fazıl'ın keşfettiği, tarot falı bakan, Anadolu farinellisi- gibi yakıştırmalar yapıldı. Cem'in ismi çoğunlukla benimle anılıyordu. Bu yanlıştı. Sonrasında kestim her şeyi. Aradan birkaç yıl geçti. Cem kendi kanatlarıyla uçmaya başladı. İyi mi, kötü mü? Herkesin kendi kararı. Ama Cem, kendi oldu. Kendi yolunu çizdi. Kendi kocaman kitlesi oluştu. Türkiye'de alternatif müzikte, en önlere geldi. Ben, Cem'in destekçilerinden hayli azar işitmişimdir. Bazı şeyleri kestiğim için. Ama bu iş böyle. İnsan düşerken öğrenecek uçmayı, kendisi olacak.

Bir diğer yetenek ise, Can Okan. Nicedir takip ettiğim, en güvendiğim kaynaklardan çok iyi şeyler duyduğum, harika yetenekleri ve adanmışlığı olan bir şef-piyanist. Ve sosyal medyadan gözlemlediğim üzere, temiz bir akıl. Çok aydın ve dürüst bir gençtir. Teknik ve hızlı çalışma metoduyla, Avrupa'da X bir orkestranın başına genel müdür olabilecek bir görüntü sergileyen bir şef. Yolu uzun ve iyi. Henüz çalışmadım onunla. 2018 yılında onu Camerata Salzburg turneme almak için ciddi efor sarf etmiştim. Ama şartlar elvermemişti. Şimdi 2020'de hem kendi organizasyonlarımda hem yurt dışında listemizin en önüne koydum onu. Her yıl yaptığımız büyük yıl sonu konserimizde, "Rahmaninov 2" konçertoyla, ilk kez İstanbul seyircisinin karşısına çıkacağım. Can'ın da bu konserde yer almasını istiyorum. Henüz beraber çalışma fırsatı bulamadığım, ama çok güzel işler ortaya koyan bir başka isimden daha bahsetmek istiyorum; Artun Hoinic. Onunla da 2021'den itibaren çalışmayı düşünüyorum.

Bakın, tüm değerli genç yetenek enstrümantalist, şancı, şef, besteci derken; aslında bir insan için, bir hayata sığmayacak bir iş çıkıyor önümüze. Genç bir sanatçının önünü açacak olaylar, kolay bir araya gelmiyor. Zaman ve sabır lazım.

Bir örnek daha vereyim;

Şef Murat Cem Orhan ile çalışmaya 2016 yılında yurt dışında başladım. 2019'da büyük prodüksiyonlarda birlikte çalıştık. Ankara'da Bilkent Odeon ve İstanbul'da Volkswagen Arena konserlerini fevkalade yönetti. Bir yandan Devlet Senfoni Orkestralarında ve operalarda önemli işler yaptı. "Eksiği ne?" diye soracak olursanız; henüz yurt dışında, bir dünya menajerliğinin listesinde olmaması derim. Murat Cem, birkaç yıl içinde Avrupa'da önemli bir orkestra veya operada genel müzik direktörü olur. Birçok misafir şeflik işi de olur. Bu merdivenlerden çıkılması için dayanışma ve emek gerekir. Kanımca bu gençler, bunların hepsini hak ediyor. Genel olarak, Türkiye'deki bu malum sistem bozukluğunda bahsi geçen genç maestrolar; Artun, Murat Cem, Can Okan bu yukarı basamaklara ulaşma konusunda dayanışma olmadan, maalesef bir tekrara, bir memuriyete ve bir içtensizliğe mahkûm edilebilirler. İşte bunu istemiyorum. Bunu hak etmiyorlar. Sistem yanlıştır. Sistem bütünüyle dünyadan kopuk, realiteden kopuk, müzikten kopuk, toplumla buluşmaktan uzak, kötü ve yanlıştır.

Bu konuda malum camiadan iki yüz üç yüz kişi, yıllardır "Anti-Fazıl" diye bağırsa da onlar için Fazıl ne dese haksızsa da özünde aklın yolu birdir. Bu sistemler, bu kayırmacı, bu berbat kurum cumhuriyeti ağalığı, bu kibirli memur hâli, bu sözde Batılı ama hiçbir bilinci olmayan, tüm bu-bu-bu ve çoğu, yanlıştır kardeşim. Bu yanlışa rağmen, bir şeyler yapıyor olmak da kolay filan değildir.

Yıllardır, o genel müdür gider öbürü gelir. Onun sevdiği-sevmediği, bunun sevdiği-sevmediği, onun doğrusu- bunun yanlışı derken; bir bakmışız on yıllar geçmiş, hayat geçmiş. Gençlik de bitmiş. Çoktan bitmiş her şey. İşte bu noktaya varmadan; yıkmaktan değil, yaratmaktan yana olan bir sisteme geçilmeli.

-Ölümsüz Deniz Taşlarıydı

20. yüzyılın ikinci yarısında, Türkiye'de çağdaş müzik deyince aklımıza ilk gelen isimlerden biri, İlhan Usmanbaş'tır. Usmanbaş'ın çok sayıda eseri vardır. Bunların birçoğunu dinlemişimdir, çalmışımdır. Gerçekten çok lezzetli bir tını dünyasıdır. Arp ve yaylılar için eseri, klarnet quartetleri, senfonik eserleri, Ece Ayhan'ı rastlamsal bestelediği şan eserleri, Türkiye sanat tarihi için çok mühim ve önceliklidir.

2015 yılında yaptığım, Usmanbaş cd'sini piyasaya çıkarmadım. Çünkü Türkiye'de bir stüdyoda kaydetmiştim. Akustik ve enstrümanın yetersiz olduğu bu kayıt, benim piyano tınımı ve ruhumu pek temsil etmiyordu. Kanımca bu kayıt; Salzburg Mozarteum'da ya da Metz Arsenal gibi çok iyi akustikli, çok iyi enstrümanı olan bir yerde olmalıydı. Besteci de eserleri de bunu hak ediyordu. Olması gereken dünya seviyesi bir işti. Bu kaydı tekrar yapacağım.

Sevgili Yekta Kopan'dan, İlhan Bey ile eserler üzerine röportaj yapmasını rica etmiştim. Bizdeki cd kaydında, otuz kırk dakikalık çok enteresan bir röportaj bulunmakta. 1921 doğumlu Usmanbaş'ın, kaydettiğim eserleri arasında; solo piyano eseri olan "Ölümsüz Deniz Taşlarıydı", "Soruşturmada", "6 Prelüd" ve "Piyano için müzik" vardı. Hocam Kamuran Gündemir ile "Ölümsüz Deniz Taşlarıydı" eserini, 1986 yılında, ben henüz 16 yaşımdayken çalışmıştık. Kamuran beyin, TRT'de bu eseri çaldığı, müthiş bir kaydı bulunmaktadır. Ancak aynı zamanda, acılı da bir hikâyesi vardır.

Bu ölçüsüz ve ritimsiz, zaman duyumu göreceli eseri; Kamuran Hoca 1969 yılında konserlerinde çalıp, radyoda kaydettiğinde, konservatuvar camiasının büyük tepkisiyle karşılaşır. Dönemin eleştirmeni Faruk Güvenç; "Saçma sapan eserler çalacağına sıkıysa Mozart çalsın," diye eleştirir onu. Kamuran hocam her şeye küser.

Bize o günleri anlattığında, hüzünlenirdi.

"Bıraktım," derdi.

İnsanlar hassastır.

Bu kayıtları mutlaka bulun ve dinleyin isterim. Özellikle Saygun'un "Aksak tartılar üzerine 10 etüd" eserini o derece muhteşem çalardı ki, inanılmazdı. Bir daha öyle çalan olmadı.

Bu kaydı 70'lerde dinleyen İdil Biret;

"Kamuran bu işi yapmış bitirmiş," demiştir herkese.

O derece iyiydi.

-TRT radyosunun arşivinde saklı yıllar "Kamuran Gündemir"

1982 yılında, piyano hocam Kamuran Gündemir'in öğrencisi olduğumda, on iki yaşımdaydım. On yedi yaşımda, konservatuvarın yüksek bölümünden mezun olup, Almanya'ya gittim. Türk bestecilerini yorumlamayı, bana en çok Kamuran Gündemir aşılamıştır. Piyanist olarak, kendisinin de müthiş kayıtları oldu. Bunların hepsi TRT radyosunda saklı, kıymetli kayıtlardır.

2005 yılında, Antalya Piyano Festivali'nde, "Kamuran Gündemir Genç Yetenekler" konser serisini başlatmıştık. Hocam, kısa bir süre sonra, 2006 Şubat'ında vefat etti. Biz de genç yetenekler konserlerini "Kamuran Gündemir, Büyük Ustanın Anısına" diyerek devam ettirdik.

Can Çakmur, Iraz Yıldız ve daha pek çok genç piyanist -ki o yıllarda daha hepsi çocuktu- bu projemizde yer almıştı. Dünyanın önde gelen genç yeteneklerini de Antalya'ya davet ediyorduk. Güzel yıllarımızdır. Türk bestecilerinin Kamuran Gündemir'e gerçekten vefa borcu vardır.

-80'ler Ankara'sında, EOF'un evinin salonunda

Ertuğrul Oğuz Fırat; besteci, şair, ressam ve hukukçudur. Kendi deyimiyle; ozan, bağdar, ressam. 1980'lerin Ankara'sı... Biz bir avuç çağdaş müzik meraklısı genç; yaklaşık üç yıl boyunca, Ertuğrul Oğuz Fırat'ın -kendi deyimiyle EOF- evine, haftada iki gün, saat 18.00-20.30 arası çağdaş müzik dinlemeye ve tartışmaya gittik.

Misafirler arasında Bilge Karasu da olurdu. O evin salonunda, plaktan müzik dinleyip, tartışanların sayısı kimi zaman yedi sekiz kişi olurdu kimi zaman da on on beş kişiyi bulurdu. Çağdaş müzik (EOF'nin deyimiyle "çağdaş küğ") dinleyebilmek için, 1980'lerin Ankara'sında çok da imkân yoktu. Hele tartışacak insan bulmak, iyice zordu.

Bakanlıklardaki Alman Kültür Merkezi'nin Goethe Institut Kütüphanesi'nden plak ödünç alabiliyorduk. Bir de Ertuğrul Oğuz Fırat, enteresan bir insan; sanatı anlaşılmamış. Ozan olarak da ressam olarak da anlaşılması kolay olmayan eserler yarattı. Öz Türkçe kelimeleri kullanmayı tercih edenler olmuştur; EOF, onlardan biridir.

Onun birkaç eserini çaldım. Çok iyiydi eserler. Özellikle "Keman ve piyano için ezgiler" harikadır. Çalması, anlaması, öyle çok zor filan da değildir. Bir de "Mevlâna" diye eserini çalmıştım. O da ilginç ve etkileyiciydi. Bizim konservatuvar ve orkestra, opera kurumları çevresi ise; EOF'yi hiç sevmemiş, hiç benimsememişti.

Dışarıdan biri,
Yalnız biri,
Her şeyi kendi kendine öğrenmiş biri,
Kendini geliştiren biri...

Dünyanın en büyük plak koleksiyonlarından birine sahip. On binlerce 20. yüzyıl eserini bilen, tanıyan, araştıran, paylaşan, gençlerle paylaşıp, tartışmaya açan, Ankara Bahçelievler'de mütevazı bir evde yaşayan, gönlü geniş, hiç kimseyi hiçbir şeye zorlamayan derya gibi bir adamdı. Çok sakin evinde, kedileri ve en yakın dostu Bilge Karasu'yla birlikte...

CSO, 70'lerin sonunda "Büyülü ve Susuz Arayışlar" adında bir orkestra eserini çalmış. Bu pek de anlaşılır geçmeyen ilk buluşmadan sonra, o zamanın eleştirmeni Faruk Güvenç "abuk sabuk arayışlar," diye yazı yazmış.

Kendisini hiç anlayamayan camiaya, EOF da çok kırgındı. Dışlanmış ve yapayalnız hissediyordu. Kızgındı da. Haklı olarak!

Dokunmaya değer bir sanattır.
Deneyin.

-Özünde çok enteresan bir armoni sistemi

Anılarımda; 1982-1984 yılları arasında, Cebeci'de iki oda bir salon, son derece mütevazı ve yoksul bir ev daha var. Kemal İlerici'nin evi...

Yarattığı armoni sistemini birkaç seansta, o zaman on iki on üç yaşlarında olan bana ve sevgili Muhiddin Dürrüoğlu'na anlatmıştır. Evine gelen bu meraklı besteci adayı çocuklara iyi davranmıştır. Konservatuvardaki asıl kompozisyon hocamız İlhan Baran, çok daha çağdaş bir insandı. İlerici'nin siyasi açıdan tutuculuğunu çok eleştirirdi. Ama onun dörtlü armoni sistemine de büyük saygı duyardı. Nitekim, birkaç yıl içerisinde İlerici'nin teorisini, onun dışında, bir de bestecilik ve armoni hocamız İlhan Baran'dan öğrendik.

O yıllarda çağdaş müzik, asıl derdimizdi. Yıl 1985. Biz ne yapmalıydık? Kemal İlerici sistemi; bize katı kuralları olan, estetiği akustik değil, teorik düşünülmüş bir sistem gelirdi. Ki biraz da öyledir. Kemal İlerici gerçek bir sanatçı-besteci miydi, yoksa bir teorisyen mi? Çıkan sonuç, onun daha çok teorisyen olduğunu gösteriyor; bunda da yanlış bir şey yok. Onun denediği, kuralları olan, 4'lü aralık akorlardan, makamsal mikro tonların da dâhil edilmesiyle ortaya çıkan, hayli karışık ve kapsamlı sistemden; aslında pek çok eserimde yararlandım. Mesela "Umut Senfonisi", "Yürüyen Köşk", "Nasreddin Hoca'nın Dansları", "Chamber Senfoni", "Mezopotamya Senfonisi"...

Bütün bir eseri, tek bir armoni sistemi ile bestelemek zorunda değiliz. Kimse değil! 4'lü armoni sisteminden de kimi pasajlarda yararlanabiliriz. Bunu kendi estetiğimizde, hatta Kemal İlerici'nin kurallarına uymadan bile yapabiliriz. Şunu söyleyebilirim; özünde çok enteresan ve özgün bir armoni sistemidir. Aslına bakarsanız Türkiye'de, İlerici'den çok daha önce, Erkin'in, Saygun'un bestelediği eserlerde de 4'lü armoni sistemi vardır. Erkin'in "5 Damla", "Duyuşlar", Saygun'un "Sonatin" eserinde olduğu gibi... Ama serbest bir kullanımda gözle görünen; Bartók estetiği takipçiliğinde, kimi zaman Stravinski ve Debussy'ye öykünerek ortaya çıkardıkları, çok seslilik ve serbest armoni kurgusudur.

Biz konservatuvar yıllarımızda hem ilk hem ikinci kuşak Türk bestecilerini programımıza koyardık. Hocamız Kamuran Gündemir, bunu olmazsa olmaz görürdü.

Fazıl Say & Zubin Mehta
14 Eylül 2019 – Münih konseri

- Okyanusu anlamış bir filozof "Zubin Mehta"

14 Eylül 2019 akşamı, hayatımın en güzel ve en anlamlı konserlerinden birini, Münih'te, Zubin Mehta ile yaşadım. Mühih'teki konser gecesinde, hepimizle içindeki evrensel iyiyi, homojeniteyi, armoninin anneliğini, mutluluğu ve ya-

şamayı paylaştı. Birlikte Beethoven'i anlattık, Beethoven'i yaşadık.

1936 doğumlu, Hint asıllı şef Zubin Mehta, dünyanın en büyük sanatçılarından biri. Son birkaç yıl, amansız bir hastalık ile mücadele etti. Tüm müzik dünyası, onun için çok endişeliydi. Zubin, bu sürecin ardından; hayata, konserlere geri döndü. Müzik onu hayatta tutuyor. Müzik ile yaşıyor. Neredeyse her gece konsere çıkıyor. Farklı senfonileri, konçertoları yönetiyor. Mahler, Berliöz, Beethoven... Ömrünü adadığı binlerce eser ezberinde, eserleri ezbere yönetiyor. O kadar iyi biliyor ve hissediyor ki; herkese öğreterek, daha iyiyi göstererek prova yapıyor. Hep sakin hep iyi kalpli. Her şey iyi olsun, herkes iyi hissetsin istiyor. Bir derenin akışındaki doğallığa vararak, su gibi akarak hayatı takip ediyor. Kendini müziğe adıyor ve bunu sadece "iyi" için yapıyor. Konserin provasında o konuşurken, çıt çıkmıyor ve herkes onu dinliyor. Zubin bir müzik gurusu, bir nevi Dalai Lama. Müzikteki iyi ile, yaşamdaki iyiyi birleştiren bir filozof. Biliyoruz ki Zubin'i takip edersek her şey daha iyi olacak.

Zubin Mehta ile birçok kere beraber çaldık. Evde eşim Ece ile birlikte en çok dinlediğimiz, güvendiğimiz orkestra şeflerinden biridir. Mesela onun Bach, Wagner, Stravinski, opera, konser kayıtlarını dinlediğimiz anlar, evrene yükselmek gibidir. Onunkisi büyük bir yaşam, kocaman bir hayat. Dünya çok büyük. Çok fazla ses, çok fazla müzik, çok fazla müzisyen var. Her şey bir okyanusun içinde gibi. En büyük müzisyenler bile, bu okyanusun içinde ufak bir nokta. Zubin ise bu okyanusu ve bu dünyayı anlamış bir filozof. Ne yaptığını bilecek kadar okyanusun anlamını içselleştirmiş ve niye yaptığını cevaplamış biri.

25 Mart 2019 – Frankfurt Paris ICE

-Beste yapmak benim meditasyonum

Beste yapmak benim meditasyonum. En büyük mutluluğum.

Sakin, sessiz, içimi dinlediğim anlar…
Özgürlüğüm,
İstediğimi yapmam,
Hür olmam.
Sükûnetim.

Düşünelim, Tokyo'dayız. Şahane bir pazar sabahı, sabah 08.00'de uyanıp, hazırlanıp, konser salonuna geçiyoruz. Kısa bir prova, resital saat 11.00'de... Programda Beethoven'in 4 sonatı. Harika. Her şey harika.

Ayakta alkış.

Bravo.

Tatil gibi. Terapi gibi...

Şimdi okumaya devam edin.

Tokyo'ya on üç saatlik bir uçuştan sonra, cuma akşamı vardınız. Ondan önce Türkiye'de ve Avrupa'da konserler, işler var. Pazar günü sabah 08.00'de uyanmıştınız, demiştim. Yani sizin saatinizle 01.00'de... Sabah 02.00 prova, salon. Sabah 04.00 konser başladı. Bu sizin vücut saatiniz. Sabah kendi saatimizle 01.00'de uyanmamız için, yedi saatlik sağlıklı bir uykuyu düşünürsek, kendi saatimizle saat 18:00'de uyumuş olmamız lazım. Bir günde bu mümkün müdür? Buna jetlag diyoruz ve jetlag; biz müzisyenlerin en ağır sorunlarından biridir. İşin gerçeği şu; pazar sabah 08.00'de sadece bir iki saat uyku ile kalktınız. Bu ne konsantrasyon ne kondisyon için, hiç iyi bir durum değildir. Beyniniz çakmak gibi olur. Güneşin orada parlaması sadece eziyettir ve günün başlamadan "başlaması" tam bir işkencedir.

Beethoven sonatlar; tüm müzik dünyasının bildiği, akademi öğrencilerinin, hocalarının, merakla beklediği bir konser. Çalışınız referans olacak ya da olmayacak. Herkes iyi bir performans bekliyor. Hâliyle sizi Tokyo'da çok parlak bir gelecek bekliyor olabilir ya da olmayabilir. Bu iş iyi giderse ne âlâ, yoksa?

Rekabet değilse bile, beklenti ve seviye zor bir konudur. Serzeniş etmiyorum ama dünya zordur. Bu zorluklar arasında beste yapmak; benim naçizane hayatımda bir meditasyon, terapi ve mutluluktur.

- 13.00'e bir kala müziği kesen sendika

Konserlerimden birinde şef Nil Venditti, Camerata Orkestrası ile yaptığı genel provasında, saat tam 12.58'de bana döndü ve dedi ki:

"Orkestradan on on beş dakika daha rica edeceğim. İçime sinmeyen bir yer var. Orayı da tam oturtmak istiyorum."

Dedim ki:

"Sakın öyle bir şey yapma. Prova 10.00-13.00 arasında ve bu iş saat 13.00'de biter. Bir dakika bile gecikme. Sendika hakları çok sert ve pahalıdır. Konserde zaten iyi olur her şey."

Aslında Nil bunu kesin olarak öğrensin, diye söyledim. Gerekliyse Camerata Orkestrası bize iyilik yapardı zaten. Nil provayı 13.00'de bitirdi.

Yıl 1999... New York Filarmoni ile cd kaydındayız. Orkestra ile olan eserleri, "Rhapsody in Blue" ve "I got ryhtm" parçalarını konserlerde kaydettik. Benim PorgyBess caz aranjmanlarımı kaydedeceğimiz gün, kaydı yapacağımız New York yakınlarında harika bir salonu olan Purchase'e geldik. Orkestrada altı kişi vardı. Efsanevi klarnetçi Drucker, saksafon, davul, vurma saz ve vibrafon. Üç parçaya, üç saat ayrılmış; tamamdır. Fakat bir de geldik ki, vibrafon ile piyanonun akordu asla tutmuyor. Neredeyse yarım ton pes ve vibrafon, akort olan bir enstrüman değil. Piyanonun tamamının yeniden akort edilmesi lazım. Bir buçuk iki saatlik iş çıktı. Mecbur akort yapıldı. Geriye bir saatimiz kaldı. Amerikan orkestra menajerlerinin katı kurallarını biliyorum. Müzisyenlerle çalmaya başladık. Onlardan bu sefer rica ettim.

"Bir saat daha kalabilir misiniz?" diye sordum. Müzisyenler seve seve kabul etti. Zaten altı kişiyiz ama orkestra menajeri, "sendika hakları," diye itiraz ediyordu. Yaklaşık yarım saat daha kayıt yaptık. Müzikseverlerin uzun yıllar çok sevdiği, harika bir kayıt çıkmıştı ortaya.

Dünyada, orkestraların hemen hepsi sendikaya bağlıdır. Japonya ve ABD, bu konuda hayli katı. Çalışma kuralları; herhangi bir kişiye istisna yaratmamak için, her provada eşittir. Dostum, keman sanatçısı Vengerov'un da bir kaydında başına geldi. 90'lı yıllarda, Chicago Senfoni ile saat 12.56'da son bölümün kaydına başlıyor. Yaklaşık on dakikalık bir bölüm. Her şey inanılmaz güzel gidiyor. Saat 12.59'da sendika ile plak şirketi bir tartışmaya başlıyorlar.

Keselim mi? Kesmeyelim mi?

Müthiş güzel müzik, salonda devam ediyor.

Sonunda plak şirketi bastırıyor ve ortada kesmiyorlar.

-"Sansür olan yerde, benim eserim çalınamaz"

Sevgili Muammer Sun hocamız ile ilgili, iki görüşüm olacak. İlki; onun nasıl dürüst bir insan olduğu konusu, ikincisi; fevkalade besteciliği ve yaşamı... 2014 yılında, Cumhurbaşkanlığı Senfoni Orkestrası'nın programında, benim "İstanbul Senfonisi" adlı eserim vardı. Bu eser skandal bir şekilde, sebepsizce programdan kaldırılmıştı. Bu, çok net bir sansürdü. O yıllarda hakkımda davalar açılmıştı. İktidara muhalif karşıtlığım ile biliniyordum. Konser programına "İstanbul Senfonisi" eseri yerine, Muammer Sun'un bir orkestra eseri kondu. Muammer Hoca, eserini çaldırtmadı. "Sansür olan bir yerde, benim eserim çalınamaz," diye itiraz etti. Ve kendi eserini, kendisi programdan geri çekti. Bu müthiş dayanışma, o karanlık günlerde bana ışık oldu. Hayatım boyunca kendisine müteşekkir kalacağım. Kültür Bakanlığında o sansürü kim uyguladı? Bugüne kadar somut bir fikrimiz yok. Karanlık ve suistimalci bir güruh, kin dolu tipler... Her şey bulanık ve muallak!

Eser, 2015 yılının başında Katar Senfoni Orkestrası'nda çalınacaktı. Orada da programdan kaldırıldı. Şef aynı şef. Ve bu şef, orada da kesin bir açıklama yapmadı. Daha sonra 2019 yılında, bu sefer CSO kadrolu sanatçılarının bir kısmı, benim sisteme karşı eleştirilerimi ve önerilerimi bahane edip, yine eseri çalmayı reddettiler. Eser kimseye danışılmadan, takviyelerle ve eksik kadrolarla çalınmış. Hiçbirimize hiçbir kazancı olmayan, tatsız durumlar bunlar. Kurumları kullanan, suistimal eden anlayışlar...

Muammer hocanın besteciliği, Türk halkının hep gönlündedir. Çok sevilen "Yurt renkleri", "Kurtuluş" gibi film ya da dizi müzikleri ile, çok geniş bir kitle onu bilir.

Bildiği doğrular ile yaşayan ve hep bir duruşu olan Muammer hocama, her zaman şükranla!

-Ya Atatürk olmasaydı?

Atatürk'ün dünyada hayranlık uyandıran en önemli özelliği; Türk insanının dünya yarışında var olması için yaptıklarıdır. Kültür sanat alanında, bilimde, sporda, kurumlarda ve aklınıza gelebilecek daha birçok konuda yaptıkları bir gelişim devrimidir. Cumhuriyet'in ilk yıllarında olağanüstü bir gayretle, kültür sanat alanında yaptıkları sayesinde ben varım. Bu benim Atatürk'e müteşekkir olduğum bir konudur.

1940'larda harika çocuk İdil Biret, tüm yokluğa rağmen Milli Eğitim Bakanlığının gayretleriyle Paris'e öğrenim görmeye yollanmasa, sonrasında Biret dünyanın takdir ettiği bir müzisyen olmasa, biz küçük yaşlarımızdan itibaren onu dinlememiş olsak, ailelerimiz referans olarak Biret'i bilmiyor olsa, Biret dışında birkaç iyi müzisyenin de yıldızı parlamamış olsa ne olurdu? Türkiye'de operaların, tiyatroların, orkestra kurumlarının var olması akıl edilmemiş olsa ya da 20. yüzyıl Türkiye'sinde edebiyat ve diğer sanat alanlarında oldukça enteresan kişilikler var olmasa, eserler verilmese, siz söyleyin; 1970'lerde beş yaşındaki Fazıl ve anne babası nasıl bir yol çizecekti? Ne yapacaklardı? Referansları ne olurdu?

Mesela müzik alanında var olunması için, 1930'larda Nazi rejiminden kaçan küçük bir Alman kolonisine Atatürk kucak açmıştır. Bu Almanların içinde; ünlü besteci Paul Hindemith de vardır. Dünya müziğinde Türkiye'nin de var olması ve konservatuvarın kurulması için, Atatürk oldukça ısrarlı davranmıştır.

Bizim değerli hocalarımızın pek çoğu, Avrupa'da öğrenim gördü. Başarılı oldu ve sonra memleketine dönüp hocalık yaptı. Cebeci'deki Ankara Konservatuvarı ücretsiz yatılı bir devlet okuluydu. Ülkesine geri dönen bu neslin yetiştirdiği yetenekli öğrencilerden bazıları, 1960-70-80'li yıllarda Milli Eğitim Bakanlığınca verilen burslarla, yıllarca en iyi şartlarda yurt dışında okudu. Kimisi döndü kimisi kaldı. Kimisi başka büyüklükte bir yörünge çizdi. Ama hepsinin ülkesine vefa borcu vardır.

Atatürk, bu sanatçıların hiçbirine, "Batı'yı taklit edin," dememiştir. Buradaki felsefe şudur: "Batı'nın gelişmiş tekniklerini öğrenin ama Türk olarak da hep özgün kalın, bir sentez yaratın."

-Mozart zamanında izafiyet teorisi

Mozart için şöyle derler;

"Bütün büyük besteciler, gökyüzüne ulaşmaya çalışanlardır. Mozart ise gökten inendir."

Peki bunu niye derler?

Filozof Nietzsche, bu soruya basit bir cevap veriyor: "İyilik dolu esintisiyle, içimizdeki çocuğu hatırlattığı için!"

Son beş yüzyıllık müzik tarihinin, Batı'daki büyük yükselişinde, müziğin üç büyük devi olarak; Bach, Mozart ve Beethoven gösterilir. Bunda haklılık payı vardır.

Mozart, 1756 yılında doğdu. Bugün Dünya gezegeninde, pek çok ezgisi milyarlarca insan tarafından ezbere bilinen kesinlikte, eşsiz estetiğiyle, şarkı ve şiir dolu müziğiyle, yediden yetmişe tüm insanlığın sevdiği, insanlık adına gurur duyduğu bir müzik dehasıdır. Bin yılın dehasıdır. Hemen hemen tüm piyano eserlerini çaldığım ve kaydettiğim Mozart üzerine çokça düşündüm, bazen de yazdım. Mozart'ın beni en büyüleyen ve hayrete düşüren özelliği; sadece eşsiz ruhu, bin yıllara bıraktığı melodileri değildir. En anlaşılmaz ve soyut nokta, otuz beş yıllık ömründe, matematik olarak açıklaması zor üretimidir.

Mozart, otuz beş yaşında öldü. On yaşına geldiğinde, küçücük bir çocuk olmasına rağmen, kırk eser bestelemişti. Sonraki yirmi beş yılda, 580 büyük eser daha besteledi. Otuz beş yaşında ölen bir müzisyenden arda kalan; 620 küsur eser! Yüz binlerce sayfa nota… Her biri yarımşar saatlik kırk bir senfoni ve altmış küsur konçerto, her biri üç saat civarı yirmi adet opera- *ki bunlar dünya tarihinin en meşhur operalarıdır-* yüzlerce sonat ve oda müziği eseri, korolu eserler... Şöyle düşünün; nota yazan biri, yani kopist haftanın beş günü, sekiz saat Mozart'ın yapıtlarını temize çekmeye çalışsa bu uğraş yirmi yıl sürüyor! Ve Mozart bunları yarattı, sadece temize çekmedi.

Düşünüyorum, tüm bunlar nasıl oldu? Mozart faytonda, evde, konser için gittiği yerlerde bu eserleri bestelerken, zaman kavramındaki izafiyet mi devreye girdi? Ne zaman ve nasıl oldu tüm bunlar?

O, hep besteledi.

-Müthiş bir tiyatro oyunu "Amadeus"

Amadeus, müthiş tiyatro yazarı Peter Shaffer'in 1979 yılında yazdığı bir tiyatro oyunu. Bilindik hikâye; Mozart Salieri vakası...Teatral kurgudur. Gerçeklik payı yoktur ya da yok denecek kadar azdır. Ama Amadeus, efsane bir tiyatro eseridir. Ünlü sinema yönetmeni Milos Forman, 1984 yılında bu efsane tiyatro oyununu filme uyarlamıştı. Film, on dalda Oscar kazandı ve tarihteki en önemli filmlerden biri oldu.

1980'lerin başında, ben henüz on üç on dört yaşımdayken, babam beni Ankara Devlet Tiyatrosu'na götürmüştü. Yücel Erten rejisi ile sahneleniyordu eser. O gece, eserin harikulade bir tiyatro versiyonunu seyretmiştik. Yıllar sonra 2020 yılında bu eser Türkiye'de yeniden sahnelenmeye başladı. İstanbul Uniq'de izleme imkânı buldum. Tek kelime ile harika! Herkes mutlaka görmeli bu oyunu. Çok ilginç bir kadro, süper prodüksiyon, müthiş akıllı reji, koro, orkestra... Emeği geçen herkese gerçekten teşekkürler.

Selçuk Yöntem, çok değişik ve çok ilginç bir Salieri oynuyor. Shaffer'in metnine sadık. Yorumu, doğal yeteneği ve tecrübesiyle sahnede çok iyi. Selçuk Yöntem, Shaffer'in tam istediği gibi bir Salieri olmuş. En iyi Salieri belki de. İşte marifet burada, müthiş bir iş. Okan Bayülgen de Mozart'ı, yani Amadeus'u oynuyor. Bu adam o kadar yetenekli ki, her yerinden yetenek akıyor sanki. İsterse altmış yıl tiyatro yapmasın geldiği an, sahneyi kaplayabilir enerjisi. Mozart'ı tüm tekniği ve duygusuyla yaşıyor. Mozart'ın karısı Konstanze, yani gecenin müthiş keşfi Özlem Öçalmaz. Büyük starların yanında parlayan üçüncü bir yıldız olmuş bile. Büyük oyuncu geliyor. Özlem'i merakla takip edeceğiz. Koro ve opera solistlerinin çoğunu, Nâzım Hikmet

Korosu'ndan tanıyorum. Harikalar. Bu tiyatroda fevkalade canlı performe edilen gece kraliçesi bile var. İnanılır gibi değil. Mozart'ın müziği, ışık, dekor, kostüm, makyaj iyi ellerde. Otuz beş kişi sürekli sahnede. Yönetmen Işıl Kasapoğlu, gerçekten büyük bir usta. Kusur aradık, bulamadık kardeşim. Bu çok iyi iş. Çok iyi!

Bu eser, Mozart'ı ve klasik müzik sanatını, bu ülkede uzun yıllar ilgi odağı hâline getirebilir. Bu yüzden, ben şahsen çok mutluyum. Bu büyük prodüksiyonda emeği geçen ve destek olan herkese şükran borçluyuz.

-Yarışma jürisi olmak, ateşe dokunmak gibi...

Yarışmalar ilginçtir. Ben gençken üç yarışmaya katıldım. İkisini kazandım, birinde ilk turda elendim. ABD'de YCA Yarışması'nı kazanmak, konser hayatımın başlamasında ciddi bir unsurdu. Sonra yıllar geçti. Birçok yarışmada jüri üyesi ya da jüri başkanı olmam teklif edildi. Üç dört kere yaptım. Sonra onu da bıraktım.

Bırakma hikâyem de şudur:

Montreux Caz Festivali Piyano Yarışması; birinci ve ikinci olan yarışmacısına cd imkânı tanıyan, aynı zamanda konser turnesi veren çok önemli bir yarışmadır. Ben bu yarışmada, 2007 ve 2008'de jüri başkanı oldum. Üç olağanüstü yetenek finale kalmıştı. Finalistler; Küba Latin cazı, Azeri muğam cazı ve otantik üslupta çağdaş Avrupa cazı temsilcileriydi. Ve bu gençleri, birbiriyle kıyaslamak bile zordu. Hepsi müthiştiler. Final öncesi, bir devlet başkanı beni aradı;

"Bizim çocuk birinci olsun," dedi.

Festival başkanı da kâğıda "Kübalı çocuk kazansın," diye not düşmüş, bana yolladılar.

Bu şartlarda yarışa girdik. Halk zaten Latin caz seviyor, o net. Neyse, ender uygulanan bir şey yaptık. Bir "birinci", iki de "ikinci" belirledik. Bu gençlerin üçü de fevkalade kariyerlere sahip oldular. Kübalı şu an, Buena Vista Social Club'ın piyanistidir. 2007 yılındaki bu yarışmada etrafımızda dönen baskı, devlet başkanlarının bile araya girdiği "birinci olma" hırsı, beni bir hayli rahatsız etmişti.

2008 yılında ise başka bir olay yaşadım. Montreux'da potansiyeli çok yüksek olan ve favori gösterilen Ermeni bir piyanist hem yarı finalde hem finalde çok kötü bir günündeydi. İkinci oldu. Yani bu kadar yetenekli biri, kötü döneminde kaybedebiliyor ya da tam tersi olarak, daha az cevherli biri iyi gününde kazanabiliyor.

Bu sonuç nedeniyle, bana siyasi olarak suç atanlar bile oldu. Ermeni genç, sonrasında çok güzel bir kariyer yaptı. Ama ben tüm bu deneyimlerin sonunda, bir daha jüri olmamaya karar verdim. Birinin annesi, diğerinin hocası, bir başkasının uzattığı telefonun ucundaki! Yani iş tatsızdı. Benden sonra 2009 yılında, Montreux'da Aziza Mustafa Zadeh jüri başkanı oldu. O yarışmada birinci, ikinci ve üçüncü Azeriydi!

-Buz dağı kendinsin!

5 Aralık 2017 / Düsseldorf konseri öncesi...

Düsseldorf; on yedi yaşımdan, yirmi bir yaşıma kadar öğrenciliğimi yaşadığım güzel kent. Hocam David Levine, Aids hastasıydı. 1993 yılında kaybettik. O zamanlar Aids, neredeyse tedavisi olmayan bir hastalıktı. Tüm toplum için korkuydu. Kimse "Ben Aids'liyim" diyemezdi. Dışlanır, hor görülürdü. Hocamın aylarca hastanede olduğu, derse gelemediği zamanlar olurdu.

Ben bu kentte çok büyük yalnızlıklar, krizler, travmatik dönemler yaşadım. Ren Nehri'nin kıyısında kendi kendime dolanıp, kaç yüz gece kendimle tartıştım, kendime saldırdım, hatırlamıyorum bile. Bir uçurumdan düşerken, uçmayı öğrenmek zorunda olan, toprağını arayan genç ruh!

Nietzsche'nin anlamlı bir sözü vardır.

Der ki;

"Savaşçı insan, savaşacak bir şey bulamadığında kendisine saldırır."

Bu sözü anlayana kadar defalarca tekrarlayalım.

Bu gece çalacağım Tonhalle Salonu… 1986-88 yıllarında, burada çok konser dinledim. Bin beş yüz kişilik salonun tamamı dolu. Fazıl Say resitalinde yer yok. Bense, kulis odasından Ren Nehri'ne bakıyorum. Otuz yıl önce, on yedi on sekiz yaşındaki Fazıl'ın ilk büyük savaşını hatırlıyorum. Bugünlük bu kadar hesaplaşma yeter desem bile, bazen yetmiyor. Çünkü insanın kendiyle olan tüm savaşları gibi, o gün ki savaşta tamamen kazanılamıyor.

Bazı insanların işte yapısı böyle.

"Fora fora fora" diye ileri atılınca buz dağına toslayıp, gemiyi batırman mümkün.

Düşününce aslında;

O buz dağı da zaten kendinsin!

03 Nisan 2018 – Théâtre des Champs-Elysées Paris

- Paris'teki şanslı gece "Asla Vazgeçme"

(3 Nisan 2018 – Paris'teki prömiyer sonrası yazılmıştır)

Camille Thomas için yazdığım "Never Give Up, Op. 73" viyolonsel konçertosu, günümüzü anlatan bir eser. Eserin Türkçesi "Asla Vazgeçme." Terör çağına rağmen, yitirmememiz gereken umutlarımızdan, yaşamımızdan, iyinin tılsımından asla vazgeçmememizden bahsediyor. Bu konçerto, Türkiye'de de mutlaka seslendirmeli.

Bu akşam Paris'te Théâtre des Champs-Elysées'de, eserin dünyada ilk seslendirilişini, Camille Thomas yapacak. Camille Thomas, gerçekten çok şiirsel bir viyolonselci. Yeteneği ve karizması ile, sahnede devleşen bir müzisyen. Müziğin akışı yüzündeki ifadede yaşıyor. Müziği yaşıyor, anlatıyor, anlatılanı yaşıyor. Müzik; bu gencecik müzisyenin şiirselliğinde, bir olayın içinde, önünde, sesler, kelimeler gibi akıyor. Eser, tamamı dolu salondaki prömiyer gecesinde çok şanslı.

Bravo Camille!

-Umudun Sesi'ni herkes dinleyebilecek

(5 Haziran 2020-Cd'nin çıkışının ardından yazılan yazıdır)

Camille Thomas'ın cd'si "Voice of Hope / Umudun Sesi", nihayet Deutschegrammaphon'dan çıktı. "Never Give Up/ Asla Vazgeçme" eserinin hikâyesini, hızla kronolojik olarak anlatayım. Ocak 2016'da Camille ile buluştuk. O yıllarda hem Türkiye'de hem dünyada yaşanan terör olayları, vahşet ve tehlike hayatlarımızı karartıyordu. Bizler ise herkes gibi eşitlikten, iyiden, güzellikten yana bir gelecek, barış dolu bir dünya hayal ediyorduk. Umutlarımızdan vazgeçmemeliydik, eserin adı bu yüzden "Asla Vazgeçme" oldu. "Umut Senfonisi" nin kardeşi eserdir, eş zamanlı bestelendiler. Camille, ilk andan itibaren çok sevdi eseri.

Camille, cd kaydını Brüksel'de Stéphane Denéve ile yaptı. Cd'nin çıkışıyla birlikte, artık herkes eseri dinleyebilecek. Benim için kutlu bir gün. Çocuklarımdan biri dünyaya açılıyor. Bu kayıt, çello dağarcığına narin ve güzel bir ışık verecektir diye düşünüyorum. Tüm emeği geçenler, sağ olsunlar.

-Devr-i Hindi'niz bol olsun

18 Haziran 2020

Önce su sesi.

Ardından bir dere sesi.

Kuş cıvıltıları...

Ve en sonunda, kudüm başlatır müziği.

Bu ölçünün adı, "Devr-î Hindi"

Devr-î Hindi; Mevlevî ve Bektaşî dönemlerinden kalma, altı ila yedi yüzyıllık, önce üç sekizliği döndüren ve adı üstünde biraz Hint tablası ritimleri anımsatan, 7/8'lik bir raksandır. Benim çello konçertomun son bölümünün de sessiz ortamıdır. Nisan 2017 tarihinde, son bölümü bestelerken düşünüyordum. Bunca terör, bunca savaş bitse salt bir doğa ve yaşamın özü kalsa...Bari bunun umudu olsa! Müziğimiz umut olsun. Yaşama, doğaya, evrene, varoluşa âşık olsun. İnsanı sevsin.

Bence Camille Thomas, çok güzel çaldı eseri.

Çünkü iyi anladı.

-Provası yoğun, on altı dakikalık eser

Ülkemizde az tanınan bir eserim hakkında, sizleri naçizane aydınlatmak isterim. "Chamber Symphony / Oda Senfonisi", şu ana kadar ki 85 çocuğum arasında en sevdiklerimdendir. On altı dakikalık bir eserdir. Sadece on yedi kişilik bir yaylı sazlar orkestrası içindir ve bu on yedi kişinin her birinin kendi ayrı notası vardır. Dinlemesi kolay ama çalması zordur. İçselleşmiş bir sentezin ürünüdür. Anadolu'nun ritim ve usul geleneğinin ögelerinin çağdaş bir perspektif ile işlenmesine, emek dökülmüştür. Bu on altı dakikalık eser için, en usta orkestralar bile sekiz dokuz saatlik bir prova süresi ayırıyorlar. Zaten ilk bölüm,

Devr-i Hindi usulü ile başlar. Orkestra, vurma sazlar topluluğu gibidir. Ağır bölümünde, Türk enstrümanlarına ve makamlarına melankoli ile öykünülür. Son bölümü ise, çok süratli ve zıtlıklarla dolu bir köçekçedir. Orkestra, İstanbul Roman müzik kültürünü aynen aktarır. Bu eseri sipariş eden *Orpheus Chamber Orkestrası* ile, Nisan 2015'de New York Carnegie Hall'de eserin prömiyerini yaptıktan sonra, on beş konserlik uzun bir dünya turnesine çıkmıştık. Eser, başlıca müzik merkezlerinde de seslendirildi. Dünyada çok sık çalındı, uzun turnelere çıkıldı ve bu benim mutluluğum oldu.

Benim çalıştırdığım orkestralar arasında; *Camerata Salzburg* ve *Deutsche Kammerakademie Potsdam* da yer alır. Şef İbrahim Yazıcı, eseri St. Petersburg'da yönetmişti. Türkiye'de sadece bir kez, İzmir'de, Şef Naci Özgüç yönetimindeki *Karşıyaka Oda Orkestrası* ile çalındı. Henüz Ankara, İstanbul ve diğer şehirlerimizde seslendiremedik bu eseri. Dostlarım ve genç yeteneklerden kurulu bir oda orkestrası ile düşündüğüm bir turne fikri var aklımda. Çünkü bu senfoninin, Türk halkına anlatacağı ve Türk halkı ile paylaşacağı çok özel şeyler var diye düşünüyorum.

-İronik şakacı kemancı ve iç sesim

Bundan on beş yıl kadar önceydi. Ablası da piyanist olan genç bir kemancı vardı. Bir gün beni aradılar. Dediler ki; "Fazıl Bey, biz sizin keman piyano sonatınızı cd'ye kaydetmek istiyoruz. Sonatı da çok beğeniyoruz ama beş bölümlü sonatın sadece iki bölümünü kaydedeceğiz, bu mümkün mü?"

Ben de sordum;

"Niye ki kardeşim, teknik bir sorun mu var? Diğer bölümleri çalamıyor musunuz? Cd'nin süre sorunu filan mı var?"

Kemancı yanıtladı;

"Yok yok, öyle değil. Malum siz memlekette, bizim camiada pek sevilmezsiniz. Müzik camiasında sizi sevenler de var sevmeyenler de. O yüzden biz beş bölümün sadece ikisini çalalım dedik."

Dedim ki;

"Kardeşim! Dalga mı geçiyorsun? Ya tamamını, beş bölümün hepsini çalın ya hiç çalmayın. Kayıt bu!"

Sonrasında cd'yi takip etmedim. Kaydettiler mi kaydetmediler mi, sadece iki bölüm mü çaldılar, bilmiyorum.

Aradan iki üç yıl geçti. Aynı kemancı çocuk beni bir kere daha aradı.

"Fazıl Bey, ben sizin keman piyano sonatınızın üçüncü bölümü olan *Horon*'u, piyano olmadan solo keman ile konserlerimde seslendirebilir miyim?" diye sordu.

Ben yine;

"Olur mu canım öyle saçmalık!" diye kızarak yanıtladım.

O saçmalığı yaptı mı yapmadı mı, yine takip etmedim.

Aradan bir iki üç yıl daha geçti. Aynı kemancı bir kere daha telefon etti;

"Ben haftaya sizin keman konçertonuzu İzmir'de çalacağım, gelir misiniz konsere?" diye sordu. "Peki geliyorum," dedim.

O gün İzmir'e gittim, genel provayı dinledim. Çocuk, benim; keman konçertosunda vurgulamak istediğim erotizmi, argoyu, melankoliyi anlamamış gibiydi.

"Biraz çalışalım, anlatayım," dedim.

Zaman ayırdım, onunla birkaç saat çalıştım. Bestecinin düşüncelerini pek de kale alır yanı yoktu. Anlamıyor gibiydi. Nitekim konserde de öyle çaldı. Sadece notaları çalan biri gibi…

Sosyal medyada rastladığım birkaç yorum sonrasında anımsadım bu hikâyeyi.

Yeniden, "hayat bazen yorucu," diye düşündüm.

"Ne çok şeyle uğraşmışım," diye kendime kızdım.

İç sesim yine bağırıyordu;
"Affet Fazıl. Her şeyi, her olayı, herkesi affet Fazıl. Kızma Fazıl. Kızıp, kendinden kaybetme Fazıl. Sen iyi ol. İyi kalpli ol!"

Bu ikilemlere hayli düşüyorum son zamanlarda.

Ve bazı kararlar alıyorum.

Sevmesem de!

- Ruşen Güneş'e ithafen...

Haziran 2018

Ruşen Güneş viyolacıdır. Uzun yıllardır İngiltere'de yaşayan bir müzisyenimizdir. Gurur duyulası bir kariyeri oldu. Londra'nın önemli orkestralarında, oda orkestralarında çaldı. Oda müziği faaliyetleri hâlâ konuşulur. Mesela uzun yıllar, *Londra Filarmoni Orkestrası* (LPO) ile çalıştı. Orkestranın tüm şeflerini, solistlerini, eserleri yakından bilir. İngiltere'de müzik camiasında kime sorsanız onlar da Ruşen Güneş'i bilir, çok severler. Onunla ilgili anılar anlatırlar. Ayrıca Avrupa'da beraber müzik yaptığım viyola üstatları da Ruşen'i bilir. Ona saygı duyarlar. Özel bir yerdedir Ruşen Güneş.

Anılarını, müzik coşkusunu sosyal medyadaki yazılarında sıkça paylaşır. Yıllardır her konuda deneme yazıları yazar. Umarım bu yazıları mutlaka derleyip, kitap hâline getirir. Bazen siyasi konularda da düşüncelerini yazar. Çoğunlukla ilgiyle okurum. Bir köşe yazarı takip eder gibi, Ruşen'i takip ediyorum. Yazılarından birinde; yeni bir Türk eseri keşfettiğini, Yalçın Tura'nın kendisi için, viyola ve orkestra için bir konçerto bestelediğini, bu eseri Türkiye'de her yerde çalmak istediğini yazmış. Bu projeyi destekliyorum. Umarım önümüzdeki sezonda bu konserleri yaparlar. Ben henüz viyola için hiç beste yapmadım. Ama bu besteyi yapıp, Ruşen Güneş'e ithaf etmek isterim.

Ruşen Güneş ile birbirimizi gördüğümüz son an
08 Ocak 2020 – Wigmore Hall / Londra

- Güneşsiz, karanlık sabah

30 Mayıs 2020

Sevgili dostum Ruşen Güneş, bugün vefat etti. Çok ama çok üzgünüm. Daha iki gün önce konuşmuştuk. Çok şaşkınım. Tüm sanat camiasının başı sağ olsun. Büyük bir değerdi, uzun yıllardır Londra'da sanatını yapan büyük bir viyola üstadıydı. Onun için bir viyola eseri yazma sözüm vardı, yetişemedim. Son on dört yıldır, neredeyse her gün yazışırdık. Nurlar içinde yatsın.

-"Keşke gecikmeseydi" dediğim viyola sonatı

2 Haziran 2020

Ruşen Güneş'e ithaf edeceğim solo viyola sonatımı "Opus 92" bitirdim. Geciktim. Onun öldüğü gün sersem gibiydim. Haberi duyunca bu sonat aklımda akmaya başladı. Yetişemedim. Kendime kızıyorum bu gecikmişlik için. Sonatın ithaf sayfasında *"Ruşen Güneş için"* yazabilirdi. Şimdi *"Ruşen Güneş anısına"* yazıyor. Güzel bir eser oldu. Dilerim ki bu eseri, onun anısına herkes çalsın bundan sonra.

Geçen ay bana şöyle yazmıştı:

"Fazıl, bana eser yazacaksın ama ben artık seksen yaşıma geldim, iyi çalamıyorum."

Dedim ki;

"Eser sana ithaf edilecek. Bir ömür adanmışlığına, dayanışmadır. Sen eseri kimin çalmasını istersen, o çalar"

Ruşen son birkaç yıldır, Türkiye'de genç müzisyenlerin kadro, sözleşme, işsizlik gibi önemli sorunlarına dair, her gün makaleler yazardı.

Duyarlıydı.

Vatanseverdi.

Yazışmalarımızı okuyunca duygulanıyorum. Bana, sahip çıkmam gereken genç müzisyenleri işaret ettiği tavsiyeleri olurdu. Bunlar çok insanca ve yürek dolu mektuplardır.

-Ruhum darmadağın. Aklım nerede?

Haziran 2018

Yazmamam lazım aslında. Ama içimi dökmek istediğimden yazıyorum. Doluyum. Annem yoğun bakıma alınmış. Kötü haber, kızımla geçirdiğim bir günün akşamında geldi. En son iki ay önce böyle bir şey olmuştu. Durumu çok kötüydü. Bir gece "kurtuldu" haberi geldi. Sonra; "Bir dahaki sefere şansı olmaz," dendi.

Bu gece yine aynı hisler... Turnenin son konserini iptal edip gitmek istedim. "Yanına girmeniz zor, gelmeyin," dendi.

Düşünüyorum, annem Bodrum'da yoğun bakımda ne yapıyor?

Bilişsel değilse de güdüsel bir kuvvetle, hayatta kalıyor. Dün kızımla birlikte sessiz bir sabah geçirdik. Konuyu birbirimize açmadan, fazla konuşmadan atları temizledik. Rasyonel konuları konuşarak geçti zaman.

Sonra öğlen uçağıyla Stuttgart'a geçtim. Ardından turnenin son konserini yapmak için arabayla Ludwigsburg'a... Havaalanından otele giderken, otobanda ağır bir kaza yaptık. Bir tünelde, ciddi bir kaza... Bize çarpan araba haşat oldu. Festival şoförü kızcağız hastanelik oldu. Bana bir şey olmadı. Ruhen darmadağın olmak dışında! Tünelde polisi beklerken, arabalar sağır edici bir gürültüde hızla geçerken; aklım Bodrum'da yoğun bakımda, 24 Haziran'da yapılacak seçimde, geleceğimizde...

Kazadan kırk dakika sonra, bir taksi geldi. Yetişmem gereken provaya gittim. O an her şey, olağanmış gibi olsun istedim. Kazanın ardından, piyano çalmamda bir sorun olmadığını görmek istedim. İyi bir prova yaptık. Tek sorun; "Fazıl Say'ın ruhu nerede?" sorunuydu. Diğer bir yandan önümde telefonum; Bodrum'dan haber bekliyorum. Her mesaj gelişinde, kötü haber mi, diye sinirim bozuluyor. Kırk saniyede bir mesajlara bakıyorum.

Yoğun bakımda annem, trafik kazası, seçim-umut-gelecek...

Bodrum'da annem zorda, kazanın şoku, seçim- yüzde kaç? Gelecek- endişe,

Ve turnenin son konseri...

Schumann ve "Yürüyen Köşk"ün oda müziği versiyonunu çalıyoruz. Ekip "Yürüyen Köşk"ü çok güzel çalıyor. Ama Schumann, zor bana bu hâlimde. En son geçen sene çalmıştım.

Ters eserdir.

Aklım nerede?

-Anneme veda...

24 Ağustos 2018 tarihinin anısına

Alzheimer, kötü bir hastalıktır. Önce ufak unutkanlıklar ile başlar. Sonra unutkanlıkların büyüdüğü, okuma yazma ve televizyon seyretme yetisinin kaybedildiği evreler gelir. Beyin hafızasına saldıran Alzheimer ve yıllar içinde tek tek unutulanlar...Yürümeyi, hareket kabiliyetini ve hatta yemek yemeyi bile unutur beyin. Hasta, mideye takılan makine ile beslenmeye başlar. Artık en yakınlarını bile tanımıyordur. Sonra nefes almayı da unutur. Boğazdan nefes borusu devreye girer. Hasta artık biyolojik olarak, ölmüş gibidir. Ama sonrası da var. Beyin, yaşamayı unutur ve işte o gün gelir!

2018 yılı, 23 Ağustos gecesi Dresden'e çok geç bir saatte vardım. 25 Ağustos günü "Umut Senfonisi" nin dünya prömiyeri vardı. 24 Ağustos tüm gün; eserimi orkestraya anlatmam, çalıştırmam için bana ayrılmıştı. Uykuya daldıktan sadece birkaç saat sonra telefon çaldı. Yardımcım Taner, annemin vefatını bildirdi. Annem sabahın erken saatlerinde hayatını kaybetmişti. Ertesi gün yapılacak cenaze için, Dresden'den Bodrum'a hemen yola çıktım. Orkestranın şefine, tüm ilgililere ve aileme telefon ettim. Annemin cenaze namazı, Bodrum'da Bitez Köyü Camii'nde kılındı. Annemin dostları, sevenlerimiz sağ olsun yalnız bırakmadılar.

Annem, 1937 İzmir doğumluydu. Eczacıydı. Üç üniversite mezunu annem, fevkalade kitaplar da yazdı. Sosyolojik ve bilimsel kitaplar, oğlunun çocukluğundaki müzik yeteneği ile ilgili denemeler... 24 Ağustos 2018 günü, amansız ve çaresi henüz bulunamamış Alzheimer hastalığına yenik düştü. Dresden'deki müzisyenler, konseri anneme ithaf etmiş.

Umut ve ölüm,
Hayat iç içe,
Hep iç içe...

-Fotokopi notadan eser çalmak

Telif, hayli zor bir konu ve artık bir hukuk konusudur. Klasik müzikte kurallar, yaklaşık olarak aynı. Biz müzisyenlerin en kolay anlayacağı genel olarak iki şey var:

1- Yetmiş yıl kuralı

2- Fotokopi

Telifte yetmiş yıl kuralı şöyle: eser sahibi bestecinin *-yazarlar ve şairler içinde geçerli-* günümüzden yetmiş yıl önce ölmüş olması gerekiyor. Dikkat edilmesi gereken nokta; doğum değil ölüm tarihinin üzerinden yetmiş yıl geçmesi… Yani Mozart, Beethoven, Chopin için telif yok. Artık kamunun. İsteyen istediği yerde, istediği kadar çalar.

Son yirmi yıldır, 1930'larda ya da 1940'larda ölmüş bestecilerin eserlerinin halkın malı olmasına şahit olduk. Mesela; Gershwin, Ravel, Bartòk gibi bestecilerin eserlerinin telif kapsamından çıkıp, kamunun olması durumunu yaşadık. Keza çok değerli bir yazar olan Sabahattin Ali, 1948 yılında vefat etmişti. Ölümünün üzerinden yetmiş yıl geçince, eserleri farklı yayınevleri tarafından basılmaya başlandı. Özellikle *Kürk Mantolu Madonna,* bu yetmiş yıl kuralının sona ermesinin ardından, Türkiye'de ve farklı ülkelerde yüzün üzerinde yayınevi tarafından basılmış.

Bunların dışında telif, bestecinin rızası dışında da belirli kurallara tabidir. Tüm gelir, yasal bir şekilde, bir havuzda toplanır. Sonrasında besteciye kendi payı ödenir. Bu nedenle eserleri sahneleyen kurumlar, organizatörler, herhangi bir eserin kullanım hakkını isteyen kim var ise, telif kurallarına dikkat etmek durumundadır.

Bir de fotokopi olayı var. Yetmiş yıl kuralının geçerli olduğu ve telif kapsamına giren eserlerde, notaların fotokopi olarak kullanılması yasaktır. Kullanıldığı kurumlarda, orkestra ve operalarda bunların cezaları ağır olabiliyor. Notaların ilgili yerlerden kiralanması zorunludur. Her performans için aynı kural geçerlidir. Yani, "bir kere kiraladık, ondan sonra on yıl kimseye bildirmeden fotokopiden çalarız," düşüncesi; hukuksal açıdan sıkıntı yaratabilir.

-Aklımdaki çağdaş festival

Müzik üzerine yazı okumaktansa, müziği dinleyerek değerlendirmeye açmak, çok daha somut bir adımdır. Bu yüzden kayıt etmek ya da konserde çalmak istediğim çağdaş eserleri, bir festival düzenleyerek, daha geniş kitlelere ulaştırmak istiyorum. Mesela, "Türk Çağdaş Piyano Müziği Günleri"

Henüz festivalin nerede olacağına karar vermedim. Ancak ilk festivali, 2021 yılında yapmak isterim. Sonuçta dağa piyano çıkarabilen bir ekibiz ve bu festivali, kendi ekibimle ya da destek olmak isteyen biriyle yapabiliriz diye hayal ediyorum.

Konserlerimde kendi bestelerimi çalıp, memleketimin değerli sanatçılarını sunmuyor olmak; kendimi de sorumlu hissettiğim bir durumdur. Ve yıllardır, "benim yapmam gerekiyor," diye düşündüğüm bir konudur. Zaman zaman bazı eserleri çalıp, cd'ler kaydettim. Ancak daha fazlası olmalı. Bestecilerimiz arasında büyük değerler var. Bu bestecilerin çoğu eserini biliyorum. Elimdeki imkânlar elverdiğince, cd'lerini dinliyorum. Sosyal medya araçları vesilesiyle takip ediyorum. Bazı müzisyen meslektaşlarımızı, sizler de takip etmektesiniz.

Çağdaş müzik, ciddi bir emek gerektirir. Ancak maalesef, meraklı kitlesi çok geniş değildir. Bunun sebeplerini tekrar anlatmamıza gerek yok. Müzikte kim neler yapıyor? Konsept olarak neler yapılıyor dünyada? Yaratıcılık, buluşlar, renk, ritim, armoni, orkestrasyon, mühim konulardır. Yaşıtım olan ya da sonraki kuşakların Türk bestecilerinden aklıma gelenlerden bazıları; Muhiddin Dürrüoğlu, Mahir Cetiz, Aslıhan Keçebaşoğlu, Zeynep Gedizlioğlu, Uğurcan Öztekin, Onur Türkmen, Özkan Manav, Kamran İnce, Hasan Uçarsu, Mehmetcan Özer, Evrim Demirel, Emre Eröz... Tabii ki burada benim bilmediğim, keşfetmem gereken daha pek çok genç besteci var.

Bu festivali hayata geçirmekteki gecikmişliğimin, bazı temel ve gerçekçi sorunları var. Mesela; Avrupa ve diğer ülkelerdeki klasik müzik dünyası, konser salonları, festival ve orkestraları çağdaş müziğe pek açık değil. Seyirci kaybından korkuyorlar. Henze, Zimmermann gibi repertuvarımdaki bestecilerin değerli piyano eserlerinin, bazı yıllar konser salonları tarafından reddedildiğini ve bana "Bach-Beethoven çal," dendiğini hayli yaşadım. Konservatif bir camiadır.

Bir başka diğer zorluk ise; çağdaş müzik yorumcusu – özellikle piyano müziği- yeni bir çağdaş eseri öğrenmek için büyük bir mesai harcamak zorunda. Yani altmış yetmiş dakikalık bir modern müzik programı için, günde sekiz on saatlik bir çalışmayla, ez az bir aylık bir süre feda edilmeli.

Ben, yılda yüz yirmi konser veren biriyim. Dünya yarışında çeyrek asırdır, çok büyük emek gerektiren, baş döndürücü bir tempodur. Klasik müziğin tüm repertuvarı; solo piyano, oda müziği ve konçertolar babında çok uzun bir okyanustur. Ve her zaman istediğimizi değil, bazen de bize teklif edilen programları çalarız. Yorumculuk dışında, beste yaptığım dönemlerime ayırdığım bir vakit var. Dolayısıyla büyük bir zaman sorunuyla karşı karşıyayım. Kendi bestelerimi, resitallerime, konser programlarıma koymak benim zorunluluğum. Bu durum, konser repertuvarında biraz da kontenjanı dolduruyor.

Konserlerimde; Kamuran İnce, Mahir Cetiz, Muhiddin Dürrüoğlu eserlerini çalmışlığım vardır. Artık; benden genç nesillere kucak açmalıyım, diye hissediyorum. Bu festival, yıllardır aklımda olan bir konu. Ancak bahsettiğim nedenlerden dolayı, ertelemek zorunda kaldım hep. Bundan sonrası için söz vermem zor. Ama en azından deneyeceğimi biliyorum.

Eşim Ece ile...

-Savaşa gidiyorum

(11 Kasım 2019 akşamı, Wuppertal konseri sonrası kaleme alınmıştır.)

Bu gece, ömrünü tüketmiş bir piyanonun sesine *-hani böyle çivi!-* kulağımı tıkayarak, tüm benliğimi seferber edip, kendimi dış seslere kapayıp, içime dönerek (gerçeküstü bir vaka), içimi dinleyerek; Mozart, Beethoven ve Truva sonatını iyi çalmak için kıran kırana bir mücadele verdim. Başta tedirginlikle, 3-0 yenik düşüp, sonra skoru 4-3 yapan bir futbol takımının tarzında tuhaf bir mücadele…

Elli yaşıma geliyorum. Ve kıran kırana mücadele hiç bitmiyor. Bazen soruyorum, ne bu?

Sükûneti öğrenmek zor. Sükûneti öğrensen de uygulaman zor. Uygulasan bile, gönülden bağlanman zor.

Geçtiğimiz haftalarda cd kaydı için Salzburg'a gittim. Bavulda baş ağrısı, kas ağrısı, mide yanması için onca ilaç, ferahlamak için Çin yağı…

Ece bavula baktı.

"Savaşa mı gidiyoruz?" dedi.

Güldük.

Savaşa gidiyoruz!

Hayat bir yerden, hep aynı.

Otuz sene önce, 1989 yılının Kasım ayında Düsseldorf'ta öğrenciydim. Bir yurtta kalıyordum. Yıllar sonra, oraya sadece birkaç kilometre uzaklıkta, Wuppertal'da, bir klasik müzik konserinde sahne alıyorum. Yıllar ne çok şeyi değiştiriyor! Hadi canım! Mücadele hiç bitmiyor. Ruhtaki fırtınanın seyri değişiyor belki bir nebze. İlerleyemedik!

Gecenin sonunda, 2004 yılında Engin Geçtan'ın bana söylediği sözleri anımsıyorum.

"İçindeki faşisti yenemiyorsun."

On beş yıl geçti.
Rahmetli.
Evet, yenemiyorum.
Savaşa gidiyorum.
Barışa gitmeliyim!
Yarın, 11.30 treniyle Bieleed'e geçiyorum. Orada daha iyi olacağım.

-20. yüzyıl Türkiye'si bestecilerine güvenemedi

Yaklaşık on yıl kadar önce, kendisine tarihçi diyen zır deli bir şarlatan; *Türk Beşleri* aleyhinde, onları türlü şekilde suçlayıp, alay ederek, haftalar boyunca televizyonda yayın yapmıştı. Dönem ruhu öyleydi. Naçizane, kendi görüşlerimi burada tarihe not düşmek isterim.

Türk Beşleri önemlidir. Türkiye için önemlidir. Dünya için de önemlidir. *Türk Beşleri*, yani 20. yüzyıl Türk klasik bestecileri kimlerdi, diye soracak genç nesil olabilir. Onlar için doğallıkla tekrar hatırlatalım; Ahmed Adnan Saygun, Ulvi Cemal Erkin, Cemal Reşit Rey, Necil Kâzım Akses, Ferit Alnar... Bu bestecilerin hepsi 20. yüzyılda yaşadı. Hepsi iyi bestecilerdi. Dinlemeye, keşfetmeye değer eserler bıraktılar. İmkânınız olursa mutlaka dinleyin. 2020 yılında, yaklaşık üç yıldır ertelediğim "Türk Bestecileri" kayıt projeme döneceğim. Kayıtlar zenginleşecek, çoğalacaktır.

Bazen şu sorunun sorulduğunu duyuyorum: madem bu besteciler bu kadar önemliler, neden kendi ülkelerinde ya da Batı'da bilinmiyorlar? Çünkü Batı'nın Türklere karşı temel sorunlarından biri olan, "ön yargı" olgusuna takıldılar. Bu bir gerçek. Ancak Türkiye, dünyadaki müzik organizasyonlarının ve sistemlerinin komple dışında kalmış bir ülke olduğu için, bu besteciler Batı'ya ve kültür dünyasına yeterince sunulamamışlardır. Bu da başka bir gerçek.

20. yüzyıl Türkiye'si, bestecilerine güvenemedi. Onları anlayamadı. Ve belli ki sunamadı da. Yazık! Kendi ülkelerinde ise, toplumun anlama/anlayamama dengeleri içinde zorluklar yaşandı. Konservatuvar, orkestra, opera gibi kendi küçük kurumlarına hapsolmaları, kendi küçük camialarından fazla dışarı çıkamamaları, kendi hatalarıdır. Bu hataların hepsi, tuhaf sistemin (sistemsizliğin!) sonucudur. Doğrudur; daha fazla toplumsal olmalıydılar. Ama bunun için onlara bazı imkânlar da sağlanmalıydı. Herkes, her şeyi kendisi yapamaz sonuçta.

Türk Beşleri...

Bu bestecilerimizin değerini bilelim.

31 Ekim 2019 – Salzburg

BEETHOVEN SONATLARI

I- Dünyaya, büyük bir şey hediye etmek istiyordum

Beethoven'in 32 sonatını kaydetmek; çok uzun vadeli, yorucu bir meşgale. Üstelik bu eserler, 20. yüzyılda çok büyük yorumcular tarafından da kaydedilmişken...Türkiye ve dünya zor zamanlar geçirirken, böylesine ciddi bir projenin içerisine girme fikri doğdu. Zor bir çalışmanın içine girip, her şeyden, tüm dertlerden, gelecek endişesinden soyutlanarak; kendimi bir şeye adamak istedim. Kendimle hesaplaşmak, memnun olmadığım şeyleri tedavi etmek ve daha iyi bir "ben" yaratmak...Ve daha da iyi çalmayı, beynimi, vücudumu daha iyi kullanmayı, daha hızlı öğrenmeyi, daha derin analizler yapmayı, tarihteki en büyük bestecilerden biri olan Beethoven'i, en iyi çalanlardan biri olmak istedim. Benden sonraki nesillere, piyano öğrencilerine, lisans yapan gençlere, bu eserlerin 21. yüzyıldaki önemli referans kayıtlarından birini sunmak istedim.

Bugüne kadar 50 cd yaptım. 85 eser besteledim. Dünyanın farklı kıtalarında, farklı ülkelerinde üç bin civarında konser verdim. Tüm bunların sonunda, bugüne kadar ki çalışmalarımın dışında, yapabileceğim en dürüst işi yapmak istedim. Ve bu kayıtları yaptım. Benim kaydımda yeni olan enteresan bir olgu var. O da bu kaydı yaparken; bir icracı değil, bir besteci anlayışıyla çalmış olmam.

32 sonat, 630 dakikalık bir müziktir ve biz müzisyenlerin kutsal kitabı niteliğindedir. Dünyaya büyük bir şey he-

diye etmek istiyordum. 21. yüzyıl insanının, yıllar sonra bu müzik ile çağımızda yeniden buluşması için, bu sonatları en taze en çarpıcı hâliyle sunabilmek adına; hayatımın iki yılını, gece gündüz demeden sadece buna adadım.

II- Beethoven, benim idolüm ve mentorum oldu

Projeye, Mayıs 2017'de başladım. O güne kadar, Beethoven sonatlarının sadece 14'ünü çalmıştım. Ve 18 sonatı yeni öğrenecektim. 2020 yılı, Beethoven'in 250'nci doğum yılıydı. Projeyi, bu zamana kadar tamamlamayı hedefledim. İlk kez sekiz yaşımda, Beethoven'in küçük sonatlarını çalmıştım.

Otuzlu yaşlarımda, 5 sonatın cd kaydını gerçekleştirmiştim: "Fırtına" (no.17), "Appassionata" (no.23), "Waldstein" (no.21), "Ay Işığı" (no.14) ve "Opus111" (no.32). Ama kaydettiğim koşullar pek iyi olmadığından, bu kayıtlarımdan hiçbir zaman mutlu olmadım. "Pathetique", "Opus109", "Hammerklavier", "Les Adieux" gibi sonatları, değişken dönemlerde konser programlarıma koyduğum olurdu. Kendime, "bu sefer memnun kal," emrini verdim. Çok çalışmam gerekiyordu. Beethoven'in sonsuz derinlikteki bu 32 eserini çalışmak, benim için müthiş bir motivasyondu. İki yıl boyunca Beethoven, benim idolüm ve mentorum oldu.

31 Ekim 2019 – Mozarteum / Salzburg

III -Hayali orkestra, hayali izleyici ve Beethoven

Sanatçılar için ruhun iki rakibi vardır: ilki "vücut", ikincisi "zaman". Asla ellerimizin esiri olmamalıyız. Ellerimiz, tuşlar, piyano, sesler, tüm bunlar; ruhumuzun bütünleşmiş benliği olmalı. Bunun için her yolu denemeliyiz. Mesela ben, bu iki yıllık Beethoven çalışma sürecinde, iki önemli hayali ürün yarattım. Birincisi; "Fazıl Say Beethoven Orkestrası" idi. Her piyano sonatını bir senfoni gibi hissetmek, her sonatı ve notayı beynimde bir orkestra gibi duymak istedim. Bu hayali orkestra ile, hayali orkestra provaları yaptım. Hayalimde orkestrayı; deli bir *Karajan*, temkinli bir *Furtwangler* yönetti. Bazen de bu hayale, tutucu bir şef ya da Beethoven manyağı tutkulu bir şef dâhil oldu. Hepsi benim orkestramı yönetti. Her seferinde, her sonat için dört saatlik genel provalar yaptık.

Bu hayaller, konsantrasyon için müthiş bir içe dalıştır. Ve bu çalışmalar için piyano başında olmaya da gerek yoktur. Hayal çalışmaları her yerde olur. Bazen havalimanında, bazen otel lobisinde, evde ya da bir kafede… Yeter ki tam dalış anında; birisi, bir sebepten rahatsız etmesin.

Orkestranın dışında, sonatları; piyano başında transpoze de çalıyordum. El belli bir hareket ezberlemesin, el müzik ezberlesin, diye. Her makamı, her eseri, her tondan anında çalan Roman müzisyenler misali, esere salt doğallık ve autodidaktlık katıyoruz.

Bunun dışında, çok daha hayalci bir yöntemim vardı. Sonatlarımı yanımda oturan, enerjisi ve müzik ruhu sonsuz, hayali bir Beethoven'e çalıyordum. Hayali Beethoven, bana müziğini gösteriyor, bazen beni azalıyor bazen beynimin içinde huzursuzlukla tepiniyordu. Bu aşama en zoru ve en acımasızıydı. Bu kadar çok çalışırken, azar işitmekten bıktığım, bacaklarımın zonkladığı, kendimi yılmış ve yorulmuş hissettiğim oluyordu. Abramoviç metodu gibi, bu hayalin içinde tam bir kendini sınama hâli baş gösteriyordu. Gücü ve ağırlığı aynı anda taşıyan bu hayaller son bulduğunda *-Mayıs 2017'de başlayan kayıtlar, 2019'da bittiğinde-* üzerimden tuhaf bir yük kalktı. Kendimi derin bir boşlukta hissettim.

IV- Sonatları hikâyeleştirmek

Müzik bir şey anlatmalı ve yorumcu, anlatmak istediğini kesinlikle çok anlaşılır kılmalı. Öylesine anlaşılır kılmalı ki; Türkiye'de Anadolu'nun ücra köşesinde, hayatında ilk kez klasik müzik konseri dinleyen biri de Çin'in taşrasında, klasik müziği anlamaya çalışan bir diğeri de müziğin ruhunu hissetmeli. Bu nedenle bazen melodilere isim takmak, yorumcunun leitmotifler yarattığı bir çalışma sistemi yaratmak, anlamlı olabiliyor. Bu sayede düşünceleri metnin matematiğinden uzaklaştırmak, hikâyeleştirmek mümkün oluyor.

Her sonattaki her tema için, kendimce bazı leitmotifler oluşturdum. Mesela pastoral sonatın en ağır bölümü için "Yaşlı adam", Waldstein'da "Uzaktan gelen savaş tamtamları", 7. sonatın yavaş bölümünde "Veremli çocuk" ya da "Kederli anne", Opus 111'de "Azrail", "Yalnızlık kederi", "Sırat köprüsü" Opus 109'da "Umutsuz aşk", Appassionata'da "Umut" veya "İsyan" leitmotifi gibi... Ayrıca bazı sonatların ismi olmadığı hâlde, onlara isimler taktım. Bunu, "Mozart Sonatları" kaydımda da yapmıştım. Beethoven 2. sonat "Küçük sevimli prenses" sonatı oldu. Sonat no.13 ise "Şarap" sonatı...

Çalışırken, notaların üzerine notlar tutarım. Üç yüz çeşit renkli kalemle çalışırım. Notayı, bazen başka bir matematikte, renkli kalemlerle yazarım. Müzikte her şeyi yapabileceğimi güdü olarak hissettiğim anlara, *kıvam* derim. Kıvam, "ben buradayım" der. Bunu hemen hissederim. Ardından çalışma başlar. Kıvamsız bir anda çalışmaya başlamak ve zaten kendiliğinden gelecek olan kıvamı, çalışırken beklemek tatsızdır. Hem de yanlış şeyler oluşturur. Yanlış şeyleri düzeltmek ise, sıfırdan bir şeyi öğrenmekten çok daha meşakkatli bir derttir.

Son yıllarda çalışma, konser, kayıt, beste, analiz, derin dalış, yani her ne anımda olursam olayım; kıvam düzeyimi yükseltmek için uğraştım. Bu benim ruh hâlimi de çok dengeliyor.

V- 100 yıl sonrasının müziklerini arıyor gibi...

15. yüzyıldan 20. yüzyıla kadar klasik müzik, aslında sadece Avrupa'ya özgü bir sanattı. Sonra buna sırasıyla; Kuzey Amerika, Güney Amerika, Uzak Asya, Orta Doğu, Afrika ve diğer tüm kıtalar eklendi. Klasik müzik, tüm gezegene yayılan evrensel bir kültür oldu. Müzik evrensel bir dildir. İnsanlığın ortak duygu akımıdır. İnsanoğluna özgüdür. Bir şeyi iyi anlatıyorsak, her yerde iyi anlaşılır.

Bir bestecinin eserini yorumlarken, o eserin doğruluğunu hissetmemiz lazım. Yani bir besteci gibi hissetmemiz lazım. Besteciler eserlerini dünyaya getirdikleri an, aslında piyano çaldıklarını bile fark etmezler. Salt müziği duyarlar. Bu noktada eseri, sanki o an besteliyormuş gibi bir tazelikte yorumlamak lazım. Bunun için biraz da bestecinin neyi hayal ettiğini hissetmek lazım. Bu hayaller, subjektif olabiliyor. Herkesin hayalleri elbette bambaşka. 1809 yılında bestelenmiş bir eserin hayal gücü ile, o eseri 2019 yılında yorumlayan bir bestecinin hayali arasında farklılıklar var. Ancak insan olmamızda, yaşadığımız dönemler dışında çok büyük farklılıklar yok.

Bugün çok farklı enstrümanlar çalıyoruz. Geçtiğimiz iki yüzyıl boyunca, piyano bile çok değişti. Bugün üç bin kişilik salonlarda, çok kuvvetli enstrümanlarla, müziğimizi yaparken; o dönemde piyanoların sesleri bu kadar güçlü değildi. Özellikle tuşları, bugüne göre çok daha hafif ve yumuşaktı. Günümüzde bir piyanistin, Beethoven çalarken zorlanmasındaki ana nedenlerden biri; Beethoven'in özellikle hızlı tempolarında, bugünkü piyanolardaki ağırlık nedeniyle, hareketlerinin kısıtlanmasıdır.

Beethoven'in son sonatlarında, yani Opus 90'dan sonra, duyma yetisini gitgide yitirmeye başladığı ve Opus 100'den sonra neredeyse hiç duymadığı anlatılır. Bazı eserleri yazdıktan sonra, ne kadar duyduğunu ya da duymadığını hiç bilmiyoruz. Bu son döneminde, müzik ile anlattığı şeyler hem çok kişisel hem de sır dolu. Bestelediklerini duyamamanın verdiği güvensizlik, onu matematiksel anlamda çok daha emin olduğu "füg" gibi formlara itiyor.

Beethoven'in piyano enstrümanının tüm tekniğine, olağanüstü hâkimiyetinin yanı sıra; biz yorumcular onun piyano çalarken içgüdüsel olarak yaptığı şeyleri de hesaba katıyoruz. Beethoven'i müziğin içinde duymak istiyorum. Beethoven'in son döneminde, Brahms'a doğru, Wagner'e doğru, Schumann'a doğru veya kendinden sonra gelen nesillerdeki bestecilere doğru, büyük atılımlar var. Bunlar sadece eserlerinin armonilerinde veya atmosferlerinde değil, piyano yazımında da kendini gösteriyor. Piyano yazımı, gittikçe orkestral hâle gelmeye başladı. Son altı sonatındaki tını renginin, daha önceki sonatlarına göre daha farklı olduğunu düşünüyorum. Hatta bu çizgiyi "Appassionata" sonatından itibaren bile görebiliriz. Benim gözümde, orada da bir orkestra çalmaktadır. Özellikle "Hammerklavier" sonatında, artık gerçekten ileri ki dönemlerine atak yapan bir Beethoven görmekteyiz. Kendinden elli yıl, yüz yıl sonrasının müziklerini yapmaya başlamış, devrimci bir Beethoven var.

VI - Mozerteum günleri...

Kayıtlarımızı yaptığımız Mozerteum'da, ben toplam 24 cd kaydettim. Tüm Beethoven sonatları, Chopin kayıtları gibi... Bu salon, muhteşem güzellikte bir akustiğe sahiptir ve çok iyi bir piyanosu vardır. Hatta iki tane çok iyi piyanosu vardır. Mozart'ı kaydettiğim piyano ile, Beethoven'i kaydettiğim piyano, ayrı iki piyanodur. Burada piyano ve akustiğe alışmak ya da anlamak için zaman kaybetmiyorum. Piyano ve akustikteki dezavantajlarımı biliyorum.

Biz kayıtta sadece üç kişiyiz. Ben, ses teknisyeni-yapımcı Jean Martial Golaz ve piyano teknisyenimiz Franz. Jean Martial, benim bugüne kadar kaydettiğim 50 cd'nin 42'sini kaydetti. 1996'dan beri beraber çalışıyoruz. Sesi doğal güzelliğiyle bulmanın ve mikrofonları o şekilde yerleştirmenin gurusudur. Kayıt süresince beni en iyi şekilde yönlendiren, hatalarıma dikkat çeken, beni motive eden de olur. Franz, Salzburg'da fevkalade iyi ve ünlü bir piyano akortçusu ve teknisyenidir. Franz'ın mesaisi sabah 06.00'da başlar. Jean Martial ve ben sabah 09.00'da geliriz. Bir saatlik öğle arası dışında, akşam 21.30'a kadar kayıt yaparız.

Beethoven 32 sonat kaydı; iki yılda toplam on sekiz günde, beş ayrı tarihte yapıldı ve 9 cd'de toplandı. Bazı sonatları daha iyi hâle getirmek için iki kere kaydettim. Her kayıt dönemi bittiğinde, Jean Martial editing yapıp, dinlemem için bana yolladı.

Kayıt döneminde, salonda yalnız başına verilen bir mücadelenin psikolojik zorluklarını artık aştığımı düşünüyorum. Hiçbir şeye kızmıyorum. Sakinlik ve sükûnet ile, kıvamın gelmesini bekliyorum. Panik yapmıyorum.

VII- Beethoven sonatları & edisyonlar

Beethoven sonatlarını çalışırken, hemen hemen bütün edisyonlardan yararlandım diyebilirim. Finalde, kayıt aşamasında ve kayıttan bir hafta önce, *Wiener Urtext Edition* denilen, *Universal-Schott* ortak yapımı, en son çıkan ve Beethoven 32 sonatın, üç ayrı cilde ayrıldığı edisyon ile kaydımızı yaptık. Ama ben evdeki çalışmalarımda, 1990'lı yıllardan kalan *Edition Peters* notalarını kullandım. Hatta *Ricordi* ciltlerim vardı. Onlardan bile yararlandım.

Kendi özetleriyle ünlü, piyanist *Arthur Schnabel*'in de bir baskısı var. Beethoven sonatlarını ilk kaydedenlerden biriydi. Ondan oldukça yararlandım. İlginç şeyler vardı. Bunun yanında, Beethoven'in sonatları ve Beethoven üzerine yazılmış pek çok Almanca kitabın çoğunu okuduğumu söyleyebilirim. Bunların en ilginçlerinden biri; Beethoven'in kendi öğrencisi olan ve piyano etütlerini yazan *Czerny*"nin kitabıdır. Bu kitap, Beethoven sonatlarını kendisinin nasıl çaldığını açıklayan, nota örnekleriyle dolu olan bir kitaptır.

Bütün bu edisyonların yanında, uçaklarda, otellerde rahat çalışabilmek için küçük baskılardan da faydalandım. *Henle & Breitkopf*'un baskıları...Bunlar bir kitap boyutunda olduğu için, analizlerimi yapıp, notlarımı tutmam için idealdi. Ama dediğim gibi finalde kaydımızı, *Universal ve Schott*'un ortak baskısı olan *Wiener Urtext Edition* üzerinden yaptık. Beethoven'in isteklerine, notlarına oldukça sadık kalan bir çalışmaydı.

VIII- Farklı yorumlar, bestecinin mutluluğudur

Bir yorumcunun, bir eserle ilişkisi sadece sadakat ile açıklanamaz. Bir yorumcu, bir bestecinin eserlerini konserde çaldıkça, yeni şeyler oluşacaktır. Her yeni piyanoda, her yeni akustikte, her yeni şartta, ilerleyen yılların gelişimine göre yenilikler oluşacaktır bu çalışlarda. Bu biraz, doğaçlama da içeren bir konudur. Dolayısıyla eserler her seferinde; ilk çalınışından, ilk okunuşundan farklı olacaktır. Bu çok normal bir prosedürdür. Çünkü doğadaki değişmeyen tek şey, değişimdir. Her çalışın kendi hikâyesi, kendi istikameti vardır.

Benim tempolarım; hızlı bölümlerin bazılarında fazla hızlı, kimi ağır bölümlerde de fazla yavaş gelebilir. Bu çok önemli bir konu değildir. Her yorumcunun esere kendi imzasını atması, eserde kendi otantik yorumunda kalması önemlidir. Besteciler, eserlerini çaldıkça; her seferinde farklı tempolar, farklı renkler, farklı ruhlar yaratırlar. Müzik, her çalınışında yeni olmalıdır. Her çalınış, sanki o anda, eseri yeniden besteliyormuşuz gibi olmalıdır. Önemli olan ne anlattığımız ve insanoğluna hangi hisleri ulaştırdığımızdır. Hiç kimse, "Beethoven şöyle çalınır, başka türlüsü yanlıştır," diyemez. Ki bence, Beethoven'in kendisi de diyemez. Farklı yorumlar, bestecinin mutluluğudur.

-Piyanonun evrimi

Beethoven'in Op.106, 29 numaralı piyano sonatı; Beethoven'in en büyük, en uzun ve en zor sonatı olarak bilinen "Hammerklavier" sonatıdır. Eser, Beethoven'in tamamen sağır olduğu dönemde, çok karışık bir ruh hâli ve acılar içindeyken bestelediği ama kendisinin hiç duymadığı kırk beş dakikalık başyapıtıdır. Bence bu eser, piyano için yazılmış en zor eserdir. Tam anlamıyla senfonik bir eserin piyanoya yansımasıdır.

Eserin bestelendiği dönemde, 1820'li yıllarda, piyano enstrümanın evriminde "bir devrim" yaşanmıştır. Yani "Hammerklavier", bir enstrüman devriminin sonrasında gelen bir sonattır. Klavsen & pianoforte mızrabından kurtulup, *hammer* ile büyük bir sese kavuştuğu dönemdir. Mekaniği kısaca tarif edecek olursak; tuşa basınca arkada tokmakların tellere çarptırılması, çok daha büyük ve orkestral bir ses çıkarmaktadır. Bu mekanik ile piyano enstrümanı, özünde bugünkü yapısına kavuşmuştur. Evrimden önceki piyanolardan dört beş kat fazla volüm çıkaran bir piyanodur. Yani şimdi yeni bir model olsa Beşiktaş'ta evde çalınan bir piyano, Bostancı'dan duyulur gibi abartılı bir fark.

Hammer kelimesi, İngilizce ve Almanca'da *tokmak* anlamına gelir. Hazin ağır bölümü, on yedi dakikalık bir bölümdür. Sonrasında on sekiz sayfalık baş döndürücü tempodaki füg gelir. Makro ve mikro matematiğin müzikteki en deli örneğidir.

Not: Eserleri çalışırken renkli kalemlerle üzerlerine notlar tutarım. Merak edenler için Beethoven çalışmasındaki renklerin dili şöyle:

Sarı: Uhrevi sesler, cennet kapısı...
Kırmızı: Dram ve gerçeklik anları...
Yeşil: Doğal, yakarış anları...
Mavi: Nostalji ve çocukluğa dönüş ...

-Ruh ile müzik yapan yeni nesil gençler geliyor

Çev Sanat'ın sınavlarını iyi ki yapmaya başladık. Genç yeteneklerimizi büyük bir keyifle ve hayaller kurarak dinledim. Ve onlarla çok gurur duydum. Ülkemizin genç yetenekleri, dünya yarışında kesinlikle çok iyi yerlere gelecek. Bu sınava yüzlerce başvuru vardı, katılım yoğundu. Bu sayı her sene daha da artacaktır. Ki bununla da gurur duyabiliriz. Seviye çok yüksek. Kişilikli müzisyenler geliyor. Çalışkanlar. Sanatları için yaşıyorlar. Bir dünyaları var. Üç gün süren sınavların sadece ilk günü, yurt dışında okuttuğumuz gençleri dinledim. Jüri ile her an temasta olduğum için diğer yaş gruplarındaki çocukların hepsinden de haberdardım.

Sekiz on yıldır, yurt dışında en iyi okullarda, en iyi hocalarla okuttuğumuz, on sekiz- yirmi beş yaş grubu gençlerimiz var. Bu gençler içinde, dünya salonlarında rahatlıkla konser verebilecek ve sevilen isimler arasında yer alabilecek adaylar var. Onların kariyer planlamalarına yoğunlaşmaya devam ediyoruz.

Çev Sanat; bu yıldan itibaren Almanya'daki ünlü *Villa Musica* ile ortak çalışacak. Bu sayede bu gençler, dünya çapında isimlerle ve dünyadaki elit seviye genç müzisyenlerle beraber konserler verebilecekler. Gelecek sene Çev Sanat'a dünyadan ve Türkiye'den birçok ortak daha ekleyeceğiz. Bu gençlerin yarışmalara katılmasını, ilk cd'lerini yapmalarını sağlayacağız.

Benim fikrimce; ruh ile müzik yapan ve müthiş seviyede tekniğe sahip bu neslin üzerinde en fazla çalışması gereken şey; çaldıkları eserlerde "özgün konseptler" yaratabilmek olmalı. Bir eseri niye çaldıklarının sebebini daha net anlayabilmeleri için, piyanistlerin daha çok orkestra ve opera eseri dinlemeleri ve bunu tınısal dünyaya yansıtmaları gerekiyor. Yaylı sazlar ise çok daha fazla oda müziği yapmalı. Alıp başını giden çalışlardan ziyade, dinleyen çalışlara yönelmeli. Bunlar tecrübe konusu.

Armoni imtihanını zor seviyede tuttuk. Bundan sonraki yıllarda da öyle olacak. Açık söyleyeyim; birkaç istisna dışında, teori imtihanları ve notları, benim için hayal kırıklığıdır. Gençlerin, eserleri çok daha kesin analiz edebilmeleri açısından, bu konunun gençler tarafından ciddiye alınması gerek.

On on beş yaş grubunda, Türkiye'nin en iddialı olduğu enstrüman kemandır. On yıl sonra dünyada *Türk kemancıları* patlaması olacak. Bundan hepimiz eminiz, çok şaşırtıcı yetenekler geliyor. Viyolonselde de iyiyiz. Piyanoda seviye yüksek ve katılım yoğun. On sekiz yaş altı çocuklarda enteresan yeteneklere rastladık. Türkiye'nin her yerinden gelen çocukları seçip, yüksek seviyede olduklarına inandıklarımızı dinledik. Mutluyuz.

-Ümidi kesenlere ufak bir tavsiye...

Türkiye'den ümidi kesenlere bir tavsiyem olacak. "Önce memleket iyi yere varsın, sonra biz de iyi oluruz," diye düşünenler…

Hayır!

Önce kendiniz iyi yerlere varmak zorundasınız. Emek ile,

Çalışmak ile,

Yaratıcılık ile,

Beyin ve ruh ile…

İş size düşüyor. Yok öyle kolaycılık.

En azından siz önce bir iyinin memleketine varın.

İyiden yana hayatlarınızı gözden geçirin. Aynaya bakın.

"Ben ne yapabilirim?" diye kendinize sorun.

Ve asıl mücadeleye başlayın.

Kendinizi ilerletin.

-Savaşı resmedebilen müzisyen "Şostakoviç "

Şostakoviç, bir Sovyet besteci (1905-1972). Rus besteci demememin sebebi ise; çocukluğundan öldüğü tarihe kadar Sovyetler Birliği döneminde yaşamış olması. Ünlü bir 20. yüzyıl bestecisi. Anılarını yazdığı enteresan bir kitabı vardır. Bu kitap Türkçeye "Bir Sovyet sanatçısı olarak tarihe tanıklığım" adıyla çevrilmiştir. Şostakoviç, yaşadığı dönemde hayli siyasi sorun yaşamış, özellikle Stalin döneminde zorluklar çekmiş, sanatı baskı görmüş ve duygusunu müziğine aktarmış bir besteci.

Savaşı resmedebilen derin bir müzisyendir. II. Dünya Savaşı'nın dramatik izleri, özellikle ağır bölümlerine yansır. Çok üretkendir. Hayatı boyunca 15 senfoni bestelemiş-*özellikle beşinci ve onuncu senfonisi çok çalınır-* hayli sahne eseri, konçerto ve oda müziği eseri yaratmıştır. Kendi stilini bulmuş bir bestecidir. Müziğinde Rus folkloruna ve askeri müzikleri-marşları grotesk bir şekilde ele alışına sıkça rastlarız. Bulgakov'un edebiyatı gibi biraz sarkasizm yaratır.

-Nehre atılan besteler

Leoš Janáček de 20. yüzyılın ilk yarısı yaşamış Çek bir besteci. Müzik dili çok özgün.

Yaralı bir ruh Janáček.

Bestelediği bazı eserleri nehre atmış. Bu eserlerin bir kısmını ezbere bilen bir öğrencisi, eserleri yeniden yazmış. Ve bize deli-dâhi Janáček'i yeniden kazandırmış.

Operaları güzeldir. Masallar sonatı olarak geçen *Pohadka*'sını, Nicolas Altstaedt ile yaptığım konserlerde sıkça programa alırım.

Çok enteresan bir nota yazım üslubu vardır.

İyi araştırılarak çalışılması gereken bir bestecidir. Çünkü özgünlüğündeki yakarış ve konuştuğu dil olan Çek dili, ritim olarak zor anlaşılır.

-Teneke trampet misali

Entonasyon, yani ton ve tonlama olmadan iyi orkestra olmaz. Naçizane fikirlerim olan yazacaklarım, tüm ekip işleri için geçerli diye düşünüyorum.

Orkestradaki nefesli sazları düşünün. Flüt, obua, klarnet, korno, fagot grupları... Farz edelim ki besteci, basit bir fa major akorunu nefeslilere yazmış. Flütler, üst sesleri tutuyor. Altında obualar, klarnet ve kornolar orta sesleri; fagotlar bas oktavını tutuyor. Şimdi bu sekiz on kişilik homojen nefesli grubun akorlu tınlaması için *-misali örnek-* birinci korno ile birinci klarnetin çok iyi müzisyenler olması yetmiyor. Mesela kötü flütçülerden tınlayan ses çiğ ve pes olunca, vasat obuacılardan çıkan obua sesi fazla tiz, bası tutan fagotlar da pes tınlayınca, birinci kornocu ile birinci klarnetçi istediği kadar muhteşem olsunlar; o akor, entonasyon olarak kötü tınlar. On sesin değil yedisi, bir tanesi bile entonasyon yanlışındaysa tüm akorlar bozuk tınlar. Yani entonasyon olmadan, iyi orkestra olmaz! Ve o tek tük çok iyi müzisyenlerin üfledikleri güzel sesler bile, kötü tınlayan bir orkestranın nefesli saz grubunu kurtaramazlar.

Kötünün bir parçası olmak ve buna yıllarca katlanmak zorunda olmak üzücüdür hâliyle. Şef; Herbert von Karajan bile olsa bu durumu toparlaması neredeyse imkânsızdır. Zaten günümüzde bir şefin görevi akordörlük değil, müzik yapmak olmalıdır. Dünyada varılan seviye artık budur.

Şimdi soracaksınız: "Bunun için bir çözüm var mıdır?" diye.

Evet, var.

Ama birçok yerde bahsettiğimiz üzere bunun çözümü; kötü çalanların çok çalışması filan değil. Kötü çalanlar yeteneksiz, kulaksız ve müziğe ilgisiz ise; isterlerse binyıl çalışsınlar, bu yine olmayacaktır. Sonuçta müzikteki iyi, hepimizin bildiği üzere çalışma ile yeteneğin bir bileşimidir.

Bence çözüm bütün bir sistemdir. Orkestraları kurarken ve orkestralara eleman alırken, bu seçimleri dikkatle yapmak ve sınavlarda gerçekten hak eden müzisyenleri seçmek, orkestra topluluklarını daha başarılı kılacaktır. Avrupa'daki orkestraların çok büyük çoğunluğu bu iyi sistemler ile seviyeyi yükseltmiş ve zevkle müzik yapar hâle gelmiştir.

-Şu dinlediğiniz müzik kimin?

Beethoven, son yıllarında çok sayıda füg besteledi. Ki artık tamamen sağırlaşmıştı. Çok sesliliğin en horizontal yazım biçimi olan "füg" bildiğiniz üzere Bach'ın en büyük ustalığı idi. Bach deyince akla; muazzam "füg estetiği" gelir. Ve bunlar matematik-müzik ilişkisinin eşsiz örnekleridir.

Füg çok matematiksel olduğu için, Beethoven'de yaptığı müzikten emin olmak adına bunu kullandı. Son yıllarında asla duyamadığı eserlerinde, kendi Beethoven otantizminde ilerlemeci olmayı hedefleyen ve Bach'a benzemeyen bir füg yazımı istedi. Beethoven sağırken bile; müzikte ilerici, yenici yani progresivdi. Füg yorumcuları için en çetrefilli konu; fügün ezberidir. Füg ezberi muhtemelen beyin işlevinin en yüksek noktalarından biridir. Beş dakikalık bir füg, günlerce uğraştırır. Füg deyince akla Bach gelse de "Şu dinlediğiniz müzik kimin?" diye sorulsa Beethoven diyebiliriz. Bu estetiği başarmak *-hele ki sağır bir insan için-* insanüstü bir durumdur. Aşk ve erotizmin yoğun olduğu son eserlerinden "Opus 110, la bemol majör" sonatın grande finali, uzun gelişimine böyle başlar.

O yıllarda Beethoven, elli bir yaşındadır. Çok genç bir kıza âşık olmuştur. Bu durumun imkânsızlığını konu alan eserde, Beethoven'in kendi iç hesaplaşmalarını içeren ve seksen yıl öncesine uzanarak, Wagner müziğine varan bir romantizme açıldığı gerçektir.

Beethoven artık sadece kendisidir.

Kişiseldir.

İçine kapalıdır.

Ama insanlığın ötesine uzanmıştır.

-İlahi adalet ve güzel tesadüf

19 Şubat 2018 –Luzern

Senfoniler bestecinin çocuklarıdır. Ben onlara oğullarım diyorum. "İstanbul Senfonisi" güzel oğlum, "Mezopotamya Senfonisi" dramatik oğlum, "Universe Senfonisi" ise deli oğlum. İsviçre'nin Luzern kentinde, bir otel odasındayım. Birazdan bu otel odasında, dördüncü oğlum olan "Umut/Hope" doğacak. Birkaç saatlik yazımı kaldı.

Anılara daldım.

Bundan tam on yıl önce bugün, "Harem'de 1001 Gece" keman konçertosu eserimin dünyadaki ilk seslendirilişi için yine İsviçre'nin Luzern kentindeydim. Ve aynı otelin, aynı odasında kalmıştım.

417 numaralı oda!

Eseri, *Luzern Senfoni Orkestrası* ile birlikte, efsane kemancı Patricia Kopatchinskaja seslendirmişti. Kudümde Aykut Köselerli vardı. Belki bazılarınız hatırlar; Habertürk kanalı konseri canlı yayınlamıştı. Ve Türkiye'de birçok sanatsever, bu konseri canlı yayından seyretmişti. Hey gidi günler! O zamanlar sanata değer veren ve böyle bir konser için ta İsviçre'den canlı yayın yapan kanallarımız varmış.

"Harem'de 1001 Gece" benim için özel bir eserdir. Bu eseri bestelediğimde otuz yedi yaşımdaydım. 0pus sayısı 25 olan bir eserdir. Ve içinde kendimin olmadığı, çalmadığım ilk eserimdir. Bu eserden önce her eserimde kendim olurdum. Nâzım ve Metin Altıok Oratoryoları dâhil. Kapsamlı solistik piyano olmazsa olmazdı. Hatta Patricia, "sen de çal, piyanonla konçertoya eşlik et," demişti. Konserden birkaç saat öncesine kadar bu çılgınlığı hakikaten ciddi ciddi düşünmüştüm. Ama sonunda yapmamaya karar verdim. Keman konçertosu; müziğime güvendiğim, sahnede ben olmadan da müziğimin iyi sonuç verdiğini gördüğüm, beni gerçek anlamda besteci yapan eserimdir.

Prömiyerden beş altı ay sonra, "Harem'de 1001 Gece" cd'si çıkmıştı. Manşetlerin bende yarattığı mutluluğu hiç unutmam.

Fransız basını şöyle yazmıştı:

"Dinlemesi çok zevkli, seksi keman konçertosu"

Ve aradan on yıl geçti. Bu süreçte pek çok eser besteledim. İlahi adalet ve güzel tesadüf bu ki; besteciliğimin tam anlamıyla başladığı güzel şehir Luzern'de, başyapıtım olacağını düşündüğüm "Umut Senfonisi" sonlanıyor.

Her notası umut dolu olsun istemiştim.

Bana göre oluyor.

-Dördüncü oğlum "Umut" Luzern'de doğdu

21 Şubat 2018- Luzern

On bir aylık çalışma bugün bitti. Çok severek ve çok emek vererek bestelediğim "Umut Senfonisi", benim dördüncü oğlum. Luzern'deki otel odamda bu eseri bitirdiğimden, bugün kutlu bir gün benim için. "Umut Senfonisi" otuz beş dakikalık bir eser. Günümüzde yaşanan terörü, savaşları, bizi ve hislerimizi anlatan, her şeye rağmen yaşama olan inancımızı, her şeyin düzeldiği güzel bir dünya için olan umutlarımızı müziğe yansıtan bir eser. Bildiğim her şeyi döktüğüm bir orkestra eseri oldu.

Birbirine bağlı dört ana bölümden oluşan eserde; geniş bir orkestra kadrosu, tüm vurma sazlar ve caz sanatçılarını da kapsayan geniş bir kadro var. Müzik, bizim kendimizi ifade ettiğimiz bir dil. Müziğe katılmış güzel bir ruh, derin anlamlar, anılar ve memleketimden pek çok öğe ile; bu esere çalıştığım bir yıllık süreçte, eserimi içimde binlerce kez dinledim.

-Amerika ve Avrupa'da konser salonlarını dolduran Türk izleyiciler

1990'ların başlarında yurt dışında verdiğim konserlerde, salonlarda beş on kişi arasında Türk dinleyici olurdu. Oran yüzde bir civarındaydı. O yıllarda yabancı organizatörlerin tanıtımları, gazete haberleri, duyuruları, abone listelerine yaptıkları davetler, tamamen o şehirdeki klasik müzik melomanlarına yönelikti.

2000'lerin başlarında kayıtlarım ve konserlerim artık pek çok ülkede bilinen ve ilgi gören bir duruma varmıştı. Yurt dışında yaşayan Türk sanatseverlerin ilgisinde de ciddi bir artış olmuştu. Bin iki bin kişilik salonlara, yüzde beş ila yüzde on oranında Türk dinleyici gelmeye başlamıştı. Bu oran arttıkça arttı. 2010'larda Türk yoğunluğunun olduğu şehirlerdeki kimi konserlerde, yüzde on beş hatta yüzde otuz gibi seviyelere ulaştı. Batılı klasik müzik organizatörleri, bu gelişmeye çok olgun ve olumlu cevaplar da verdiler. Pek çok şehirde "Fazıl Say Festivalleri", "Türk Günleri" organize edildi. Şehirlere hem kendi dillerinde hem de Türkçe afişler asıldı. Ortak bir ruh, doğal bir entegrasyon oluştu. Örneğin en son Toronto konserimize, Kanada'daki Türk topluluğu o derece büyük ilgi gösterdi ki; bin dört yüz kişilik salonda, Türk izleyicinin oranı yüzde ellinin üzerindeydi. Sosyal medyanın bu konudaki yardımı kesindir. Bizler kendi müziğimizi sosyal medyadan duyurup, dinleyicilerimizi turnelerimizden haberdar edebiliyoruz.

Klasik müzik camiasında, Lang Lang'ın Çinli sanatseverleri, Dudamel'in Latin ve Say'ın Türk dinleyicileri salonlara çektiği bir gerçektir. Bu gerçeklik aynı zamanda doğaldır. Ve de gurur duyulasıdır. Mesele sadece müzik değildir. Temsildir, umutlardır, ortak hislerimizdir. Folklor ve türkülerimizdir. Kimi zaman Atatürk'tür kimi zaman Nâzım'dır.

Bir konsere, yüzlerce kilometre uzaktan gelenler oluyor. Yurt dışındaki konserlere katılan Türklerin çok önemli bir kesiminin genç ve akademisyen olduğunu da gözlemlerime eklemek isterim. Konserlerden sonra oluşan uzun imza kuyruklarında fevkalade çağdaş, aydın, genç ve güzel Türk dinleyiciler ile buluşuyoruz. Ellerinde cd'lerim, kitaplarım, kimi zaman notalarım; fotoğraflar çektiriyoruz.

Biz Türkler birlikte daha güçlüyüz. Bu durum geçtiğimiz yarım yüzyılda diğer toplumlar için de hep böyleydi. Rus olsun, Musevî olsun, Japon olsun, dünyadaki klasik müzik camiasında takip ettiğimiz sanatçıların, kendi halklarının gurur kaynağı olmasını izledik. Onlara olan ilgiyi on yıllarca yaşadık. Buna çok farklı ülkelerin eklenmesi, 21. yüzyıla özgü, insani ve iyi bir genişlemedir. Biz Türkler de bu sanatsever kervana ortak olduk. Bu gurur duyulası bir gelişmedir.

-İkliminde seslere nefes vermek

Şarkı bestelemek, bir şiire müzik vermek güzel bir andır. Bize verilmiş hece sayısı, aritmetiği, prozodisi ve fonotiğinde; güzel ve akılda kalıcı bir melodi yaratmak zor zanaattır. Bunu bazen "çok iyi", bazen de "kısmen iyi" başarırız. Bir şiiri bestelerken en önemli konu; sözün ve müziğin ahenk bakımından kaynaşması olan prozodi değildir. Çok daha içsel ve ana sebep konular vardır. Türkçe dilinde iyi prozodili şarkı bestelemek çok zordur.

Ben vokal eserlerimde bazı şiirleri bestelerken çok zorluklar çektim. Bazen iyi melodilerden vazgeçmek zorundasınızdır. Diğer dillerde de beste yaptım. Bu bakımdan Almanca rahattır, İngilizce çok rahattır. Bizim için şiirin atmosferini bestelemek, psikolojisini yaratmak, ikliminde seslere nefes vermek çok daha önceliklidir. Önemli olan şiirin iyi olmasıdır. Şiir ile kendi yaşamımız özdeşleşmiş olmalıdır. Bir müzisyen, illaki sözleri olan bir müzik bestelemek zorunda da değildir. Ki iyi yapıldığında; enstrümantal müzik, oda müziği, senfonik müzik yeterince söze dönüşür. Müzik evrensel bir dildir. Güzel yapılan müzik, dünyanın her yerinde kabul görür. Bir şarkının başarı kriteri çok satması değildir. Ticari müzik ruhumuzu zenginleştirmiyor. Bugün kimsenin bilmediği nice güzel şarkılar var. Dünyanın pek çok yerinde yaratılmış güzellikleri kimse takip edemiyor.

-Truva sonatını benden dinleyin

Çanakkale Belediyesi'nin bana Truva yılı kapsamında sipariş ettiği Truva sonatını (Troya sonatı da diyebiliriz) bestelerken, tüm kaynaklardan esinlendim diyebilirim.

Başta Anadolulu ozan Homeros'un üç binyıllık ölümsüz destanından, diğer kaynaklardan, olayları ve kişileri her seferinde farklı yorumlayan sahne eserlerinden ve filmlerden beslendim.

Tüm Çanakkale halkını, festivaller ve eser siparişleri ile Dünya mirası Truva'ya sahip çıktıkları için kutlarım. Opus 78 sayılı bu eserimi, 2018 yılında altı ayı kapsayan bir zaman içerisinde besteledim. Truva konulu çok fazla, salt müzik eseri olmadığından; bu büyülü destanın tüm dramatik ögelerini müzik diliyle sunmak için çok özen gösterdim. Farklı teknikler kullandım. Kırk dakikalık, on bölümlü dev bir piyano sonatı oluştu. Destanı, bir de benden dinleyin isterim.

Eserin dünyadaki ilk seslendirilişi 9 Ağustos 2018 tarihinde, Truva'nın şehri olan Çanakkale'de, Çimenlik Kalesi'nde gerçekleşti. On binlerce kişinin izlediği bir açık hava konseri oldu. Konser başlamadan önce konser alanına gelen ve uzun kuyruklar oluşturan Çanakkale halkına bir kez daha teşekkür ederim.

Truva'yı anlatmak *-bir Anadolulu olarak-* benim için büyük gurur.

Truva sonatının bölüm başlıkları şöyle:

1- Ozan anlatıyor, Homeros

2- Ege rüzgârları

3- Troya kahramanları

4- Sparta

5- Helen

6- Troya

7- Aşil

8- Savaş

9- Truva atı

10- Son söz

Eserde bölüm başlıklarının zaten ana temaları var. Onun dışında eserin bölümlerine yayılan form temaları, leitmotifler de bulunuyor.

-Kader ağlarını örüyor
-Gece
-Melenaus
-Paris
-Güneş
-Aganemnon
-Hektor
-Endişe

Benim anlatımımda, eski tanrılar fazla yer almadı. Eser sözsüz ve salt müzik olduğu için dünyevi öğelerde yer alan dramdan yola çıktım. Bu eseri bestelememe vesile olan fikir babalarına çok teşekkür ederim.

-Fazıl Say Vakfı hayali

Hepimizin tek beklentisi var. Ülkemiz bu ekonomik bunalımlardan çıksın. Kendi iç kutuplaşmalarımızdan kurtulalım. Hepimiz biricik yaşamımızı; güven içinde, emekle, üretkenlikle, yaratıcılıkla yaşayabilelim. Şu zor dönemden çıkalım, birbirimize destek olalım. Bu kadar! Benim kimseden bir talebim yok. Sadece yapmak istediklerim var. Onların önündeki engeller kalksın, bu bana fazlasıyla yeter. Bir önceki kitabım *Akılla Bir Konuşmam Oldu*'da, kendimden beklentilerimin olduğunu yazmıştım. Bu ömürde bir besteci olarak yüz büyük eser bestelemek, bir yorumcu olarak da ardımda yüz saatlik bir kayıt bırakmak istiyorum. Dünyanın Fazıl'ı, dünyaya olan borcunu ödemelidir. Yol uzun. Uzun ve ince. Bu yolun henüz yarısındayım. Eser sayım şu an seksen beş, yaptığım kayıtlar ise önümüzdeki yıllarda yayına hazır olanlar ile beraber elli oldu.

Kendimden istediklerime yeni bir şey daha ekledim: Say Vakfı kurmak! Memlekete ve dünyaya katkı sağlamak, yetenekli çocukları, gençleri okutmak, projeler üretmek için; annem, babam, kendim, eşim ve kızım adına geniş kapsamlı bir sanat vakfı kurmak istiyorum. Babam Ahmet Say'ı anlatmama gerek yok. Gerçek bir aydındır. Hayatı boyunca çok üretti, çok çalıştı. Tam bir cumhuriyet kadını olan annem Gürgün Say ise, son nefesinde bile oğlunu kötülüklerden korumuş ve ülkesinin insanlarını sulha çağırmıştır. Ve bunu başarmıştır.

Dediğim gibi, benim kimseden bir beklentim yok. Son yıllarda Kültür Bakanlığının bazı kurumlarının, orkestralarının ve korolarının, eserlerimle ilgili yaptırımları oldu. Alt kademelerdeki kötü tutum, çok tatsız sonuçlara vardı. Herkes körü körüne birbirine girdi. Eğer benim fikirlerimi de önemser ve bazı şeylerin düzelmesi için bu fikirleri değerlendirmek isterlerse ne âlâ. Bu toplum mutlu olacaktır. Bu konu maalesef elimde olan bir şey değildir. Elimde olan şeyler; kendi hayatım, müziğim ve düşüncelerimdir.

Besteler, kayıtlar ve vakıf!

Yolun yarısındayız.

-Eser notalarım & Schott Müzik

Bazen hem müzik ile ilgilenen dinleyicilerimden, bazen de piyanistlerden, sıklıkla eserlerimin notalarına nasıl ulaşabileceklerine dair mesajlar alıyorum. Bu konuda bize gelen mesajları yönlendirebilmek açısından Schott Müzik'ten bahsetmek isterim. Tüm piyano eserlerimin notalarına, Schott'un websitesinden ulaşılabilir. Notalar bu site üzerinden temin edilebilir. Bir bestecinin eserlerinin çalınması ve değişik yorumlar, bestecinin mutluluğudur. Eserlerin sürelerini ve zorluk derecesini, on üzerinden değerlendirme ile paylaşmak isterim.

Solo piyano eserleri
*Truva Sonatı (40 dakika) (9)
*Gezipark Sonatı (19 dakika) (9)
*Yürüyen Köşk (17 dakika) (8)
*Kara Toprak (6 dakika) (6)
*İzmir Süiti (18 dakika) (8)
*Paganini Jazz (7 dakika) (8)
*3 Ballad (9 dakika) (5)
*Ses (4 dakika) (6)
*Nasreddin Hoca'nın Dansları (7 dakika) (8)
*Fantezi Parçaları (9 dakika) (8)
*Wagner ve Nietzsche (8 dakika) (8)
*Allaturka Jazz (3 dakika) (6)
*Kaz Dağları (5 dakika) (7)
*İstanbul'da Kış Sabahı (5 dakika) (6)
*Art of Piano 1-2-3 (30 dakika) (8)

Konçertolar
*İpek Yolu (15 dakika) (7)
*Silence of Anatolia (18 dakika) (7)
*Water / Su (28 dakika) (8)
*Nirvana Burning (14 dakika) (6)
*China Rhapsody (14 dakika) (7)

Oratoryal solist partiler
*Nâzım (75 dakika) (7)
*Hermiyas (30 dakika) (7)
*Sait Faik (60 dakika) (6)
*Bells (18 dakika) (7)
*Metin Altıok Ağıtı (50 dakika) (6)

Oda müziği
*Viyolonsel-piyano "4 Şehir Sonatı" (25 dakika) (8)
*1. Keman -piyano sonatı (16 dakika) (6)
*2.Keman- piyano sonatı "Mount İda" (23 dakika) (8)
*Space Jump Trio (10 dakika) (7)
*Yürüyen Köşk quintet (17 dakika) (8)
*Klarnet piyano sonatı (14 dakika) (6)
*Altosax - piyano süiti (24 dakika) (7)

Vokal-Piyano
*Patara (28 dakika) (5)
*İlk Şarkılar (45 dakika) (7)
*4 Şarkı op37 (20 dakika) (8)
*Güz Şarkıları (45 dakika) (6)
*Ballade (10dakika) (6)
*Ses (34 dakika) (7)
*Goethe Şarkıları (20) (7)

4 El Piyano ve 2 Piyano
*Night (10 dakika) (8)
*Sonat (20 dakika) (8)
*Variations (20 dakika) (6)
*Gezi konçerto (25 dakika) (7)
*İstanbul'da kış sabahı (6)

***Kadans ve Uyarlamalar**
*Bach Passacaigla (8)
*Bach Fantasia Fuga gm (8)
*Beethoven 3 (cadenza) (7)
*Mozart 1-2-3-4-5-6-21-24 (cadenzas)(6)

-İyi bir usta, iyi bir çırak bulduğunda...

İyi bir usta, iyi bir çırak bulduğunda doğru bir ortamın içinde en güzel çiçekler yeşerecektir. Bu, müzik ve sahne sanatlarında da böyledir. Hocaların seviyesi ve niteliği, öğrencinin yeteneği kadar önemlidir. Herkes iyi hoca olamaz. Ama iyi bir hoca ile yetenekli ve çalışkan çocuk bütünleştiğinde, işte o zaman birçok dert geride kalır. Dünya ve tarih için doğru, derin bir yolculuk başlar.

Yıllarca yazdım; eğitim sistemimizde müzik, müziği sevmeye ve anlamaya yönelik insanî bir anlayışla geniş yer bulmalıdır. İyi okullara, iyi usta-çıraklara, iyi ortamlara kavuşmalıyız. İyi sanatçılar yetiştirmeden, hiçbir gerçekçi adım atamayız. Dünya yarışında var olamayız. Bir memleketi ayakta tutan; dünya seviyesindeki sanatçıları, edebiyatçıları, bilim insanları, sporcularıdır. Bunlar için kenetlenmeliyiz.

Maalesef yıllardır konservatuvarlar konusunda sorunlar duyuyoruz. Sürekli sıkıntılar, gereksiz kavgalar, binasından edilmek istenen kurumlar, vs...Temelinde bir nevi dışlanmışlık yatan bu sıkıntılar artık olmamalı. Biz bu kurumlarda Türkiye'yi tüm dünyada gururla temsil edecek, dünya yarışında en önlerde var olacak değerli müzisyenler yetiştirmek için yoğunlaşmalıyız. Bu kurumların tüm gerçeklerini, en pozitif bakış açısıyla masaya yatıralım, gerçekçi olalım.

Batı ve Doğu, Türkiye'nindir. Ne eşsiz bir zenginlik! İçinden geçtiğimiz şu zor dönemde, barış elleri uzatalım, anlamaya çalışalım, başarabiliriz. Emeğimizi gereksiz mücadelelere değil, asıl konuya vermeli ve sonuç almalıyız.

Müzik matematiği kesin ve bakidir. Evrenseldir. İnsan ruhunu anlatır. Müzik okullarını ve konservatuvarları; sanat dallarını çok iyi bilen, işin içinden gelen, kimi dertleri ve sebeplerini gören ve çözen, barışçı, kıymetli ellere devretmeliyiz. Onları anlamalı, destek olmalıyız. Türk halkının vergileriyle karşılanan masrafın güzel sonuçları alınmalı. Bu "ekin" ile yıllar sonra gurur duyabilmeliyiz.

-Neden tüm gezegen, aynı genlere oturtulmak zorunda ki?

Yarışmalarda, konserlerde, kayıtlarda çağdaş müzik eserleri dinliyoruz. Ben bunlarla büyüdüm. Yıllar sonra aklımda kalan önemli bir soru var. Diyelim ki, önümüzde bir Hollandalı, bir Japon, bir İsveçli ya da bir Türk bestecinin modern eseri var. Hangisi, hangisidir anlamıyorsak; orada ciddi bir sorun vardır dostlar. Yani bir Japon, Hollandalıyla aynı müziği yapıyorsa, bir Türk, İsveçli meslektaşından ayırt edilemiyorsa; evet, orada sorun vardır. Çünkü kullanılan teknik, asla varoluşun ve içinden geldiği binlerce yıllık arkaik kültür genlerinin önüne geçmemelidir. İnsanın yaşadığı toplum ve tarih kodları ne için terk ediliyor ki? Buna ne gerek var? 1949'da filanca Alman müzikolog, filanca modernizm teorisini savundu diye, neden tüm gezegen aynı genlere oturtulmak zorunda ki?

Bakın, ritim, melodi, armoni ve hatta tınısal renkler müziğin araçlarıdır. Ve kanımca bu araçlar; herkes aynı şeyi yapsın diye kullanılmak için değildir. Çağdaşlık, sanatta yanlış tanımlanabiliyor. Avangardizm, tek bir teknik dayanağa yönlendiriliyor. Çoğunlukla soyutluk, yanlış tanımlanıyor. On beş sesli disonans akorlar üst üste... Armonide ise akorlar arası anlaşılır bir yörünge yok. Estetik kaygısı da unutuluyor.

Oysaki en karmaşık armonik yapılarda bile armoni; akor değil, akorların birbiriyle ilişkisinin sanatıdır.

Öyle şeyler dinlemek zorunda kalıyoruz ki, ortaya bir nevi kakafoni çıkıyor. Halk da bunu anlamayınca, bu sefer halk küçümseniyor. Bakın, bu bestecilerin büyük bir oranı aslında kendi yazdıklarını duyarak, hissederek bestelemiyor. Sonrasında ise kendisinin bilmediği kendi müziğinde, suçu başkasına atmaca başlıyor. Yazdığını duymak, kendi içselliğinde baştan sona dinlemek lazım. Beyninde bir cd çalarmış gibi yazdığın müziği bilmen lazım. Ve seni sen yapan toplumdan, kodlarından kopmaman lazım.

21 Kasım 2019 – Milano

-GENÇ SANATÇILARA TAVSİYELER

I- Yolu kendi güdülerinle katetmelisin

Sanatta pek çok şey güdüseldir. Güdüler her tür tekniğin ötesine geçebilmeli, duvarın arkasındaki insan ruhuna ulaşabilmelidir. Güdüler hürdür. Bunların hepsi doğru. Ama unutma; düşüncelerinde istikametin yoksa, güdülerinin oluşması imkânsızdır. Sonuçta güdüler vücudumuzun gerçek bir uzvu değillerdir. Felsefende ve hedeflerinde kesinlik bulunmuyorsa, o hayali uzuvların devreye girmesi imkânsızdır. Güdü, bir arabanın motoru olabilir. Ama arabanın kendisi mevcut değilse, bu motor ne ifade eder? Ve bu araba ile hangi yolu gideceğini düşünen sen olmadan, araba ne ifade eder? Her şeyin başı iyi bilmek ve emek sarf etmektir. Yolu iyi bilmek! İyi bilmediğimiz şeylerde nasıl özgürleşebiliriz? Tabii ki yolu güdülerinle katedeceksin ama "hangi yolu?" diye uzunca düşün.

Türkiye'nin hâli, hiçbir imkân olmaması gibi konularda hayıflanmalarını bırak artık. Serzenişle daha iyi olunmaz. Bu ülkenin çok kültürlülüğünden, tarihi mirasından, güzel doğasından, kültürel iç çatışmasından, kargaşadan, insan sarraflığından beslen.

Bunları al.

Yoldaki çamuru bile al.

Kötülüklere başkaldırmayı da al.

İnan, yarışa; bir İsviçreliden veya bir Macardan daha önde başlıyorsun. Nâzım Hikmet bilmiyor muydu bu serzenişi? İstese sürekli yapmaz mıydı?

Etrafında sevmediklerinle ilgilenme. Sana ilham verenlere yönel. Ruhun ve bedenin için nereden, ne aldın? Ona bak. Bazı olaylar ve hâller, hiç işleyeceği olmayan sanatsal yaratıcılıkları bile devreye sokar. Sanatçı bir olayda aniden yeniden doğar. Her an her şey olabilir. Ki Türkiye, her an her şey olabilir babında zengin bir ülkedir. Sen almana bak, almamana değil. Kendinle savaşma, dialektik düşün. Yazarsan, yazdığın anın okuru ol. Müzisyensen, o an çaldığının dinleyicisi ol. Kendine dışarıdan bak ki; kendi savaşını, en kısa bu yolla bitirirsin.

II- Kendinin avcısı ve celladı olmak

Sanatçıların tüm dertleri, özünde tek bir derttir. O tek dert uzaklaştırılırsa işte o zaman sanatçı, çiçek gibi açmaya başlayacaktır. Dünya hâli, ekonomik krizler, bunalımlı toplumlar, tüm kötülükler, terörizm ve hatta savaşlar... Hiçbiri insanoğlunun kendiyle savaşı kadar zor değildir. Değildir, çünkü bu tek başına yalın kılıç bir savaştır. Kendine kıyamayan korkak insanın zaafıdır. Metin Altıok'un deyimiyle "kendinin avcısı olmak", hiçbir insan için tahammül edilir bir konu değildir. Bu bilim insanları için de böyledir.

Tüm sorunların anası; insanın kimi zaman kendi üzerinde takıntı boyutunda yarattığı endişe ve korkular kimi zaman da onu bir kanser hastalığı gibi kemiren, kendine güvenini yok eden, tüm verimliliğini körelten, kendisi olmasını, doğal olmasını imkânsız kılan o düşüncelerdir. Bazen insanın kendi yarattığı, kendinin celladıdır. Cellat hep sanatçının tepesinde gibidir. Unutulduğunda yoktur ve işler iyi gider. Ama "o, orada" bilinci bile, ondan henüz kurtulamamış genç sanatçının tüm özgürlüğünün gölgesi, feryadı gibidir.

Bu sorunlara tarih boyunca yanıt aranmış. Bu bir numaralı dert; Eflâtun'dan Nietzsche'ye, Da Vinci'den Zweig'a, Batı kültüründe hep konu olmuştur. Bu filozof sanatçılar, sonraki nesillere *celladı yenme* konusunda eşsiz tavsiyeler bırakmıştır. Bu sorunlar her insanda farklıdır. Ve hiçbir çözüm, bir diğer insanın genlerine kesin çözüm olarak varamamaktadır. Uzak Doğu kültürü; insanın kendi savaşını zaten yaşamın özünde gördüğü ve tüm yaşamı, yaşama sanatı olarak ele aldığı için, işin özüne sanki Batılılardan daha yakındır. Derindir Doğu.

Yorgunluklar, hastalıklar, yakınlarımızı kaybetmemiz, memlekette ve dünyada yaşananlar, kırgınlık ve küskünlükler, dolaylı yoldan bu krize şöyle ya da böyle etki eder. Dış etkenlerin insana kötü etkisi kadar, insanı özgür kıldığı da gerçektir.

Genç dostum;

Sen kendi yarattığın derdini, kendin tedavi etmek zorundasın. Evrendeki iyiden asla vazgeçme!

O düşündüğün celladı, yine düşündüğün evren dozerleriyle temizle, sil, süpür.

Şu güz rüzgârlarından bile, iyiyi çek içine.

İyiyi Güneş'ten al, Ay'dan al, topraktan al, sudan al.

İyiden vazgeçme.

Yola devam edebilmenin başka yolu yok!

III - Tüm gezegenden çıkan yetenekler

Dünyada rekabet kızıştı ve artık bu gezegende, her dalda birçok genç yetenek var. Bu gerçek yetenekler, bu dev okyanusun içinden nasıl sıyrılıp, yukarılara tırmanabilecekler hepimiz için merak konusu oldu. Burada neyin olabileceğini neyin olamayacağını, en azından hislerimle ve bu çağa göz atışımda aklımda kalan izlenimlerimle, size aktarıp paylaşmak isterim.

İlk konu "özgünlük". Dediğimiz gibi çok fazla yarışmacı var. Bunların içinde olağanüstü yeteneklileri de var. Çok çalışanları da var. Ancak günümüz sanatını; yaşamak ile köprü kurarak, özgün bir dil oluşturarak yapanı çok azdır. Özgünlük hâlâ en önemli konudur. Büyük sanatçı, özgünlüğüyle gerçekten uzun vadede büyük sanatçı olarak kalabilir. Sürekli üretmesi de gerekir.

Bakın, bir nesil sanatçı, baştan çıkarıcı güzellikleriyle, giyimleriyle, sanatın derinliğinden ziyade, yüzeysel bir görselliğe yönlendiriliyor. Bu bir hatadır. Bu kalıcı değildir. Bu gençler kullanılıp atılacak, yerine beş on sene sonra yenileri getirilecektir. Uzun vadede sanatçının kalıcı olması; sanatçının sanatındaki özgünlüğüne ve içtenlikle kendini sanatına adaması ile mümkün olabilir.

İkinci bir diğer konu da "toplumsal dürtü". Yüzyıl önce sanat, özellikle de yüksek kültür sanatı; Orta Avrupa'da birkaç ülkeye mahsus, biraz da yeni yeni Amerika kıtasında görülen bir şey idi. Günümüzde Moldova'dan kemancı, Çin'den piyanist, Venezuela'dan şef, İsrail'den orkestra, İran'dan çellist, Türkiye'den besteci, Yeni Zelanda'dan soprano diva çıkıyor. Yani tüm gezegenden çıkan yetenekler var artık. Orta Avrupa'da ise, büyük ilgi gören genç sanatçı sayısı azalmaktadır. Belki onlar, bu yeni ülkelerin çocukları kadar *aç* ya da *zorunda* değiller. Ama bu güdülerin olmaması çok ciddi bir eksikliktir. Toplumların tanıdığı bestecileri, bu nesilde, yok denecek kadar az. Kanımca bunun başlıca sebebi; Avrupa'nın aslında ikinci bir Rönesans'a ihtiyacı olmasıdır.

IV- Elçiliklerde, gençlerin önünü açacak konserler

1992-93 yıllarında, yirmili yaşların başındayken Almanya'daki konsolosluklarımızın ayarladığı birkaç konserde çalmıştım. Konser karşılığında sembolik bir ücret verilmişti. O zamanlar bu konserlerden kazandığım, Berlin'deki mütevazi hayatıma ufakta olsa bir katkıydı. Gençlik döneminde konserler önemlidir. İnsan tecrübe edinir. İyidir.

Elçilikler, müzik endüstrisinin kapsama alanına çok girmez. Girmesi de gerekmez. Ancak şöyle bir çalışma mevcuttur: Elçilikler, bulundukları ülkelere, Türk sanatçılarını özellikle de devlet sanatçılarını davet ederler. Bu davetlerde her türlü kalemi devlet öder. Uçak masrafı, otel masrafı, varsa konser salonu kirası, davet masrafları, vs... Hayli mesai hayli masraf.

Tavsiyem şudur: Dışişleri Bakanlığı, bu kültür sanat tanıtımlarını sadece gençlerle yapsın. Zira kişisel düşüncem ne çalışanların ne de sanatçının gayretinin, bu tarz etkinliklerde pek işe yaramadığıdır. Sonuç olarak bu davetler pek etkili olmuyor ne sanatçıya ne devlete bir ilerleme sağlıyor. Ancak tüm bunlar gençlerle yapıldığında daha farklı ve olumlu sonuçları olacaktır.

Bakın, Çev Sanat'ta burslu okuttuğumuz, sınavlardan geçirdiğimiz tüm müzik yeteneklerine hâkimiz. Elli gencimizi okutuyoruz ve bunların yüzde onluk bir bölümünde, gerçekten dünya çapında olabilme potansiyelini görüyoruz. Bu gençleri, konsolosluk, elçilik faaliyetlerinde kullanın derim.

Küçük bir salon ayarlayın. Gençler orada konserini versin. O şehirdeki önemli orkestra menajerlerini, konser ve festival organizatörlerini, bu konserlere davet edin. Türk'ün Türk'e övgüsü olmadan, o çocuğu gerçekten dinlesinler. Bu çocuklarımızdan bir tanesi için bile, gerçek bir konser ayarlansa bu çocuklar oradaki orkestralardan birinde solistlik yapsa bu durum; o çocuğumuzun, gencimizin müzik dünyasına atacağı ilk adımlardan biri olur.

Ve işte o zaman, bu davetler faydaya dönüşür.

Bu endüstri böyle işler.

Genç yeteneğe fayda sağlar.

Bu yeteneklerin keşfedilmesi, uzun vadede devlete çok büyük fayda sağlar.

V – Eleştirilmek geliştirir insanı

Bir gün sosyal medyada, genç müzisyenler ve gençlik orkestraları ile ilgili bir tartışma başlamıştı. Bir kadın takipçi, bana şöyle bir şeyler diyordu:

"Siz sinirli adamsınız. Gençleri Allah korusun, inşallah sizin öğrenciniz olmazlar."

Ben de şöyle bir yanıt verdim:

"Vallahi hanımefendi, biz hocalarımızdan az zılgıt yemedik. Maalesef hocalarımdan hiçbiri hayatta değil. Hocalarımın hepsi de sert ve nevi şahsına münhasır insanlardı."

Hocam Kamuran Gündemir'in derslerini bilen bilir. Hiç ödün vermezdi. Sertti. Bu da bizi olimpik forma sokardı. Eleştiri olur. Eleştiri gibi gözüken de tavsiyedir bazen. Özünde emek vermek, Nâzım'ın dediği gibi; sevmek, düşünmek, anlamaktır mesele.

Bu yaşımda hâlâ Beethoven sonatlarını çalışırken, çalışlarımı yanımda oturan hayali bir Beethoven'e yaparım. Bu hayali prova anlarında, hayali azarlar işitir hayali tokatlar yerim. Bu iş biraz böyledir. Gerektiğinde zılgıt, bazen iyidir. Bir müzik dehası, bana zılgıt çekiyorsa bu mutsuz bir memur hocanın, işe yaramaz sıkıcılığından yüz kat kıymetlidir. Bu arada, oda müziği faaliyetlerinde, yüzlerce proje içinde, benim gençlere zılgıt çekmişliğim filan da yoktur. Provalardaki tavrımı daha çok eleştiri ve yönlendirme üzerine kurarım. Çünkü daha iyi olmalarını isterim. Eserleri onlara özenle çalıştırırım.

Son yıllarda, Türkiye'de kendi kurduğum orkestralarda, çok iyi ve deneyimli olduğundan emin olduğum müzisyen ve şeflerle çalıştım. Çoğunlukla benim bir şey dememe gerek kalmadı. Hayatımda sadece iki kere, orkestradaki genç bir müzisyeni azarlamıştım. Aslında şefi azarlamam lazımdı. Hatalıydım. Oradaki şefin, ısrarla hatasını düzeltmeyen yönetimini azarlamalıydım ki, sorun çözülsün. İnsan potansiyelinin yarattığı bu tarz anlar, bazen hata olabiliyor.

Genç müzisyenler bazen çalışlarının niye iyi olmadığını, kendileri anlamıyor olabilirler. Hatta çalışlarını iyi zannediyor olabilirler. Bu durumda kendi çalışını o an kaydedip, ona dinlettirmek lazım ki, eksik olanı daha iyi anlasın. Prova sonrasında gençlerle uzun sohbetler etmeye çalışırım. Gelecekleriyle ilgili hayallerini, korkularını paylaşmak isterim. Bu, gençlerin ön yargılarını ve korkularını atmasını sağlıyor. "Kronberg Akademi", "Orfeum Zürih" ve "Çev Sanat" öğrencilerimi, pek çok konuda hazırlamaya çalışırım. Onlarla dost olmak lazım. Bu nesil bana; *hoca, abi* diye hitap ettiğinde sıkıntım yok. Hepsi uyar. Ama biri, *sen* diye söze girdiğinde hoşuma gitmiyor. Çünkü ben gençliğimde, hep *siz* diye hitap ettim hocalarıma. Bu bir kural değilse de herhalde içsel bir minimum saygı beklentisi.

Bir gencin sürekli hocası değilsem ve onu sadece birkaç kere görüyorsam, bunun adına *mentorluk* demeyi daha doğru buluyorum. Ki bende çoğunlukla böyle, hocalık benim yaptığım bir meslek değil. Gençlere eleştiri ve tavsiyelerim oluyor sadece. Bir gencin sürekli hocası olma durumunda *-yılda yüz iki yüz ders saatinin olduğunu düşünürsek-* hâliyle sert günler de geçecektir. Bu normaldir. Bu nesil fazla hassas. Eleştiriye alışık değil. Bu her zaman iyi bir durum değil. Çünkü bazen anlamadıkları bir noktada eleştirilince, hemen demoralize oluyorlar. İyi çaldığında öveceksin, çalamadığında öğreteceksin. Bu iş böyledir. Ve eleştiriler, insanın kendisine çeki düzen vermesi için gereklidir. Belki o anı yaşamak, iyi bile gelebilir. Hiçbir şey olmamasından daha iyidir. Bu şekilde gençler, aslında belli bir çizginin üzerinde kalmaya gayret edeceklerdir.

-Kalite kontrolü olmayan memuriyet

Sosyal medyada bir dostumuz, aşağıdaki şu yazıyı yazmıştı. Ben de sizlerle paylaşmak istedim.

"Sanat kurumlarında, ayda iki bin liranın altında (yazın bu bile yok!) ücrete talim eden yevmiyeliler çalışıyor. Bu imkânı bile bulamayan yetenekli mezunlar ise sokaklarda. Yöneticilere, neden kadro yok, diye soruluyor. Cevap belli; sanatsal rekabetin olmadığı, dünyada eşi benzeri olmayan bu memuriyet ortamında kadroya alınan herkes, kısa süre sonra ipin ucunu bırakmış, bıkkın memurlara dönüşüyor. Sözün bittiği yerdeyiz. Bu durumun politik duruş ile zerre kadar ilgisi yok. Bu hükümetin tasarrufu değil. Sanat kurumlarına kadro verilmemesi, sosyal demokrat İstemihan Talay döneminde başladı. Hâlâ sürüyor. Ve maalesef sürmeye devam edecek. Sorun kadrosuzluk değil, kalite kontrolü olmayan memuriyet!"

* * *

Bu dostumuz yazısında, sorun İstemihan Talay döneminde başlamıştır, diyor. Ancak benim bildiğim, bu sistem sorunları daha eskidir. İnsan bu duruma gerçekten üzülüyor.

Benim yorumum da şöyle: bunca yetenekli genç sanatçı, bu yanlış sistemde çürümeye mahkûm ediliyor. Zaman geçiyor. Yetenekli gençler işsizler ve sıkıntı içindeler.

Sanat kurumlarını kapsayan sistemler, neredeyse tamamen yanlış. Bu, toplum için bir yaradır. Bu gençler azıcık bir ücret karşılığı, bu kurumları sırtlamışlar. Bu konu artık çözülmelidir. Kadro alamayanlar, alanların on katı. Ve içlerinde gerçekten çok iyi, çok yetenekli gençler var. Kadrolu olmayan bu gençlerden operalar, orkestralar kurulur. Bu ülkenin markası, medarıiftiharı olacak kadar da başarılı olurlar. Bu toplum, verdiği vergilerle maaşları ödenen bu sanatçıların, dünyayla yarışan yüksek seviyesini görürse onunla barışır. Ve ancak o zaman gurur duyar.

Bakın, ne çok imkânsızlıklar içinde insanlar. Bakanlık yeni uygulamalara geçmeli, hem de acilen. Rekabet gerekli. Daha iyi olmak için, emek vermek gerekli. Sonuçta bu hepimizin mağduriyetine dönüşüyor.

-Berlin üzerinde gökyüzü

1991 -1995 yılları arasında Berlin'de yaşadım. Hâlâ Berlinli hissiyatım vardır. 90'lı yıllar, iki Almanya'nın birleşmesinin ardından çok enteresan bir siyasi ve kültürel zaman dilimiydi. Bir sohbet sırasında eşim Ece şöyle demişti:

"Çevremizde Berlin'i sevmeyen yok. Ama niye sevdiklerini, neyi sevdiklerini de anlamak zor."

Doğru bir yandan, Berlin farklı bir yer. "Berlin'in nesini seviyorsun?" sorusunun cevabı zor.

Wim Wenders'ın *"Himmel über Berlin / Berlin üzerinde Gökyüzü"* (1987) filmi vardır. Başrolde Bruno Ganz oynar. İnsan bu filmi seyrederken; Berlin'i, melankolisini, yaralı ruhunu, zor tarihiyle büyük hesaplaşmalar yaşayan insanlarını, Yahudilerden kalan ruhunu ve 70'lerden itibaren gelen iki yüz bin Türk'ün dokusunu anlar. Berlin güzel olmak zorunda değil. Bazı resimler, müzikler de güzel oldukları için, güzel değildirler. Anlam ve doku yaratır bir şeyi. Paris, New York, Londra, Tokyo, cıvıl cıvıldır. Çok merkezli, çağı takip eden, multi-kültürel şehirlerdir.

İşte bu noktada Berlin; bu bahsettiğim metropoller kadar albenisi ya da belirgin merkezleri olmayan bir şehir. İkinci Dünya Savaşı sonunda, 1945'te yarısından çoğu yıkılmış, 50'ler ve 60'larda yeniden inşa edilmiş, çok büyük estetik kaygılar güdülmeden binalar yapılmış bir yer. Zürih, Viyana, diğer Alman, Fransız ve İtalyan şehirleri tek merkezlidir. Genellikle *center* dediğin yerde; restoran, bar, kafe ve alışveriş anlamında üç dört günlük hayat bulursun. Berlin'de bunlar da çok değişken. 90'larda benim beslendiğim Berlin yok. Merkezler sürekli başka bir yere kayıyor. Berlin'e her gelişimizde, yeni Berlin'in yeni sunumuna maruz kalıyoruz. Yirmi otuz yıl öncesinin yerleri? Hâlâ vardır belki ama eski ilgisini kaybediyor. Yine de günümüzde dünyada; kültüre, müziğe ve yüksek teknolojiye en büyük yatırımı yapan, öncü, ilerici bir şehir Berlin. Ve bilmediğimiz pek çok yer var. Gençler Berlin'e akın akın gidiyor. Müthiş bir gece hayatı varmış. Gençlerden dinleriz.

İsabel von Karajan ile…
28 Ocak 2020 – Berlin

Leonard Bernstein'ın kızları Nina ve Jamie ile bir anı
23 Kasım 2018 – Berlin'deki bir konser sonrası

Fazıl Say Pla
Mozart & Sa
塞伊與香港小交響樂
Tickets at URBTIX

-JAPONYA YAZILARI-

I - Dillere destan Japon konser salonları

Dünyanın en güzel ve en iyi akustikli konser salonlarının yüzde altmışı Japonya'dadır diyebiliriz. Japonya'da binden fazla konser salonu vardır. Bu salonlar; şık, kullanışlı, çağdaş mimarinin iyi örnekleridirler. İnsanları; yani sanatçıyı, seyirciyi, çalışanları, çok rahat ettiren, saygı gösteren, dakik, sessiz ve konsantre düzeydedirler. Her biri uluslararası planlamalarıyla, halka en iyi hizmeti verme rekabetindedirler. İçeceğiniz beş mi, yedi mi yoksa on derece soğuklukta mı olsun, diye sorarlarsa şaşırmamak gerekir. Güçlü bir konsantrasyon hâkimdir.

Nüfusu yüz otuz milyona yakın olan Japonya, yüz ölçümü olarak yaklaşık Almanya kadardır. Tokyo ve civarında tahminen kırk milyon insan vardır. Ve Tokyo'da- *sadece klasik müzik konseri olarak-* her gün irili ufaklı elli ila altmış konser gerçekleşmektedir. Japonya, halkın kültür sanat ile buluşması için her yolu deneyen bir sistemler ağıdır. Japon şehirlerinde halkın her kesiminden eşsiz bir müziksever kitlesi vardır. Genç ya da yaşlı, maddi durumu iyi, orta, zayıf her nasıl olursa olsun halk konser salonlarını doldurur. Yeniliklere açık ve meraklıdırlar. Geçen sefer Japonya'ya geldiğimde, hafta içi öğlen matinelerinde konserler vermiştim. Bu, Japonya'da yeni bir uygulama ve çok ilgi görüyor.

Japon müzik endüstrisi çok çalışkandır. Dünyanın önde gelen sanatçılarını, ısrarla, her yıl ülkelerinde ağırlamak için konserler, turneler organize ederler. Ve bunu en profesyonel biçimde, medya ve multimedya ile bütünleştirirler. En üst düzey perfeksiyonizme ulaşmak uğruna efor sarf ederler. Pek çok uluslararası orkestra, Japonya turneleri ile övünür.

Bazen konser bitiminde (saat 22.30 ve sonrası) tekrar ofise dönüp, birkaç saat daha çalışan organizasyon ekipleri olur. Bu kadar mesaiyi, dünyanın başka bir yerinde bulmanız neredeyse imkânsızdır. Hiçbir şey yaklaşık değildir. Saat 13.42'de araç sanatçıyı alacak notu düşüldüyse; o araç, 13.42'de kapımızdadır. Bu hiçbir zaman 13.43 olmamıştır. Hızlı tren 13.56'da kalkıyorsa, 13.56'da kapıları kapar ve kalkar.

II- Japonya, yalnız bir ülkedir

Japonya ile ilgili izlenimlerimi anlatmaya devam ederken, bu sefer biraz daha rahatsız edici bir konuya giriyorum. Bir önceki yazımda, Japonya'nın dillere destan konser salonlarından, organizasyondaki mükemmelliyetçiliğinden, kültürün halk ile buluşması için gösterdikleri çabadan bahsetmiştim.

Düşünüyorum, insanoğlu yerinde sayan bir varlık değildir. İnsan ya ilerler, ilerleyemezse de geriler. Fakat yerinde saymaz. Japonların öğrenme disiplini, bilimde, teknolojide, kültürde yakaladıkları üstün seviye *-benim nesil hatırlar; eskiden Japon mucizesi diye bir deyim vardı-* bu ülkeyi aynı zamanda, yalnız da kılmıştır.

Her zaman olduğu üzere, bir şeyi başarmak yetmiyor. Dünyayı başarmış olduğuna inandırmak da gerekiyor. Bu konuda kendi başına tüm dünyaya kafa tutan ve dünyanın en güçlü ekonomilerinden birini yaratan Japonya'nın yolu hayli engebeliydi. Özünde yorgun bir toplum Japonya. Yine de kendi kültürünü, binlerce yıllık geleneklerini yıpratmadan modernleşebilmiş, Batılılaşmayı bilim ve kültürle güzel irdelemiş, yozlaşmamayı büyük ölçüde başarmış. Dolayısıyla şaşırmamak lazım; Japonya, yalnız bir ülkedir!

90'larda Tokyo, dünyada en çok intiharın yaşandığı şehirlerden biriydi. O dönemdeki menajerim anlatmıştı; yorgun toplumun, çalışmaktan yaşamaya fırsat bulamayan insanların intihar meylini... Bir ara durağa hızla giren metronun önüne atlayarak hayatına son vermek modaymış. Şimdi sıkı durun; Japonya devleti böyle bir intihar şeklinin önüne geçmek için, bunu yapanın ailesine ciddi büyük miktarlarda ceza kesmeye başlamış. Bir vazgeçirme unsuru olarak, bu şekilde ölünmesinin önüne geçme amaçlı, Japon ekonomisine verdiği direkt zararı da anlatarak, metroda intihar olayını önlemek istemiş. Metroda intihar; metro durağının kapanmasına, ardından gelen metroların aksamasına, yüz binlerce kişinin kullandığı Tokyo metrosundaki tüm insanların büyük bir gecikme yaşamasına, insanların işe geç başlamasına ve şirketlerin zorda kalmasına sebep!

Yani anladığımız kadarıyla devlet, intiharın nasıl olması gerektiğine bile karar kılacak kadar endişeli, sosyal ama endişeli!

Ölecekse gitsin harakiri yapsın, uçurumdan atlasın, der gibi...

III- Bir ülke, muhteşem sanatçılarıyla daha ne kadar iftihar edebilir?

Yıllar önce Almanya'da öğrenciyken bir konsere gitmiştim. Programda sadece çağdaş besteciler vardı. O zamanlar hiç bilmediğim bir Japon besteci de çalındı; Toru Takemitsu...Bu müzik; eski ile yeniyi, Doğu ile Batı'yı o derece iyi sentezliyordu ve Japon davullarının çağdaş müzikteki kullanımı o kadar etkindi ki; işte etnik müzik ile çağdaş arasındaki köprü nasıl olur, olmalıdır, o gün orada anlamıştım. Büyülenmiştim. Efsanevi Japon besteci Takemitsu hayatıma damgasını vurmuştu. Bestecinin çok sayıda film müziği de bulunur. Keşke Türkiye'de daha çok çalınsa neler öğreniriz ondan. Büyük usta ardında çokça eser bıraktı. Mutlaka keşfedin. Yıllar önce Kanazawa'da gittiğim binlerce yıllık bir geyşa evinde, bu otantik ritimleri ve melankolik Japon sanatının ince ruhunu iyice anlamıştım. Takemitsu haklıydı.

İlginç bir antik Japon enstrümanı vardır. Çalınan tüm sesler dakikalarca uzar. Dolayısıyla bir mikro-polifoni oluşur. Düşünün, Avrupa avangardizminin vardığı nokta, bir nevi iki bin yıllık antik Japon müziği gibidir. Zaten beş notalı, pentatonik Japon Milli Marşı'nı dinlerseniz anlarsınız. Soyut müzik misali, marşın bile aslında bir başı veya sonu yok gibidir. Beş notanın hangisi etkindir, bilinmez. Ama dokusu ve hissiyatı ile en güzel en meditativ milli marşlardan biridir.

Başka önemli bir isim olan Isao Tomita ile on yıl kadar önce tanışma şerefine erişmiştim. Tomita, elektronik müziğin dünyadaki en uç noktasıdır. Hatta hâlâ aşılamamıştır diyebiliriz. 60'lar ve 70'lerde yaptığı "Planets" ve "Bir Sergiden Tablolar"ı olağanüstüdür. Başyapıt seviyesindedir. Yaratıcılığın eşsiz örnekleridir. Tavsiye ederim.

Japonların klasik müzikte ve cazda da çok büyük starları oldu. Başta tüm dünyaya damgasını vuran efsanevi şef Seiji Osawa. Bunun yanı sıra; keşfinde benim de biraz katkım olan, görme engelli piyanistleri Nobuyuki Tsujii... Son çeyrek asrın en önemli caz piyanistidir diyebileceğim Hiromi Uehara, kemanda dünya çapında isimler olan Akiko Suwanai, Midori...

Gitarda, kemanda, cazda, operada, kısacası her dalda dünyanın en büyükleri arasında sayılabilecek müzisyenlere sahipler.

Bir ülke, bu muhteşem sanatçılarıyla daha ne kadar iftihar edebilir?

-Batık katedral ya da vahşi savaşçı hayali

Truva sonatının bir bölümü olan Aşil'i çaldığım bir videoyu, ekibim internet ortamında paylaşmıştı. Video bir Alman sosyal medya grubunda da paylaşılmış. Altındaki yorumları okudum.

Oldukça ünlü bir piyanist şöyle yazmıştı:

"Ürkünç ve vahşi, dinlediğim en kaba şey."

Cevap yazdım. Bu eserde Truva Savaşı'nı konu aldığımı, ilkel dönemlerdeki gelmiş geçmiş en müthiş savaşçı olan Aşil'in ölümcül, atik ve acımasız olduğunu, Aşil'i müzik ile böyle anlatmak istediğimi anlattım. Kaba ve vahşi olma konusuna da atıfta bulunarak, demek ki çok iyi başarmışım diye ekledim.

O meslektaşım cevaben; haklısın, konuyu bilmiyordum. Saygım sonsuz, yazdı. İşte bu "bilmemek", oldum olası ön yargıların doğumundaki en büyük etkendir.

Mesela Debussy'nin "Batık Katedral" eserini düşünelim. Debussy bu prelüdüne bir isim koymayıp, sadece "Prelüd no.10" deseydi; eserdeki Atlantis, gizem, okyanusun derinlerindeki batık katedral atmosferi, bir Kaptan Custo tarzı hissiyat gütmeden nasıl anlatılırdı? Hangi müzisyen, nasıl anlatırdı? Konular müziği resmeder. Yorumcunun da bir numaralı dayanağıdır. Günümüz yorumcusu için; Mozart, Bach ve Beethoven'deki en eksik kalan konu, bu bestecilerin kendi eserlerine çoğunlukla sadece sonat, senfoni gibi genel başlıklar takmalarıdır. Ne zaman ki Beethoven, sonat ve senfonilerine "Patetik" "Kader", "Ay Işığı", "Fırtına", "Veda" gibi başlıklar koymaya başladı; o zaman yüzyıllarca sonraki yorumcularını çalarken anlatacakları konusunda rahat ettirmiştir. Çek besteci Janáček'in "Ekim 1905" sonatı, genç bir öğrencinin o yıllarda Prag'daki özgürlük direnişleri sırasında vurularak öldürülmesini anlatır. Keza beni etkileyen benzer bir sahneyi, Gezi Park eserimde müzikle resmetmiştim.

Besteciler hayatta gördüklerini, yaşanan dramları, olayları, müziğin evrensel dili ile anlatmaya çalışır ve tarihe bu şekilde not düşerler. Ancak bu noktada, ne anlattığımızı anlaşılır kılmalıyız. Burada da sabır gerekir. Truva'yı, Aşil'i bilmeyen bir meslektaşımıza, sabırla anlatmamız gerektiği gibi... Kültürler arası diyalog; ancak pozitif yaklaşımlarla, sabır ve anlayışla var olabilir.

-Bu keşmekeşin içinde ne Itrî kaldı ne Mozart

Aslında müziğin özü tek bir yerden gelir. Türkiye'de yıllarca tek seslilik ve çok seslilik tartışması yaşandı. Bu yanlıştır. Klasik Batı müziği, elbette ki insanlığın en büyük miraslarından biridir. Türk Sanat Musikisi de yüksek kültürdür.

Bestecilik sınıfında, Itrî'nin, İsmail Dede Efendi'nin dev eserlerini analiz ettik. Beş yüz küsur makamı ezbere öğrendik. Hayatım boyunca kendi müziğimde, Türk aksak ritim ve usul vuruşlarından etkilendim. 5/8'lik Türk aksağı, 7/8'lik Devr-î hindi, 15/8'lik Bektaşî raksânı, hatta 23/4'lük 28/4' lük uzun geniş ölçü vuruşları, Devr-î kebir gibi, yüzyıllar öncesinden kalma Mevlevî, Bektaşî gelenekleri...

Türk Sanat Musikisi'nin derinlerine indiğinizde, geniş bir evren ve uçsuz bucaksız bir okyanus ile karşılaşırsınız. Hint ritimleri bile çok gerilerde kalır. Anadolu tarihinde müziğin akışına, Frigyalılar, İyonyalılar dönemlerine, Bizans ve Osmanlı dönemlerine bakın. İonian dizilişi, Bizans'tan Osmanlı'ya bir nevi "rast makamı" olarak devşirilirken, Batı'da ise majör tonalitesinin ilk örneklerini başlatır. Aeolian minörü oluşturur. "Dorian" Hüseyni ve çeşitlerine, "Frigian" Kürdî makamı ve türevlerine, "Lokrian" Segâh ve velvelelerine varır. Anadolu'daki doğu ve batıya uzanan uygarlık evriminin, ses dizilişlerindeki hikâyesi gibi gelir bana bu.

Bence çok seslilik -tek seslilik tartışmasına katılanlar, birbirine hayli zarar vermiştir. Bu kültürleri bağdaştıran köprü eserleri yaratmak dururken, bu yanlışa kimi anlı şanlı devlet sanatçılarımız bile katılmıştır zamanında. Ney ve kudüm zaten tek sesli müzik değildir. Akustikte değildir ve tek sesliliğin özgün ahengini de küçümsememek gerekir. Mühim olan sesler evreninin ne anlattığıdır, özgünlüktür.

Asıl dert; birbirinin etiğini sorgulamak değil, ticari müzikler ve arabesk yozlaşmasıydı. Ve daha da büyük dert; arabeski Doğu- Batı sentezi diye yutturmaya çalışan ne Doğu müziğini ne Batı'yı hiç ama hiç bilmeyen şarlatan şakşakçılardı. Bu keşmekeşin içinde ne Itrî kaldı ne Mozart. Bu halk, keşke gerçek değerlerine sahip çıksa keşke şu ön yargılarını bir tarafa itebilse.

- Dünya starı olma şansı olanlar

Türkiye'de müzik sanatında çok güçlü bir jenerasyon yetişiyor. Mesela benim dünya starı olabilir diye düşündüğüm; birkaç piyanist, kemancı, viyolonselist, şef ve şancı var. Bunlar on sekiz-yirmi altı yaş grubu gençler. Önemli yarışmalarda ödüller kazanıyorlar, bunlar çok önemli. Çoğunu küçüklüğünden beri takip etmekte ve başarılarıyla gurur duymaktayım. Bu gençlere her daim destek olduk. Hep de olmalıyız.

Ama bunların dışında gerçek şu ki, dünya zordur. Sahne sanatları zordur. Her ülkenin önemli sanat merkezlerini, şehirlerini tek tek fethetmek zordur. Avrupa başkentlerini, Amerika'nın büyük şehirlerini, Japonya'yı, Çin'i, Kore'yi ve tüm diğerlerini...Her şehirde defalarca hem solo olarak hem de orkestralar ile konser vermek gerekir. Bu sayede yıllar içinde sanatçıya talep artmaktadır. Bir sanatçının, ismi ile salonları doldurabilmesi sabır isteyen, zor bir yoldur. Çok da emek gerektirir. Sadece kayıtlar yapmak, ödüller almak yetmez. Yarışmalar önemlidir. Pek çok imkân sağlar, yeni kapılar açar. Ama asıl konu; o imkânları doğurganlığa dönüştürüp, devamını sağlamak, küçük bir varoluşu büyük bir hikâyeye dönüştürmek ve yaşamını buna adamaktır.

Kendi ülkesinde çok iyi olan bir sanatçı, dünya platformunda Almanya'nın, Rusya'nın, Çin'in, ABD'nin en iyileri ile aynı yerdedir. Çok fazla "genius" oradadır. Yani bu zor dünyada, herkes kurtlar sofrasındadır. Bu nedenle sadece iyi olmak, çoğu zaman yetersiz kalır. Dünyada iyi virtüöz, çok var. Ve bu dünya, buna tok bir dünyadır.

Peki "başka" olmak için ne yapılmalıdır? Kanımca, genç bir virtüözün kendine orijinal ve kişisel bir felsefe edinmesi gerekir. Müzik tarihinin en önemli eserlerini olağanüstü çalmanın yanında, herkesten ayırt edilecek bir imza da gerekir. Sofistike bir kişisellik, kimi zaman akademisyenlerin gözünde aykırı olabilir. Ama bu yolda inanç oldukça, bunu tutkuyla yürütmek gerekir. Yüreklere dokunmak lazım. Ayrıca kimsenin aklına gelmemiş sanatsal ve çağdaş buluşları konserlerde sunmak, anlamak ve anlatmak lazım. Yani bazı şeyleri "ilk" yapan olmak lazım.

- Dışarıyı değil, içeriyi duymak!

Beethoven'in sağır olmasına rağmen, nasıl beste yaptığını soran birine verdiği cevap, kayıtlara geçmiştir.

"Önemli olan dışarıyı duymak değil, içeriyi duymaktır."

İçeriyi duymak konusunu hayatım boyunca düşünmüşümdür. Beethoven'in otuz beş otuz altı yaşlarında başlayan kulak rahatsızlığı, önüne geçilemez amansız bir hastalığa dönüşmüştü. Hastalığının ilk on yılı, seslerin bir müzisyen için delirtici boyutta olan tekrarı, yansıması, uzaması, değişmesi gibi dönemlerden geçti. Yorucu ve ruhu yıpratıcı bir süreç. Beethoven Müzesi'nde sergilenen piyanosunun tuşları içeri eğimli delinmiştir. Böyle olmasının sebebi; Beethoven'in çaldığını duyabilmek uğruna, piyanosunu delice bir kuvvetle çalmasındandır. Olur olmaz saatte, büyük bir gürültüyle çalıştığı, aynı zamanda da geçimsiz biri olduğu için; otuz küsur evden, ev sahipleri tarafından atılmıştır. Elli yedi yaşında ölen Beethoven'in son on yılını ileri sağırlıkta geçirdiğini, sesleri çok ender olarak duyabildiğini biliyoruz.

Dönelim asıl konumuza, içeriyi duymak!

Beethoven, on sekiz ila yirmi beş yaşları arasında çok çalışmıştı. Hocası Haydn'dan her şeyi öğrenmişti. İnsanüstü armoni bilgisi, zamanla yaratıcılığına dönüşmüştü. Tüm sisteme hâkimdi. Hocası Haydn'ın evine gece geç saatte çat kapı gelip, bunaltıcı mertebede ders alırdı. Anlatılanlar arasında Haydn'ın ona; mesela kontrbas çalgısının pes telinde, neyin yapılıp neyin yapılamayacağını öğretmiş olduğu bile vardır. Geceler boyu çalışmak, muazzam bir mesai. Beethoven'in Haydn'a büyük para borcu vardı. İki bin saat ders! Bu borcu hiçbir zaman ödeyemedi.

Dönelim Beethoven'in hayatının malum son dönemine... Son 6 piyano sonatı ve "9. Senfoni", bu sağırlık döneminin ileri aşamalarıdır. Müziğinde çok sayıda füg ve füg benzeri matematiksel yapı vardır. Çünkü kendi müziğini tahmini duyuşundan emin olmak ister. Çok sesliliğin matematik özünde, füg tekniğinden emin olması daha olasıydı. Ve içinde duyduğu çok seslilik, bir insanlık tarihi gelişimine dönüştü.

-Her sesi hücrelerinde hisseden deha

Martin Grubinger, çağımızın en büyük vurma sazlar ustası, perküsyon dünyasının tartışmasız bir numaralı dehasıdır. Onu her dinlediğimde, bir insanın neler yapabileceği konusunda hayrete düşüyorum. Hayranlıkla dinliyor ve seyrediyorum. İstisnasız her gün on on iki saat çalışan, en zor en çağdaş eserleri ezbere çalan, kendi vizyonunu, yorumunu, imzasını, çaldığı her notaya basan bu muhteşem sanatçıyı dinlemek ve onun için eserler bestelemek benim için bir onur.

Martin, olağanüstü hatta deyim yerindeyse *insanüstü* bir yetenek. Çocukluğundan beri perküsyon ve bunun yanı sıra, üç yüzden fazla enstrüman çalıyor. Yılda yüz konseri var. *Deutsche Grammophon* için kayıt yapıyor ve tüm önemli festivallerde yer alıyor. *Percussions Planet* isminde bir orkestrası da var. Pek çok besteciye eser sipariş etti. Her gün gece yarısına kadar çalışıyor, çalışıyor, çalışıyor.

Martin, Türkiye'ye birçok defa geldi. Eşi piyanist Ferzan Önder'dir. Oğulları Noah Can doğduğunda, onun için bir eser beslemiştim. Sonrasında Martin için bir eser daha yazdım.

"Vurmasazlar Konçertosu, Opus 77"

Bu sefer oldukça kapsamlı bir konçerto. Martin bu eseri dünyanın her yanına götürecek ve inanıyorum ki bu eser onunla birlikte uzun bir yolculuğa çıkacak.

Eseri çalışmaya başladığı ilk günlerde bana şöyle demişti:

"Çok çalışıyorum, zor yazmışsın ama mükemmel yazmışsın."

Bu eser; dört bölümünde, dört ayrı oturumun ve sekiz ana enstrümanın olduğu, yirmi beş dakikalık bir eser. Dinlemesi keyifli ancak çalması hakikaten zordur. Vibrafon, marimba, rototom, boobams, campana, timpani gibi vurma sazların; nasıl yerleştirilip nasıl çalınacağını ve kompleks virtüözitenin nasıl şiirsellikle sonuçlanabileceğini oldukça kafa yorarak düşünmüş, bestelemiş, çalınabilir olmasına uğraşmıştım.

Martin çalması oldukça zor olan bu eseri, en kısa zamanda kaydetmeli. Çünkü ben bu çalınışın, birkaç yüzyıl daha aşılamayacağını düşünüyorum. Enerji ve müzikalitenin, ruh ve bedenin bu kadar iyi işlemesi ender bir durum. Martin'in olağanüstü yetenekleri doğaldır. Ama o, her kolaylığa müsait dehasıyla yetinmiyor. Kendini geliştirmek ve daha da ilerlemek için; rakipsiz, ıssız, "şu an" düşüncesi gütmeden, her sesi benliğinde, hücrelerinde hissediyor ve var ediyor. Bu derin bir adanmışlıktır. Martin bu eseri keşke Türkiye'de hep çalsa. Keşke bu mümkün olsa.

- Sükûneti zedeleyen gürültü

Ege benim için bir ev, bir terapidir. Ne zaman kendimi dinlemek istesem Ege'de bir yerlere kaçarım. Sevmediğim şey ise; mekânlarda sonuna kadar açılan müzik sesi. İnsanlar müziği dinlemek istediği zaman dinlemeli, istemediği zaman dinlememe hakkına sahip olmalı. Çünkü dinlemek istemediğiniz zaman, müzik sadece sükûnetinizi zedeleyen bir gürültüdür.

Restoranda, kafede, plajda, her yerde, sanki bir kuralmış gibi müzik sonuna kadar açılıyor. Oysaki kimsenin metrelerce uzaktaki birinin duyacağı desibelde müzik çalmaya hakkı yok. Gündüz ya da gece fark etmiyor. İnsanlar kendilerini dinlemek isteyebilirler. Huzur ve sessizlik arayabilirler. Buna saygı göstermek gerekir. Gürültülü müzik; insana nefes alacak, kaçacak bir yer bırakmıyor.

Ben çoğu zaman müziğin kısılmasını ya da kapatılmasını rica ediyorum. Çünkü sohbet etmekte bile zorlanıyoruz. Birbirimizi duyamadığımız için, bağırarak konuşmak zorunda kalıyoruz. Müzik dinlemek istiyorsak, kapanırız köşemize dinleriz. İyi müzik dikkat gerektirir. Emek ve ruh gerektirir. Ses kirliliğine artık bir son vermeliyiz.

-İki bakanlık bir koltuğa sığmaz

Bundan yirmi beş otuz yıl önce, Kültür ve Turizm Bakanlığı birleştirilmiş ve iki bakanlığın birleştirilmesi tepkiyle karşılanmıştı. Bana göre de iki farklı konunun, tek bir mecrada toplanması iyi bir fikir değildir. Birbirine zarar verir. Spor Bakanlığı, Adalet Bakanlığıyla ya da Enerji Bakanlığı, Aile Bakanlığıyla birleştiğinde durum nasıl olursa; Kültür ve Turizm Bakanlıklarını birbiriyle birleştirmek de öyle bir şeydir.

Soracaksınız, ortak noktalar hiç mi yoktur?

Devlet ve toplum konularında, her hâlükârda bir bağ kurulur. Adalet ve spor konularında da bağ bulursunuz. Kültür ve turizm arasında pek çok ortak payda, elbette ki vardır. Ama özünde ayrı bakanlıklar olması, kanımca zorunludur. Çünkü birleşmeleri, işlerin eksik kalmasına sebebiyet veriyor. Kültür Bakanlığı tek başına bir kurum olmalıdır.

Örneğin dönemin Kültür ve Turizm Bakanı Mehmet Ersoy, turizmi iyi bilen biri. Kendisinin bir turizm şirketi var. Turizm konusunda ciddi bir deneyime sahip olsa da kültür konusunda aynı deneyime sahip değil. Bu gayet doğal. Çünkü onun için yeni olan bir yığın dertli kurum var. Yıllardır köhneleşen sistemler ve acil çözüm bulunması gereken birçok sorun var.

Kısacası bu iki bakanlığın, tek bakanlıkta birleşmiş olması, Türkiye'nin kültür konusundaki acil ihtiyaçlarına öncelikli yanıt vermiyor. Çünkü dünyanın neredeyse tamamında olduğu gibi, Türkiye'de de kültür alanındaki tüm kurumların kendi bakanlığı ve kendi projeleri olması gerekiyor. Bu şekilde mevcut sorunların daha sağlıklı çözüme ulaşabileceğine inanıyorum.

- Şairler, yazarlar hapisteyken; devlet sanatçısı olmak neyin sembolüydü?

Ülkeler sanatçılarını; ödül, madalya, unvan, yaşam boyu başarı gibi payelerle onurlandırırlar. Bu normaldir. Devletin dışında, vakıf, dernek ve medyanın da verdiği ödüller mevcuttur. Bizde devlet sanatçılığı unvanı, 90'lı yıllarda öyle dejenere edilmiş bir noktaya vardırıldı ki; en sonunda tepki görerek bir kenara konuldu. Bu yorumu yaparken, benim devlet sanatçısı olmadığımı, ancak değer verdiğim birçok devlet sanatçısının bu dejenere durumun rahatsızlığını çektiğini de belirtmek isterim.

12 Mart ve 12 Eylül gibi cunta yönetimleri ve sonrasında, bazı önemli değerlerimize ve klasik müzikçilere "devlet sanatçısı" unvanı verilirken, aynı dönemlerde Türkiye'nin en değerli ve sevilen şairleri, yazarları; düşünce suçundan hapisteydi. Can Yücel, Ahmed Arif, Yaşar Kemal ve daha onlarcası hapisteyken, bu payeyi kabul edip, almak ya da reddetmek neyin sembolüydü? Hangisi o zaman için doğruydu? Tahmin etmek zor. Çelişki de burada başlıyor. 90'larda neredeyse herkese devlet sanatçılığı unvanı verildi. Bu da çok tepki gördü. Nâzım Hikmet'in hapisteki yılları bizim tarihimizin kara lekesidir. Bizi incitir. Ancak hapisteki Nâzım; büyüdükçe büyümüş, bir dev olmuştur. Bu da başka bir gerçek. Hapiste olmasa ruhunun o derinliği, o isyanı çıkar mıydı? Bu da bir soru!

29 Ocak 2020 – Amsterdam

- Müzik, insana iyi gelir

Sosyal medyadaki hesaplarımıza, mailimize, emin olun günde birkaç yüz mesaj geliyor. Aileler müziğe yetenekli ya da müziğe ilgili çocukları için yol göstermemizi rica ediyor. İstisnasız her gün yüzlerce soru, istek, sıkıntı... Bu on beş yıldır böyle. Bunun en büyük sebebi; devletin müzik dersi konusunda hiçbir sistemi olmamasıdır. Ve bu durum, her yıl daha da kötüye gidiyor. Ben ve ekibim, bu istekler ve talepler konusunda çaresiziz. Çünkü her ne kadar bir sanatçı olsam da bir birey olarak; bu isteklerin hepsine yetişmem, soruların hepsini cevaplamam ya da bunlarla ilgili tüm sorunları çözebilmem mümkün değil. Çok yetenekli bulduğumuz bazı genç yeteneklerin kariyerlerine yardımcı olmaktan öte ne yapabilirim ki?

Jürisinde yer aldığım Çev Sanat; Türkiye'de müzikte üstün yetenekli kırk ila elli çocuğu imtihanla seçip, onlara burs imkânı sağlıyor. Ama bu, önümüzdeki derdin binde birine ancak cevap verebilir. Çok yetersiz. Bu konu bir devlet projesi olmalı ki, tüm halk yararlanabilsin. Sahip çıkılırsa, Doğu Anadolu'nun en ücra köşesinde bir köyde yaşayan çocuk da Mozart çalabilir. Biz kendi adımıza, bize ulaşan onlarca elektronik postaya, mesaja, mektuba, binlerce sorgu suale nasıl yetişiriz? "Çocuğumuz müziğe çok yetenekli ama enstrümanı yok" diyen on binlerce aileye nasıl karşılık verebiliriz? Milli Eğitim Bakanlığı; çocukların, gençlerin müzik yapmasını, yeteneklerinin yönlendirilmesini ciddiye almak ve müzik eğitimi konusunda halkın ihtiyaçlarına yön vermek, sahip çıkmak zorundadır. Denemelidir değil, zorundadır!

Dünyada binbir çeşit sistem var. Okullarda müzik eğitimi, evrensel standartlara getirilmelidir. Bu konudaki en iyi örnekler, Çin ve Japonya'dadır. Farklı ve köklü sistemler de var. Örneğin Almanya'da çocukların hem kendi başlarına hem de beraber müzik yapmalarını destekleyen, bir enstrüman çalma konusunda ustalaşmalarını sağlayan, proje ve yarışmalarla onları ilerleten *Jugend Musiziert* sistemi gibi. Tüm bunları çok basit bir felsefeden yola çıkarak yazıyorum; müzik, insana iyi gelir.

-Star Wars, Matrix bilen bir nesil ve opera

Bugüne kadar opera hariç, neredeyse her formatta 85 eser besteledim. Opera bestelemeye birkaç kez heves ettimse de sonra vazgeçtim. Ama hâlâ planımdadır.

Bir gün babamla sohbet ederken bana şöyle dedi:

"Opera bestelemen gerekmez. 21. yüzyıl için biraz demode ve Türk halkına da uzak. Oratoryo bile daha yakın."

Ben de ona şunu söyledim:

"Eğer bir gün, seni bile ikna edecek bir şey yapacaksam ancak o zaman yaparım."

Operadaki zorluklar ile ilgili düşüncelerimi, sizlerle paylaşmak isterim. Opera tekniği ile şan, *-diyafram kullanarak-* Türkçe dilinde iyi olmuyor. Bu yüzden vokal eserlerimi çoğunlukla normal teknik ile yazdım. Bildiğiniz gibi opera, 17-18 ve 19. yüzyılın sahne sanatıdır. 20. yüzyılda ise hayatımıza sinema girdi. Yeni teknolojiler ve efektler dâhil oldu. Star Wars Matrix bilen nesillere, eski nesil sahne tasarımı görsel olarak nasıl yeterli olacak?

İkisi de atmosfer bestelediği ve her şeyi müzikle anlattığı için olsa gerek, operada favorim Wagner ve Verdi'dir. Dikkatimi çeken şey ise; Chopin, Brahms, Schumann,

Paganini, Bach gibi özellikle enstrüman bestecilerinin hiç opera bestelememiş olmaları. Tersi olarak da Puccini, Verdi, Wagner, Rossini gibi opera bestecilerinin enstrümantal eserlerinin çok az olması... Bu konuda tam dengede duran yegâne besteci Mozart'tır. Dehanın 650 eserinin içinde yirmi operası vardır. Bence bu çelişkinin sebebi; dünyalar konusu, ses evreni, sahne evreni, yabancılığı, farklı tekniğidir. Beethoven'in açık ara en kötü eseri, tek operası olan *Fidelio*'dur. *Fidelio*'yu her dinlediğimde, Beethoven'i eseri bestelediği süreçte neredeyse can çekişirken görüyorum.

Bunların yanı sıra; bir de operada dil sorunu var. İtalyanca, Fransızca, Almanca bilmeden opera metni nasıl anlaşılacak? Son on beş yirmi yıldır çoğu operada, elektronik üst yazı kullanılıyor. Ama o da beni iyice yabancılaştırıyor. Bazen düşünüyorum. Opera bestelersem bunu hangi dilde yapmalıyım? Şan tekniğinde dilimizde kayıplar olacağına inanmama rağmen; hadi diyelim, eseri Türkçe besteledim. Bir de bu eser, başka ülkelerde hiç Türkçe bilmeyen, telaffuzu doğru yapamayan ve söylediği kelimenin anlam dokusunu bilmeyen şancılar tarafından seslendirildiğinde, bizi ne bekliyor olacak?

Velhasıl, opera konusunda hâlâ düşünüyorum.

-İstediği yükseklikte uçmalı insan

"En derin yaralarla başlar, en derin gülücükler. En yüksek uçurumlardan düşerken öğrenirsin uçmayı. En derin denizlerde boğula boğula becerirsin, tek bir nefesle yaşamayı."

Alman filozof Friedrich Nietzsche'nin bu sözleri, özellikle gençlik yıllarımda beni çok beslemiştir.

İzninizle yorumlayayım:

"Uçurumlardan düşerken öğrenirsin uçmayı,"

Çok doğru tespit. Tabii bir de uçuruma kadar tırmanmayı var edecek bir geçmiş, gelişim dönemi lazım. Yani yükseklerden düşmek için, önce yükseklere tırmanmak gerek. Düşerken uçmayı öğrenmek ise çok zor konu. İnsan bunu beceremeyip, çakılıp kalır bu dünyada. Düşerken uçmayı öğrenmek için yürek lazım. Şunu da düşünün; uçmayı öğrenen için en yüksek uçurumlar en yüksek dağlar bile ne kadar aşağıda kalır. İstediği yükseklikte uçmak, insanın kendi toprağını bulmasıdır. Kendi sesini, kendi nefesini ve kendi kanatlarını...

-Yeteneksiz biriyle iş yapmayın

Genç sanatçılara ilk tavsiyem; yeteneksiz birisiyle iş yapmasınlar. Akortsuz bir enstrümanda müzik yapmaya çalışmak gibi berbat bir durumdur bu. İyi bir iş çıkması imkânsızdır. Kabiliyetli genç bir sanatçının; doğal yetenekleri, duyuları ve içselliği olmayan birinden öğrenebilecekleri son derece kısıtlıdır. Yarardan çok zarar getirir. Genç sanatçılar, ustaların yanında büyümelidir. Sanatı var eden unsurlar; sevmek, düşünmek, anlamaktır. Bunlar ustaların erdemidir. Yeteneksizlerin ulaşamadıkları noktalardır. Ve onlar da ulaşamadıkları şeylerle çetin bir kavgaya başlarlar.

Yetenekli insan, ruhunun bedenini yenmesi için çabalar durur. Üretmek, topluma dokunmak, insanlara dokunmak için; kendini kimi zaman delicesine hırpalayarak, yorarak, arayarak ve bularak… Kimi zaman mükemmelin peşinde kimi zaman da mükemmelin de ötesi olan insani estetiğin, hislerin anlaşılır kılınabilmesinin peşinde koşarak… İnsan; gece ve gündüz, ince bir yolda, yalnız, bir ömür çalışır. Hayaller kurar. Batı'da yıllardır gözlemlediğim büyük yetenekler, eninde sonunda iyi imkânlara kavuşur. Hayata ve kültüre yön verenler olmaya başlarlar. Nitelikli insanın vizyonu ve geleceğe dair hayalleri olur. İyi bildiğini, iyiden yana olanı besler.

Türkiye'de ise durum maalesef on yıllardır farklı. Niteliksiz, beceriksiz kişiler, sistemde kendilerine yer bulabildiler. Ve maalesef bu kabiliyetsiz ve vizyonsuz kişiler, kültüre yön verebilecek konumlarda görev aldılar. İdarecilik, müdürlük, yönetmenlik, genel müdürlük gibi önemli görevlerin başına getirildiler. Pek çoğu kendi sorunlarını, bu koltuklarda çözmeye çalıştılar. Suistimallerle ve tuhaflıklarla dolu onca yıl!

Sonuç?

Sonucun olumlu olması mümkün değil. Bazen bu insanları gözlemliyorum. Bu kişiler kendi aralarında da birbirlerine gizliden gizliye ciddi düşmanlıklar güdüyor. Sinsice bekliyor ve ilk fırsatta aralarından birinin başını ezmek için zaman kolluyorlar. "Tepelemeye" meyilliler. Hele ki onların yapamadıklarını yapabilen, topluma güzellikler sunan yetenekli birisi çıksın ortaya; bu sefer hep birlikte onu karşılarına alırlar. Güçlü olanı ezmek için birlikte saf tutmaya muhtaçtırlar. Gün gelir kötülükle beslenen bir başkası da gelip, onu saf dışı etmeye, acımasızca bitirmeye çalışır.

Bu kısır döngü böyle devam eder.

Her meselede, "dışarıdan ve en dışarıdan bakan ne der?" diye düşünmeliyiz. Kırıcı olmadan bunu başarmak elbette ki mümkün. Konu hep saygı olmalı. Kötülük yapmak, zarar vermek isteyen; bir dakika durup, düşünmeli. Başkasını suçlamadan önce kendine sormalı. Kimiyle farklı hayat tarzlarımız olabilir. Kimiyle çok farklı kültürlerden geliyor olabiliriz. Ama hepimiz insanız ve bu ülkede iyi bir şeyler için uğraşıyoruz.

Yanlış mı?

-Michelangelo'nun heykelindeki burun gerçeği

Akış nedir? Akış içinde mükemmellik mümkün müdür? Aslında bunun en iyi cevaplarından birini, kayıt yapan müzisyen verebilir. Sanatçının bir eser üzerine çalışması uzun bir yolculuk gibidir. Evde saatlerce, günlerce, bazen aylarca çalışır. Hayalini kurduğu şeye varmak için türlü yollar dener. Yıllar içinde tecrübe kazanır. Canlı konserlerini de fevkalade başarır. Kaydı da başarır. Gel gör ki, insanoğlunun mükemmel olması doğaya aykırı. Hata, pek sevmediğimiz bir kelime. Akışın doğallığının dışında kalmak ise, insan doğasında daha büyük bir hata.

Mikrofon öyle sert öyle gerçek bir aynadır ki; yıllardır büyük bir coşkuyla ve bu coşkunun getirdiği öz güvenle yaptığınız, dünyanın yedi düvelinde ayakta alkışlandığınız işinizde, tüm hatalarınız mikrofon kaydının acımasız gerçekliğinde pat pat önünüze düşer. Akışınız doğru ve güzeldir. Ve bu hatalar belki de çoğu insanın fark edemeyeceği, mikro boyutlardadır. Kaydı her zamankinden daha bile iyi yapmış olabilirsiniz. Ama mükemmellik konusunda, mikro boyutlardaki hataların bile olmaması gereken, acımasız bir dünya yarışı vardır. On yedi bin ses içinde, belki de kimsenin duymayacağı yanlış basılmış bir ses için yeniden kayıt yaparsınız. O ana, o sesin doğrusunu yerleştirseniz bile, bu sefer belki daha da büyük bir hatanın içine düşersiniz. "Doğru" çalışınızın konsantrasyon evreni farklıdır. Çünkü o an, o renk, o doku, doğru basılmış sesin içinde yer alamaz.

Ünlü bir anıdır. Michelangelo bir heykelinde, adamın burnunu pek de başarılı yapamamış. Ama heykelin tamamı olağanüstü bir eser.

O da o burun için;

"Bir bütün içindeki doğru buydu," demiş.

Şöyle ki; belki de burnu değiştirmek uğruna tüm kafayı, tüm kafayı değiştirmek uğruna da heykelin tamamını baştan yapmak zorundaydı. Yani akış, robotik bir deneyim değildir. Konsantrasyon akışı, yeteneği özgür kılmak için insani bir deneyimdir. İnsanın hataları olur. Sanattaki hataları düzeltirken de asıl konu şudur: Yarattığımız esere ne kadar hasar verebileceğiz ya da hasar vermeden başarabilecek miyiz? Mikro hataları, bir bütünün eşsiz ruhu adına mazur mu göreceğiz?

Zor kalkülasyon burada.

-İkinci kez dinlenen müzik

Bir müziği ikinci kere dinleyebilmeliyiz. Seversek, anlarsak ve daha fazlasını anlamaya çalışırsak; içsel dünyamızla kesin bağ kuran müzikler, ikinci kere dinlenir. Dünyada bir kere dinleyip, ilgilenmediğimiz çok müzik var. İkinci dinleyiş ise sevgi konusudur.

Çağdaş müzik, atonal müzik, soyut ve avangart stildeki müzikler hem ülkemizde hem dünyada zor bir konudur.

Disonans ses dünyası, bu ses dünyasına aşina olmayanlar için iticidir, içine çekmez. Çağdaş müziği sevmek ve anlamak için, bu müziğe ciddi bir emek ve mesai sarf etmek gerekir. Ki müzik sanatında, 20. yüzyılda pek çok dâhiyane besteci pek çok başyapıt bulunur.

Fransa'da melodi müziğinden, ses renklerine; Debussy, Satie ve Ravel ile geçildi. Avusturya ekolü Berg, Schönberg ve Webern, müzikte devrim arayışına girdiler. Doğu Avrupa'da ise bu yeni tekniklerle, kendi folklorlarının sentezini yaratma arayışı başladı. Bu müzik stilleri arasında, kıran kırana estetik tartışmalar da yaşanmıştır. Hepsinin ortak yanı; yenilikçiliğe açık olmayanlara "karşı" olmasıdır.

20. yüzyılın ilk yarısının şaheserleri arasında benim ilk aklıma gelenler; Rus besteci Stravinski'nin "*Bahar Ayini*" eseri, Fransız Varese'in "*Amerique*", Macar Bartók'un "*Muhteşem Mandarin*" balesi, Avusturyalı Alban Berg'in "*Wozzeck*" operası, Schönberg'in keman konçertosu, Amerikalı İves'in "*Concorde*" sonatıdır.

20. yüzyılın ikinci yarısı, yani İkinci Dünya Savaşı sonrasındaki otuz kırk yıl, klasik çağdaş müzikte "protest" olarak süregeldi. Öyle ki müzik; anti müzik ve post müzik arasında, anlam ve anlamsızlık evresinde halkın müziği olamadı. İnsanları kavrayamadı ve kitlelerle bağları kuramadı.

Besteciliğin ilk ilkesi, duyduğunuz sesleri bestelemenizdir. Duymadan, tahmini sesler, partisyona konuyor. Çalındığında, o duymadan eklenilen sesler, besteci dâhil kimsenin hoşuna gitmiyor. Besteci, bestesini içinde duymalı ki; ikinci dinleyiş için bir şans olsun. Mikropolifoninin yaratıcısı Ligeti ve minimalizmin öncüsü Reich, çok sevdiklerim arasındadır. Savaş sonrası Alman ve Polonya ekolleri de çok önemlidir. 21. yüzyıla kalan; tüm bunların bilincinde tekrar topluma dokunmak isteyen, artık protesto değil sevgi bağı arayan bestecilerdir.

Karantinanın ilk günleri…
Mart 2020 – Urla ev

KARANTİNA YAZILARI

I- Muallak hadiseler, muallak kararlar, muallak bir zaman!

Hayatımıza bir anda giren korona günleri,

Kimsenin ne olduğunu ne olacağını bilmediği muallak günler!

Kızgınım, üzgünüm, kırgınım, tedirginim.

Her şey belirsiz, her şeyin mantığı kendi içinde kararsız.

Yürümek bile mesele…Bir yere gidiyorsan yürümek serbest, sadece yürüyorsan yasak!

Bir de seyahat meselesi var.

İzni "Valilik kararınca" lafına tâbi.

Kimin seyahati nasıl olacak? Zorunlu seyahat durumuna nasıl karar verilecek?

Şeffaflık mı eksik yoksa her şey muallak olduğu mu için mi bu hissiyattayız?

Yıllardır her koşulda duyduğumuz "Biz iyiyiz, biz güçlüyüz," lafları da yordu.

Korona günlerinin başındayız.

Onlarca söylenti, onlarca soru, onlarca belirsizlik.

Ne olacak, nasıl olacak?

Her şey gizemli.

Muallak!

Ve maalesef hayatlarımızın mevzubahis olduğu yerde, bu muallaklık içinde sakin kalmak mümkün değil.

Vaka sayıları, ölüm sayıları, tüm dünyada her gün binlerce kişi artmaktayken; "Nisan sonu beş bin adet solunum cihazı üretmiş olacağız," lafı bile tedirgin edici bir söylemdir.

Sağlık konusunda belirsizlikler bir yandan, ekonomik anlamdaki belirsizlikler diğer yandan!

Devlet kesin bir kararlılıkla bize yol göstermiyor, sahip çıkmıyor diye düşünüyorum. Çoğumuz gibi...

Elimizden geleni yapmak istiyoruz. Yaşamımızı savunuyoruz. Yarın ne olacağı belli olmayan kurallara tâbiyiz. Ki bunlar aslında kural değil, duruma göre hallolur düşüncesiyle belirlenecek olan muallak kural ve kararlar! Zaten bu sebepten herkes, devletin vatandaşı yalnız bıraktığını düşünüyor.

Herkesin aklında, her konuda şu soru: yasak mı, değil mi?

Dışarıda korkunç bir salgın ve ne yapılacağı anlaşılmıyor!

Bu bizim yaşamımız, biricik hayatlarımız.

Ailelerimiz, sevdiklerimiz, memleketimiz mevzubahis. Merkel'in, Alman halkına söylediklerini hatırlayın.

"En ufak bir şüpheniz olmasın, devlet yanınızdadır. Siz sadece sağlığınızı düşünün. Tüm halkın maaşını, kirasını ve diğer masraflarını karşılayacak güçteyiz. Bu bizim işimiz!"

Keşke Türk halkı da bu güveni hissetseydi.

Keşke hiç kimse, "işe gidebilirsiniz ama evde kalmalısınız" cümlesinin karışıklığıyla baş başa ve çaresiz kalmasaydı bu ülkede.

Keşke sorumluluğun tamamı topluma yüklenmeseydi. Bu muallaklık karmaşasında; kızgınım, üzgünüm, kırgınım, tedirginim.

Kusuruma bakmayın!

II-Ürkmüyor musun, korkmuyor musun, ne yapıyorsun bugünlerde?

Bir dostum aradı.

"Ne yapıyorsun?" diye sordu.

"Hiçbir şey yapmıyorum. Yıllardır belki ilk kez, hiçbir şey yapmıyorum. Bakıyorum, düşünüyorum ve sorguluyorum," diye yanıtladım.

"Peki neredesin?" dedi.

"Ece'yle Ege'deki evimizdeyiz. Spor yapmak dışında evden dışarı çıkmıyoruz. Sağlıklıyız. Kendimize dikkat ediyoruz. Hem sağlık hem ruh sağlığı babında, her şeyiyle eskisinden de iyi olarak dönmeyi planlıyoruz. Biraz içimize kapandık. Bize iyi geldi bu sade yaşam," dedim.

Sormaya devam etti;

"Ürküyor musun dünyadaki bu olaylardan?"

"Bize büyük ders oldu, insanlığa ders oldu. Dünyanın bir yerlerinde, her gün yüzlerce kişi boğularak yaşamını kaybediyor. Aldığımız her nefesi daha iyi anlıyoruz. Bu işin iyice büyümesinden elbette korkuyoruz, ürküyoruz, üzülüyoruz. Sabahtan akşama, dünyada olan biteni takip ediyoruz. Ama hepimizin ders çıkarması lazım şu süreçten. Her nefes ne kadar derin ve ne kadar değerliymiş anlayalım," dedim.

Sohbetimiz sürdü;

"Çalışmıyor musun? Sen çalışmadan yapamazsın."

"Bir şey yapmak zorunda olmadan, içten ve özümden gelince müzik yapacağım, beste yapacağım. Bir şeyi yetiştirmek derdi ya da bir yerlere koşuşturmak olmadan. Salt doğallık istiyorum. Hoşuma gitti bu uzaklaşma ve kendimize dışarıdan bakmaca. Çocuk yaşlarımdaki sade ve içsel hayatıma döndüm. Bir eseri bestelerken, bir yorumcu olarak bir eseri çalışırken, bunu niye yaptığımızı düşünmenin daha erdemli yükseklikleri de var. Daha yalın olmak gibi, bir ineğin kendi doğallığında süt vermesi gibi…"

Sohbetimiz bitti.

Ben biraz daha düşündüm.

Umarım yakında başlarım üretmeye.

Hayatın ve nefesin daha çok farkında olduğumuz bir doğallık ve özlemle…

III -İşte tan vakti, işte horoz

Her sabah, gün doğmadan hemen önce 06.30'da uyanıyorum. Şairler o saate *tan vakti* der. Beş on dakika içinde hava ağarır. Ege'deki evimizin etrafında beni uyandıran bir horoz vardı. Maalesef gece üçte ötmeye başlıyordu ve saatlerce susmuyordu. İlk zamanlar mahvetti bizi. Sonra horozu götürdüler. Erken kalkmak iyidir. Her ne kadar vakitsiz ötse de horozun alarmıyla uyanmak güzeldi. Keşke horoz tan vakti ötseydi. Aslında bu saatler, insanın kendine ait vaktidir.

Düşünün,

Yirmi sekiz yıllık turne hayatımda, haftada en az dört beş kere, sabah uçaklarına yetişmek için çok erken saatlerde alarmla uyanırdım. Şimdilerde yine erken uyanıyorum ama bu sefer zorunda olmadan! Korona günlerimiz Mart ayının ortalarında başladı. Mart, Nisan, Mayıs 2020 konserlerinin tüm dünyada ertelenmesinden sonra, benim için aslında hiç ummadığım bir *kendiyle baş başa kalma* dönemi doğdu.

Şimdilerde istediğim eseri çalışıyorum, içimden geldiği gibi istediğim besteyi yapıyorum. Bolca vakit ve barışıklık içinde; çünkü yetiştirmek derdi yok, zorunluluk yok, koşturmaca, seyahat yok. Kötü hissettiğin günlerde ve anlarda, konser çalma zorunluluğunun yarattığı sıkışmışlık duygusu yok, yorgunluklar, bıkkınlıklar yok. Prova ve konser için, her an maksimum formda olma derdi yok. Sanatım ve müziğim; zaman ayırdığım, sevdiğim ve öğrenme arzusu taşıdığım bapta var.

İşte tan vakti, işte horoz…

İçte ise bir nebze huzur.

IV-Tam da bugünlerde; işin, gücün yaşamak olacak

Bu korona günlerinde en önemli şey sağlık. Her şeyin başında sağlığımıza dikkat etmeliyiz. Ana gayemiz şu zor dönemi sağlıcakla atlatmak. Kendimize, ailemize, sevdiklerimize, zor durumda olan müzisyen meslektaşlarımıza sahip çıkmak zorundayız. Hepimiz dayanışma içinde olmalıyız.

Hakikaten Nâzım'ın dediği noktaya vardık: "İşin, gücün yaşamak olacak."

Bu süreçte fiziksel sağlığımızı korumak kadar, ruh sağlığımızı korumak da çok önemli. Evde tükenmemek lazım. Sevdiğimiz ve istediğimiz onca şeye zaman ayırma vaktidir.

Biz müzisyenlerin hayatı ne zaman normalleşir bilmiyoruz. Tahmin etmesi bile zor. Salgın bitse bile, sonrası ilk dönem; psikolojik olarak zor olacaktır. İnsanların bir şeylere başlaması zaman alacaktır. Tüm bu zorlukların arasında, biraz olsun avuntu veren şey; kendi özümüze dönüyor olmamız. Denizin rengi, dokusu, kokusu bile değişti. Daha derin görmeye, daha çok anlamaya, doğaya daha çok değer vermeye başladık. İnsanlık bu gezeni mahvederken, doğa bize yeniden hatırlatıyor gerçek değerleri. Ömrümüz uzun olsun.

V- Bildiğimiz hayat ne zaman başlar?

Gerçekçi düşünelim.

Aşı bulununca konserler tekrar başlar. Kültür, sanat, spor faaliyetleri, toplu mekânlarda yapılan her şey… Sinemalar, restoranlar, kafeler, barlar, operalar, tiyatrolar, hepsi açılır. Evde ya da dışarıda bir araya gelmeler, toplantılar, konferanslar, partiler, vs… Yani dışarıda yaşadığımız hayat, yeniden başlar.

Biz gerçekçi olalım.

İnsanlar güven kazanırsa her şey iyiye giderse bu virüsün ilacı, aşısı, çözümü bulunursa ancak o zaman bildiğimiz hayat tekrar başlayacaktır.

Peki ne zaman?

Mayıs? Haziran? Eylül? Kasım? 2021? 2022?

Kanımca tüm bu soruların tek bir cevabı var; tedavisi bulununca!

Tedavi güveni sağlar, güven de geri dönüşü.

Bu yaz bazı şeyler, korka korka denenecektir belki. Mümkün. İnsanoğlu özleyecektir hayatı.

Mesela futbol maçlarının seyircisiz oynanması konuşuluyor.

Ama seyircisiz futbolu kim ister?

Her şey, biyolojik hayat ile sosyal hayat arasında sessiz bir deniz gibi yatıyor.

Uzun bir süreç bizi bekliyor olabilir.

Ve bu süreçte; lütfen sadece kendimizi değil, çok daha zor durumda kalmış diğer insanları da düşünelim.

Meslektaşlarımızı, sanatkârları, bu insanlığa ve uygarlığa katkısı olanları…Birçok sanatçı şu dönemde sanatını icra edemediği ve devlet maaşı olmadığı için çok zor durumda kaldı.

Lütfen dostlar, vicdanlı olalım. En azından şu günlerde birbirimize yardımcı olmak için gayret edelim. En azından deneyelim.

VI-Zaman ne güzelmiş, müteşekkirim.

6 Mayıs 2020-Urla ev

Düşünüyorum,

Karantina günlerim başlamadan önce en son konserim, 8 Mart Pazar sabahı, Münih Filarmoni Orkestrası ile Münih'teydi. Salon tıklım tıklım doluydu. Müzik hep tutkuluydu ve tek bir dakika bile görev icabı olmadı. Mayıs 2020 için planlanmış, on dokuz konserim vardı. İlginçtir, bu konserlerin çoğu; Çin, Kore ve Japonya'daydı. Tüm bunlar olmasaydı, şu an Uzak Doğu'daydım.

Hayat yıllardır böyle geçiyor. Yılda yüz ila iki yüz konser, bazı yıllar daha da çok. Bir şehirdeyken, bir konserin programını çalışıyordum. Sabah prova, akşam konser, arda kalan vakitlerde yarının endişesi... Yetiştirilmesi gereken, son teslim tarihi gelmiş besteler; hangi ara, hangi otel lobisinde bestelenecek, hangi havaalanı terminalinde temize çekilecek? Ve mevcut işler bitince; bir gün bile duraksamadan yetiştirilmesi gereken diğer konser programlarına çalışmak, çalacağım eserleri hatırlamak, ezberlemek... Pek çok talebe, tek başıma cevap vermek zorunda olduğumdan çok iş almış ve yorulmuştum. Müziği her an tutkuyla yapmak ve o ruhu avucumdan bir an bile kaçırmamak uğruna; bu imkânsız gelen dünya yarışında, yıllardır her şeyimi buna adamışım. Sağlığım dâhil!

Ruhen ve fiziksel olarak çok yorulmuşum.

Karantina başladığında, Urla'daki küçük evimizde eşimle birlikte, ilk iki hafta sadece şaşkın şaşkın oturduk. Sonra tamamen bırakmış olduğum güdülerimden çağrı geldi, içime bir özlem doldu.

Ve iç sesim;

"Hadi al kâğıdı kalemi öğrenci," dedi bana.

Müzik yapmaya, besteler yapmaya, yeni eserler öğrenmeye başladım. *Bugün* diye bir program, *yarın* diye bir zorunluluk yok.

Sabah erken uçakları, otel odaları, provalar, yapmak zorunda olduklarım yok. Sadece müziğe olan sonsuz sevgim var. Öğrenmeye olan merakım var. Yıllardır içimde kalmış zaman güdüsü, ilham ve sükûnet var.

Bugünlerde ne çok eser aktı kendiliğinden.

Bu zaman boşluğunda, ne çok haz aldım.

Zaman ne güzelmiş, müteşekkirim.

VII- Zaman bana "üret" diyor

Sokaklar boş, tenha... Deniz, sabahları güzel kokuyor. İki haftada, iki koca besteyi bitiriverdim. İlki "Şahmaran" ve bir de uzun bir "Adagio". Orkestra eserleri, zahmetli ve detaylı partisyonlar, tonla sayfa iş, sabahın ilk saatlerinden itibaren başlayan bir mesai... Bir de Beethoven'in keman konçertosuna kadans yazdım. Enteresan olduğunu düşünürüm.

Bu eserler 2020 sonlarında çalınmak üzereydi, çalınır mı bu yıl? 2021 ya da 2022'ye ertelenir mi?

Bilinmez.

Varsın öyle olsun, ne olursa olsun. Derdimiz hayata bağlı kalmak!

Tam burada kendi kendime konuşuyor gibiyim. Bu boşluk, bu tenhalık, bu sessiz bekleyiş, bestelerle ve düşüncelerle doldurulmaya gebe gibi.

Aslında Bach'ın "Goldberg Varyasyonları" ve Schubert'in son üç sonatının çalışmalarını yapmayı planlamıştım.

Hissiyat biraz tuhaf.

"Nisan'ı çıkardık, Mayıs'ı çıkaracak mıyız?" sorusu içinde repertuvar mı? Beste yapmak mı?

Bu dönem sanki bana "beste üret " diyor, "İçinde ne varsa, akıt!"

Ne kadar yaşayacağımız belli mi? Kim öle kim kala vaziyetleri...

Korkmuyorum veya üzülmüyorum. Kabullenme de değil bu, sadece sakince ve iyi hissiyatlar ile bekliyorum.

Zaman bana; alma, ver diyor.

O yüzden şu dönem daha kısa işler, daha iyi geliyor bana.

Mesela kitap değil film.

Ya da,

Beş saatlik bir Wagner operası değil de yirmi beş dakikalık bir Wagner eseri "Sigfried İdyll" gibi...

Kısa, kesin, tamamına ermiş.

2021/22'de çalınacakları düşünüyorum; yeni bir keman konçertosu, 4 el piyano konçertosu, org trompet eserleri, bir koro eseri...

Hatta üç yıl sonrası için planlanan bir "beşinci senfoni"

Bach ve Schubert yerine, bunlara mı başlasam yavaştan.

Sizce?

VIII-Ruhumun ve vücudumun "ben iyiyim" mesajını duyuyorum

Karantina günlerinde sağlıklı beslenmeye çalıştığımdan ve spor yaptığımdan bahsediyorum sıklıkla. Ancak bu kadar üstat varken, kimseye sağlıklı yaşam öğretecek değilim. Hatta sağlıklı yaşam konusunda konuşmam bile doğru olmaz. Sonuçta ben sigara ve alkol kullanan biriyim. Sigara, hem de ne çok sigara... Her akşam viskimi de içerim.

Bunlar otuz yıllık zorlu turne hayatımda sığındığım, kara gün dostlarımdır ve bırakması da öyle kolay değil.

Hayyam'ın dediği gibi:

"Şarap içersem ölürüm, diyorsun. İçsen de öleceksin, içmesen de"

Sağlık konusu, çok boyutlu bir durum. Ve beni sağlıklı kıldığına inandığım bazı şeyler de var.

Neymiş sağlık?

Huzurlu çalışmak, titiz olmak, hedefleri belirleyip, zorlanmadan ama disiplinli ilerlemek, detaycı olmak, insanın kendiyle baş başa kaldığı bu yalnızlıkta, kendine karşı dürüst olmak... Bence bunlar sağlık. *Dünden daha iyi bir bugün* yaratmaya titizlenmek de sağlık. Bunların sonunda benliğimiz, ruhumuz "ben iyiyim" mesajı verirse, bu ilk aşama!

Fiziki açıdan sağlığıma bakarsam; korona karantinasında fazla emek vermeden, doğallıkla beş kilo verdim. İdeal olana varmak için daha da üç kilo vereceğim. Genelde hızlı yürüyüş yaptığım dönemlerde kolay kilo vermişliğim vardır. Ama bu süreçte her gün yürümek pek mümkün olmadı. Kâh rüzgâr vardı kâh yağmur kâh sokağa çıkma yasağı... Yine de haftada üç dört kere yürümeye gayret ettim. Pilates yaptım. Bunlar bana iyi geldi. Kendi vücudumun enstrümanlarıyla tanıştım. Meslek hayatı icabı kötü durumda olan vücudum, pilates sayesinde ihya oldu. Artık ezberlediğim kırk beş dakikalık bu programı, hayatım boyunca her sabah uygulayacağım. Sağlık dediğimiz biraz da bu. Vücut da "ben iyiyim" mesajı veriyor. Bu da ikinci aşama! Hareket kabiliyetimizi sınırlayan, nefes alışverişimizi zorlaştıran fazla kilolara hakikaten gerek yok.

Sabahları kahvaltı etmem. Sadece kahve içerim. Bazen iki kahve, bir espresso ile başlarım güne. Her tür kahve uygun. Bu süreçte öğlenleri sebze yedik evde. İki aydır ekmek yemiyoruz. Karbonhidrat alımını da azalttık. 12.00'de öğle yemeği, 19.00'da akşam yemeği...Bir tabak yemeğe alışmak, açgözlülük yapmamak lazım. Kazanılmış hak olarak görmek lazım o kadarını. "İşte binlerce konser verdik, bu kadarını da hak ettik," dercesine. Merhaba bir tabak!

Sonuç olarak; ruh ve vücut "ben iyiyim" mesajı veriyor.

Korona karantinasında, eskisinden daha iyi bir ben hissiyatı...

"Merhaba, ben Fazıl!"

Tazeleniyorum.

IX- Urla'da son günümüz

12 Mayıs 2020- Urla ev

Aslında hüzünlü bir ayrılış. Urla'da son günümüz! 64. gün! Artık çok özlediğimiz evimize, İstanbul'a dönüyoruz. Eşim Ece ile 11 Mart'ta arabayla evden ayrılıp, buraya geldiğimiz sürecin sonrası; elbette aklımızın ucundan geçmeyecek bir süreç oldu.

Korona karantinası!

Sonuçta ben ve eşim, özünde pozitife dönüşen bir deneyim yaşadık. Önümüzdeki yıllara hatta on yıllara hazırlık babında; korona salgını günlerinde, sakin bir içsellik ile sanatımı yapmayı düşündüm. Dore Müzik, buraya geldiğimizin hemen ertesinde, kaldığımız küçük eve, Türkiye turnelerimde kullandığım Yamaha konser piyanosunu getirdi. Bu iki ay boyunca piyanomuz burada olmasaydı, ne yapardım bilmiyorum. Pilates hocamız Deniz Konuralp, bize yepyeni sağlıklı bir yaşam yolu açtı. Komşumuz maestro İbrahim Yazıcı'nın ve baldızım Ceyda'nın nefis dostluğu, Ayten ablanın eşsiz aşçılığı bize iyi geldi burada.

Düşünün, 2020 yılı içinde planlanmış yetmişin üzerinde konserim gelecek yıllara ertelendi. Hem Türkiye'de hem dünyada büyük bir endişe, ölümler, acılar, sıkıntılar yaşandı. Her şey iyiye dönecektir umudu taşıyorum hâlen. Hayat normale dönecektir. Bu süreçte dünyayla ilişkim fazla olmadı. Ama disiplin hep devam etti. Bir nevi öğrencilik misali, her sabah saat yedi gibi işe koyuluyordum. Bu iki aylık sürece dönüp bakıyorum ve içten içe kendi ürünüme mutlu oluyorum.

Son üç hafta sadece, Bach'ın altmış dakikalık başyapıtı olan "Goldberg Varyasyonları"nı çalıştım, bu eseri burada öğrendim. Eseri çok sevdim, konser programlarıma koyacağımı tahmin edersiniz. Urla'daki küçük evde bu sükûnetli ve sağlıklı çalışma; verimli ve yaratıcı bir sürece dönüştü. Repertuvarımın yeni, bir numaralı eseri de burada doğdu.

Ayrıca ilk dört beş hafta, büyük bir ilhamla besteler yaptım. Mesela, viyolonsel ve orkestra için yazdığım, aynı zamanda bir bale eseri de olduğunu düşündüğüm "Şahmaran". İlk seslendirilişi bu yıl gözüküyor. Konserlerin olabileceğini ümit ediyoruz. Bir de çoğunu bitirdiğim "2. Keman Konçertosu" var. Konçertonun adı ilginizi çekecektir; "Karantina Günlerinde Bahar Sabahları" ... 23 Nisan'da meclisin açılışının 100. yılına ithafen yazdığım "Şükran Türküsü" ve orkestra için bir "Adagio". Urla'da karantina günlerinin armağanı bana.

X- Her şey ipince bir çizgide

13 Mayıs 2020-İstanbul ev

8 Mart 2020 tarihinde Amsterdam Concertgebouw Konser Salonu'nda gerçekleşen konserde sahne alan yüz otuz müzisyenin yüz ikisi, koronavirüse yakalanmıştı. Ve bu müzisyenlerin dördü hayatını kaybetti.

Çok üzücü, çok!

Ocak ayının sonunda aynı salonda konser vermiştim. O konserde çektiğimiz kayıtlara baktık Ece ile, üzüldük!

Hayat tuhaf, çok!

Amsterdam'daki bu konser haberinin ardından aklıma, Antalya Devlet Opera ve Balesinin elli kişilik orkestrasıyla, bayrama özel bir konser yapmakta ısrarcı olan Devlet Opera Balesi Müdürü geldi. Bu konser yapılır mı yapılmaz mı, zaman ne gösterir bilmiyorum. Ama korona döneminde şahit olduğum her şeyi, tüm düşüncelerimi tarihe not düşer gibi yazmak istiyorum bu kitaba.

Bakın, Amsterdam'daki konserde sanatçıların neredeyse tamamı virüse yakalanmış ve dördü maalesef hayatını kaybetmiş. Koro ve orkestra üyeleri, sahnede yan yana otururlar. Ve kendilerini korumaları neredeyse imkânsız. Salgın gelecek yıllara sarkarsa, konserlerde sanatçıların bir buçuk metre mesafe ile oturumu muhtemel çözüm önerileridir. Az sayıda müzisyen, uygun bir repertuvar, buna istinaden belirlenecek eserler, izleyiciler, vs...üzerine düşünülecektir. Elbet çözümler sunulacaktır. Karamsar değilim, bekleyelim gelişmeleri.

Ama şu günlerde, salgın bu hızla devam ettiği sürece; kırk, elli, yüz kişilik toplulukların müzik yapması bence deliliktir. Daha da üzücü olan, bu gerçekleri görmek istemeyip, hâlâ konser yapma egosu güdenlerdir!

Her şey ne kadar ipince bir çizgide, hayat ne tuhaf!

XI- Ne kavgası hâlâ bu?

18 Mayıs 2020- İstanbul ev

Dışarıda korona virüs, evde saklanıyoruz. Hayatımız durdu. Televizyondaki tartışmalardan, siyasi sertleşmelerden, malum suçlamalardan bıktım. Bundan rahatsız olan bir ben değilim herhalde? Hayatlarımız böylesine karmaşıkken, birileri hâlâ ulu orta kavga etmek derdinde. İnsanlar ise umut arıyor, yapıcı eleştiri arıyor, bilimsel gözlem arıyor, çözüm ve iyi his arıyor, iyi niyet arıyor.

Ne kavgası hâlâ bu?

Şu dönem tartışma mı olur?

Dertler hepimizin ortak dertleri.

Bu dönemde yardıma muhtaç insanlara yardım etmek, insan olarak görevimizdir.

İnsanları dayanışmaya davet ediyorum.

Not: Bu tartışmaları görüp sıkıldığımızda, televizyonu kapatıp, Ece ile uzun bir müzik dinleme seansı yapıyoruz evde. Bu gece Horowitz, Sokolov, Keith Jarrett, Petrucciani dinledik. Bize büyük güzellikler sunmaya ömürlerini adamış büyük ustalar...Tavsiye ederim. İnsanoğlu iyi şeyler de yaratıyor.

XII – Ev hapsinde anılar "yüzleşme" istiyor

31 Mayıs 2020 / İstanbul ev

Korona karantinasında sokağa çıkma yasağının olduğu bir pazar sabahı daha…Saat 07.00!

Düşünüyorum, biz bu korona aylarında aynaya bakmayı öğrendik mi? Anılar bir yüzleşme istiyor. Çünkü yegâne iş bu belki de.

Kendiyle yüzleşmeli.

Anılarla da yüzleşmeli.

Dönüp arkama bakıyorum. Son on yıllık siyasi tarihimize, bu ülkede yaşadıklarımıza, hissettiklerimize, referandumdan Gezi olaylarına, 17 Aralık şaşkınlığından 15 Temmuz kalkışmasına…

Neler olduğunu, neyin değiştiğini soruyorum kendime.

Onca seçim!

Her yıl seçim!
Hep seçim!
İstediğini alamayınca, bir seçim daha.
Güç dengeleri, güç savaşları…
Yenile yenile, yenmeyi öğrenenler.
Azala azala, çoğalmayı öğrenenler.
Bu on yıllık siyasi tarihte, "herkesin istediği" hiçbir zaman olmadı.
Şimdi korona çağı, ev hapsi…
İşte herkesin hemfikir olduğu bir konu oldu. Zorunlu ev hapsinde hemfikiriz. Covit19, evrenin tarihini yazıyor.
Neyi sorguluyoruz evde?
Yaşamı? Ölümü? Varoluşu?
Ne öğrendik evde?
Hatıraları?
Ev ayna mıydı?
Ev dünya mıydı?
Normale ya da yeni normale dönünce, "hah tamam" mı diyeceğiz?
Ve tüm bu on yıl;
Sosyal medya çağının yükseldiği on yıl, herkesin, her şeyi yazdığı on yıl!
Susanlar, konuşanlar, susa susa konuşmayı öğrenenler, konuşa konuşa susmayı öğrenenler, hep susanlar…
Cezalandırılanlar.
Cezalandırılmaları alkışlayanlar, yuhalayanlar, küsenler…
Ve bu on yıl;
Bach dinleyenler, Îtri dinleyenler, caz dinleyenler, Gencebay dinleyenler, atonal müzik dinleyenler, Aleyna Tilki dinleyenler…Dinlemek, daha çok dinlemek!
Korkaklar, cesurlar, cesaret bulanlar, cesareti yitirenler, bakanlar, seyredenler, seyretmeyenler...

Hatıraları sevgiyle analım.
"Niyeydi tepki?"
Anlasınlar, dinlesinler, düşünsünler, sevsinler.

-Her gün bir şey öğreniyoruz, bir arpa boyu yol gitmişiz

Müzik yaparken sorguluyorum, soruyorum günlerdir; ben neyim?
İyi miyim, kötü müyüm?
Batı mıyım, Doğu muyum?
Eski miyim, yeni miyim?
Belki hepsi, belki hiçbiri…
Belki de hepsinin hiçliği!
Neyim?
Mühim mi "ne" olmak?

Her gün bir şey öğreniyoruz, bir arpa boyu yol gitmişiz. "Hatalarım, eksiklerim ne?" diye soracak olsam kendime, eve elli kamyonluk arşiv gelir.

İnsan ne zaman eski yaptıklarına bakıp, kendine "çok daha iyisini yapabilirmişim," dese içinden kızgın bir ses "yapsaydın o zaman," diye bağırır.

Güdü öğrenmesi zor bir konudur.

Güzel anlar, sihirli anlar ise enderdir.

İç ses "yaralar açmışsın, onları umursamadan yola devam," der.

-Harari "Koronadan sonra iyi bir dünya olmalı"

**Yuval Noah Harari'nin, 22 Mart 2020 tarihinde Habertürk /Açık ve Net programındaki röportajına istinaden yazılmıştır.*

Karantina sürecinde, Türk televizyon kanallarından birinde tarihçi Yuval Noah Harari ile bir röportaj gerçekleştirildi. Bu röportajı ben de izledim. Çağımızın en önemli düşünürlerinden biridir, kendisini çok severim ve fikirlerine çok önem veririm. "Sapiens", "Homo Deus" ve "21. yüzyıl için 21 ders ", adlı kitapları, benim için çok öğretici oldu. Korona dönemi sonrasında daha iyi bir dünya olması gerekliliğinden bahseden Harari'nin röportajından aklımda kalan bazı sözler oldu, paylaşmak istedim.

- "Çin'deki virüs ile Türkiye'deki virüsün birbiriyle haberleşmesi ve birbirini yönlendirmesi mümkün değil. Onlar virüs ama biz insanların haberleşmesi, bilgi alışverişinde bulunması mümkün. Bizler insanız; ülkeler, tıp ve bilim insanları diyalogda olmalı. Birbirimizle yardımlaşabiliriz, yardımlaşmalıyız"

- "Herkesin çok iyi sağlık hizmeti göreceği, eşitlikçi devlet sistemleri gerekiyor. Dünya şu an bir kutuplaşmaya, bir radikalliğe doğru yol alıyor. Bu değişmeli, insanlık bir bütün."

- "İnsanlık evrim teorisini çok daha iyi öğrenmeli, bilimselliği çok daha iyi bilmeli, anlamalı, bilime güvenmeli."

- "I. Dünya Savaşı sırasında erkekler savaştayken, bu istisnai dönem için yeni uygulamalar olmuştu. Ve kadınlar birçok mesleği üstlenmek zorunda kaldı. Sonrasında kadınlar, o meslekleri devam ettirdiler. İyi ki de böyle oldu. Kadın erkek eşitliği konusunda atılmış bir adımdır. Faydalı da olmuştur. Keza; bu korona döneminin ardından, ortaya yeni bir tablo çıkabilir. Bugüne kadar aykırı gelen bazı şeyler, bundan sonra uygulanabilir."

-Ayinesi iştir kişinin, lafa bakılmaz

Kültür sanat denildiğinde, sosyal medyada ne çok bilgi kirliliği var. Sürekli önümüze düşen, ne çok saçma yazı... Son günlerde de görüyorum sıklıkla. Kızmıyorum. Ama bu kadar köhneliğe üzülmüyor da değilim.

Geçen gün yine bir tartışma gördüm. Birileri hayli bilgi eksikliği ile, bakış açısı ve perspektiften yoksun *Türk Beşleri*'ni tartışıyorlardı. Yazışmalar, "Hangisi en önemlidir?" sorusuna varıyor, iyice anlamsızlaşıyordu. Bu besteciler; farklı teknikler, farklı amaçlar, farklı güdüler, farklı estetikler ile müziklerini yaptılar. Ortak noktaları ise şuydu: hep Türk müziğinden yola çıktılar.

Kendimi bildim bileli hep böyle konuşmalar var. Hep birilerine suç atılıyor.

Şu yapılsaydı daha iyi olurdu, şu eksik oldu, şu yanlış oldu, vs....

Yahu müzisyensin işte, yap!

Söylenme, yap!

Ne tartışıyoruz bin yıldır?

Bir de "Şu daha iyi, bu daha iyi" saçmalığına varılıyor.

Düşünün,

Chopin ve Verdi, 19.yüzyılının iki önemli bestecisi. "Biri diğerinden daha iyi" denilirse saçma olur. Biri opera dünyasının, diğeri piyano dünyasının değerleri. Teknikleri, ruhları, amaçları, dna'ları, umutları, hayalleri farklı.

1930'lu yıllarda Türkiye ile bağı olan Bartók ve Hindemith de karşılaştırılıyor. Bartók ve Hindemith, amaçları ve teknikleri bakımından o kadar farklı iki bestecidir ki, bence bir tıp insanı ile bir kuantum fizikçisini karşılaştırmak daha kolay olur.

Her besteciyi, "Yapmak istediğini nasıl başarmış?" bakış açısıyla ele almak lazım.

Şairleri düşünelim.

Mesela, "Cemal Süreya, Turgut Uyar'dan daha iyi " ya da "Orhan Veli, Nâzım Hikmet'ten daha önemli," diyebiliyor muyuz? Dememizin bir anlamı var mı?

Saçma.

90'lı yıllardan itibaren Türk bestecilerini dünyanın her yerinde sıklıkla çaldım. Sanatseverlerin bakış açısını biliyorum. Dünyaya bu müziklerin daha fazla sunulması ve anlatılması gerekiyor. Bu noktada da "kulvarda var olmak" konusu ortaya çıkıyor. Büyük yorumcular, ünlü müzisyenler bu eserleri kaydederlerse ve bu kayıtlar, müzik dünyasının odak noktası olan merkezlerde yayınlanıp, önemli kayıt firmalarından çıkarsa bu alınabilecek en büyük viraj olur. Bir eserin daha çok insana ulaşmasında, teknik konular önemlidir. Yayınevi, plak şirketi, konser salonu, orkestranın efsanevi bir kurum olması, vs... bunların hepsi bir faktördür.

Mesela Amerikalı çellist Yo-Yo Ma, konserlerinde seslendirdiği, Adnan Saygun'un *Partita*'sını 2013 yılında cd'ye kaydetti. Bu durum, hem Saygun'un eserlerine olan ilgiyi artırmak hem de *Türk Beşleri*'ne olan merakı uyandırmak için oldukça iyi olmuştur.

İşte bunların artması, kilit nokta.

Tartışmayalım, konu belli.

Ürün lazım.

Kayıt lazım.

Tanıtım lazım.

"1937 yılında, şu olsaydı da bu olmasaydı daha iyi olurdu," tartışmaları çok gereksiz, çok saçma.

Dünya müzik dünyası kulvarında var olmak lazım. Bu da ancak önümüzdeki işleri yapmamız ile olur.

Kimse kimseyi boşuna suçlamasın.

Bakın,

Ulvi Cemal Erkin'in fevkalade güzel eserleri vardır. Orkestra için olan eseri "Senfonik Bölüm" ve "2. Senfoni" benim gözümde önemlidir. "Köçekçe", onun müzikseverler tarafından en sevilen eseridir. Piyano yazısı da çok ustacadır. "Duyuşlar" ve bir de "6 Prelüd" enfestir, özgün bir bestecidir.

Ahmed Adnan Saygun denildiğinde; "Yunus Emre Oratoryosu", "Aksak Tartılar Etüdleri", "Ayin Raksı", operaları, oda müziği uyarlamaları akla gelir. Oldukça üretken ve gurur duyulası bir bestecidir.

Halk tarafından da çok sevilmiş "Kanun Konçertosu" eseri ile,

Türk musikisi camiası tarafından saygıyla anılan Ferit Alnar...

Îtri'nin "Neva Kâr"ı üzerine çok enteresan bir çağdaş müzik bestelemiş olan Necil Kazım Akses...

Ve pek çok eseriyle, kilit bir müzik adamı olan Cemal Reşit Rey...

Yani, her birinin farklı bir önemi var.

Ne birini kayırmaya ne de bir diğerini kötülemeye gerek var.

Bu önemli bestecilerin ardından gelen, sayısı yüzleri bulan yeni nesil çağdaş Türk bestecileri de var.

Hepimizin sahip çıkması gereken.

Kendimizin! Kimseye suç atarak değil!

-Bir karantina gecesinde, Kafka "Dönüşüm"

Korona günlerindeki karantina akşamlarında, pek çok eserin yorumunu sosyal medya hesaplarımdan paylaştım. Bunlardan biri; Saksafon Quartet ve Orkestra için yazdığım "4 Prelüd" eserimden bir bölüm olan, üç numaralı prelüd oldu.

2014 yılında bestelediğim bu eserin özelliği; prelüdlerin her birinin beni çok etkilemiş olan bir romanı konu alması.

Herman Hesse *"Siddhartha"*
Fyodor Dostoyevski *"Beyaz Geceler"*
Franz Kafka *"Dönüşüm"*
Albert Camus *"Yabancı"*

Her prelüd, romana müzik ile teşekkür ve eşlik eder. Üç numaralı prelüd, Kafka'nın ünlü "Dönüşüm" romanı... Okumayan varsa kitabı tavsiye eserim. Bir başyapıttır.

Kitabın ilk cümlesi şöyledir:

"Gregor Samsa, bir sabah uyandığında kendisini dev bir böceğe dönüşmüş olarak bulur."

-Gök gürültüsü, şimşek, rüzgâr, fırtına

Karantina döneminde paylaştığım eserler arasında, Beethoven'in "Fırtına" sonatı da vardı. "Fırtına" sonatını ilk kez, on üç yaşımda çalmıştım. Kamuran hocam ile aylarca çalışmıştık. Beethoven'in tüm sonatlarına verdiğim büyük bir emek ve zaman oldu. Tüm sonatlarını yorumladığım kayıtlardan bu yana, ben de ilk kez sosyal medyada sizler ile birlikte dinledim. İlk kez oluşan bir bestenin, ilk anındaki heyecanını ve coşkusunu arıyordum müzikte. Bunun olduğunu görünce mutlu oldum. Beethoven kayıtlarımı daha çok paylaşacağım.

Beethoven büyük bir doğa tutkunuydu. Hayatı boyunca her gün, dağlarda, ormanlarda yürüyüşlere çıkmıştır. Doğadan etkilenerek çok sayıda eser bestelemiştir. "Fırtına" da onlardan biridir. Sonatın ilk bölümü; gök gürültüsü, şimşek ve rüzgâr uğultusuna benzer tınılarıyla gerçekten bir fırtınayı andırır. Sonatın üçüncü bölümü ise, daha lirik ve daha romantiktir. Müziğin, Chopin veya Schumann gibi Beethoven'den sonra yaşamış besteciler tarafından zarif ve akıcı yorumlanmasında da sorun yok kanımca. Tabii ki ara sıra, Beethoven'e özgü dramatik yükselişler hep var.

Ufak bir de not ekleyeyim; Beethoven, sonatlarının isimlerini kendi koymazdı. Yayıncısı müziği kendisinden dinler, basımdan önce esere yakıştırdığı ismi koyardı. Yani Beethoven; "Ay Işığı", "Fırtına" gibi isimleri kendisi koymadı.

- Her eserin DNA'sı farklı

Beethoven mektuplarında şöyle yakınırdı:

"Ay Işığı sonatı...Herkes bu eserimi çalıyor. Bu benim en kötü eserim. O kadar çok daha iyi şey besteledim ki!"

İnsanda büyüyü, bir inanç gibi bilinmedik bir noktada yakalayan ve insanoğluna hitabındaki mertebesinde daha güçlü olan bazı DNA'lar var müzikte de. Beethoven kendi yazdığı eser için söylediği bu sözleri, aslında besteci gözüyle söylüyor. Besteci işleyiciliği, yaratıcılığı, emeği ve her şeyiyle. Öyle bakınca, Beethoven haklı.

Ünlü olan ile *derin olan* eser tartışmasının sonu yok! Bu şarkıları, besteleri yaratanlara sorsanız, hepsi "Yahu, niye bu eserim tuttu? Daha iyi eserlerim var," der.

"Ay Işığı" konusuna gelince; Beethoven'in "Ay Işığı" eseri, karanlık bir gecenin ay ışığını hissettirirken, Fransız Debussy'nin ay ışığı eseri olan "Claire de Lune" daha hayalperest. Ressam Chagall'in de "Ay Işığı Âşıkları" adında çok sevdiğim bir resmi vardır. Hepsinin ruhu da DNA'sı da farklı.

- Kontrolsüz bir rüzgârın kanatlarındaki sesler "Goldberg Varyasyonları"

Johann Sebastian Bach'ın başyapıtlarından biri olan ve 1741 yılında bestelediği "Goldberg Varyasyonları" nı yaratma hikâyesi ilginçtir. Dresden kontu, imsomnia hastalığından muzdaripti ve aşırı uykusuzluk çeken biriydi. Hiçbir şey bu derdine deva olmamıştı. Çok müziksever olan bu kont, bir gün bir ricada bulunmuş ve şöyle demiş:

"Beni uyutmak için müzikler besteleniyor. Yahu, ben zaten uyuyamıyorum, uyuyamayacağım da. Beni uyutmaya çalışmaktan vazgeçin. Benim gecelerimde; beni eğlendiren, düşündüren, dans ettiren, bana ilham veren, şarkı söyleten bir müzik yazılması lazım. Dünyada bunu en iyi yapabilecek kim ise, bana onu getirtin. Bu eseri yazsın!"

Bu emir üzerine, o dönem yaşayan en büyük besteci olan Bach, Leipzig'den Dresden'e getirtilir. Konu kendisine anlatılır. Bach, teklifi kabul eder. Kendisine bir servet değerinde, içi altın dolu dev bir kâse verilir. Bu aynı zamanda, Bach'ın ömründe kazandığı en büyük gelirdir.

Burada şöyle bir detay da var; kontun sarayında henüz çok genç yaşlarında olan bir çembalocu vardır ve üstün yetenekli bir dehadır. (Çembalo, piyanonun barok dönemdeki eski hâli, üst üste iki klavyesi olan bir enstrümandır.) Bach, eseri bu gencin her gece konta çalması için besteleyecekti. Her şeyi çalabilecek tekniğe sahip bu genç çembalocunun adı Gottfried Goldberg'di. Yani eser konta değil, müzisyen Goldberg'e ithaf edilmişti.

Otuz bölüm çeşitlemesi, başta ve sonda arya adındaki teması ile yaklaşık bir saat süren "Goldberg Varyasyonları"; müzik tarihinin en büyük başyapıtlarından biri oldu. Bach'ın matematiği, kontrpuan, armoni ve form estetiklerindeki kusursuzluğu ile, eserin piyano çalma tekniğine yepyeni boyutlar katması eşsizdir. Büyük bir müzik eseridir.

Kanadalı piyanist Glenn Gould'un 1980'li yıllarda yeniden yayınlanan efsanevi bir "Goldberg Varyasyonları" kaydı oldu. Aynı zamanda bir besteci ve yayıncı olarak da bilinen Gould; otuz bir yaşında konser vermeyi bırakmış ve stüdyo kayıtlarına ağırlık vermişti. "Goldberg Varyasyonları" onun en ünlü kaydıydı. Varyasyonların ilk kaydı, 1956 yılında Columbia Records tarafından yapıldı. Ve Gould, o albümün arka kapağına şu sözleri yazmıştı:

"Ne sonu ne de başlangıcı gözlemlenemeyen bir müzik. Baudelaire sevenler gibi; sesler, kontrolsüz bir rüzgârın kanatlarına dayanıyor."

-Yıl 1982... Fransız Süiti'nin bendeki hikâyesi

Bach'ın "Fransız Süiti no:6 Mi Majör" eserinin benim için değerli bir hikâyesi vardır.

Yıl 1982, Ekim ayı... Konservatuvarın yeni öğrenim yılının ilk günü...Hocam Mithat Fenmen, yazın çalışmam için yüklü bir program vermişti bana. O yaz iyi çalışamamıştım. On iki yaşımdaydım. Yaz boyunca bütün gün dışardaydım. Hep sokakta maç yapmıştım. Çalışmayan kötü çalar, kötü çaldım derste. Son derece nezih, kibar ve sakin bir insan olan Mithat Hocam da hayal kırıklığı yaşadı. Çaldığım Bach'ı hiç beğenmedi. Mithat Hoca, birkaç gün sonrasında aniden vefat etti. Hiç bu kadar üzülmemiştim. Hem değerlim, sevgili ustam ölmüş hem de son dersim berbat geçmişti. Her şey öylece kaldı.

* * *

Yıl 1998... Aradan yıllar geçti. Yarışmalar kazanmaya başlamıştım, ilk albümüm olan Mozart (mavi kapaklı olan) pek çok ülkede bestseller olmuştu. Yıldızımın yeni parlamaya başladığı günlerdi. Çok mühim ikinci bir cd için, tüm repertuvarı Bach'a ayırmıştım. Bu da iyi giderse yolum upuzun açılacaktı. Kayıt, Fransa'da Bordo yakınlarından Gradinyan'daydı. Tüm Bach'ları kaydettim.

Son gün akşam yemeğinden sonra Mithat Hoca ile son dersim aklıma geldi.Tüm kayıt ekibine, salona dönmek ve kişisel bir sebeple "Fransız Süiti" ni tekrar kaydetmek istediğimi söyledim. Herkes gece geç vakitte salonda işbaşı yaptı. Kendim için, Mithat Hoca için, on altı yıl sonra "çalışmış ve iyi" olmayı seslerle duyurmak ve yukarıya yollamak için, bir çalış daha yaptım.

-Yüz yıl erken gelen bir süper swing

Yıl 1820!

"Sonat no.32, opus 111", Beethoven'in en son piyano sonatıdır.

Sonat, yüz yıl erken gelen bir süper-swing.

Beethoven ve evet, caz!

Beethoven bu sonatı bestelediğinde, sağırlığı ileri düzeydeydi. Ve Beethoven yaşam ile ölüm arasında, dünyada ilk kez denenen ritimlerin, armonilerin, tını renklerinin, anlatımda soyutlaşan ve üstüne üstlük yeni çalma tekniklerinin de toplandığı, had safhada doğaçlama fikrin üretildiği bir başyapıt besteledi. "Opus 111", benim taktığım adıyla "Yalnızlık Kederi" sonatı... Sağırlığı ile ilgili verileri baz aldığımızda; çoğumuz, onun bu eserini hiçbir zaman duyamadığını düşünüyoruz.

Swing, 20. yüzyılın başlarında görülmeye başlamıştır. 1910'lardan itibaren kayıtlar mevcut. 20. yüzyılın ortalarında ise yüksek düzeyde şekillenmiştir. 1940'lar, 1950'ler, 1960'lar, büyük caz üstatları dönemidir.

Düşünün,

Bu eser, 1820 yılında bestelenmiştir. Yani, yüz yıl öncesinde gelen bir swing'dir.

-Solo Obua Sonatı ve Flüt Dünyası...

Bugüne kadar nefesli sazlar için çok fazla eserim olmadı. Ve nefesliler için bir şeyler bestelemek, keşkelerimden biriydi. Korona günlerinde büyük bir şevk ile, bu boşluğu doldurmaya yöneldim. Solo obua sonatı "Opus 91" bu dönemin eserlerinden biri oldu. Melodi ve ritim duygusunun, kontrastların yoğun olduğu, on iki dakikalık, üç bölümlü bir eser. Türk müziğinden yola çıkan fikirler var. Çalma seviyesi hayli zor. Konserlerin yanı sıra, yarışma ve sınavlarda da çalınabilecek iyi bir eser olduğunu düşünüyorum. Orijinalini solo obua için bestelediğim bu eseri, farklı nefesli sazların da çalabilmesi adına, solo flüt, solo klarnet ve solo fagot için de uyarladım.

Flütçüler için çok parça yazmıştım. Yedi bölümlü "Flüt Dünyası / Flute World" eseri, bunların en yenisi. Eserin her parçasının, "Onurlu Yalnızlık", "Sonbahar" gibi isimleri var. 2020 yılında pek çok enstrüman için, şan için, solo piyano için, yeni bakış açılarımla, büyük özen ve emekle yeni eserler yaratmak istiyorum.

- "Şükran Türküsü"

23 Nisan 2020... En heyecanlı ilk seslendiriliş. Kelimelerle ifade edemediğimiz ne çok şeyi, sesler ile edebiliriz ve gerçek sevgiyi, müzik ile en derin noktalara kadar anlatabiliriz. "Şükran Türküsü" tutkulu bir eser ve eserin tümünü risk alarak çalmak en iyisi. Sevda ve şükran, her şeyin önünde hedefine koşmalı bu müzikte. Bu ilk çalınışında da öyle biraz.

"Yürek eli yenmeli."

Bu eser, hiçbir eserimin ilk çalınışında yaşamadığım bir heyecanı yaşattı bana. Ses kalitesi ve tüm defolar düşünüldüğünde, elbette ki kayıt çok daha iyi olabilirdi. Salgın günlerinde elimizdeki imkânlar kısıtlıydı ve kaydı evde yaptık. Tüm hatalarımız af ola eksiklerimiz af ola. Ankara'da, küçükken kendi konser afişlerimi evde kendim yapardım; eserin afişini hazırlarken o günleri hatırladım biraz.

Bu eseri Urla'daki küçük evimizde bestelerken, 23 Nisan 1920'deki o yokluk günlerinde Atatürk'ün cesaretini ve önderliğini andım hep. Hayallere daldım, onların yanına yolculuk ettim, çaresizliğin içinde doğan güneşi ve yeşerttikleri umudu hissettim. Düşüncelerim sevgi ile doldu taştı. Biz Türk halkı, onlara "şükran" doluyuz. Türkülerimiz sonsuz olsun.

Sosyal medyada paylaştığım video kaydını cep telefonlarımızla yaptık. Ben çalarken, eşim Ece beni sandalyenin üstünden çekti. Işığı ayarlamak için saatlerce çalışıldı. Atatürk, bu videoyu çekerken bile bize ilham oldu. İstanbul'da ekibim, görselleri seçerken ellerinden gelenin en iyisini yapmışlar. Günlerce en güzelini yapmak için uğraşmışlar. Alınlarından öperim.

"Şükran Türküsü" nü şu salgın günlerimizde, her şeye rağmen anlatabildiğimi düşünüyorum. 23 Nisan Ulusal Egemenlik ve Çocuk Bayramımız kutlu olsun.

Sevgiyle, içtenlikle, hepinize şükranla...

Not: Hissettiniz mi İstiklal Marşına yönelen yerleri?

-Genç ve Cesur

Mozart'ın 21. konçertosunun 3. bölümü olan "Allegro Vivace" yaşam, sevgi ve umut dolu bir müziktir. Korona günleri sürecinde, sosyal medya hesaplarımdan neredeyse yüze varan farklı eserler paylaştım. Konser videoları koleksiyonu oluştu. Ve her birinin altında yazan yorumlar benim için çok önemliydi.

Geçtiğimiz sekiz on yıllık konser dönemlerinden derlediğimiz bu görüntüleri paylaşırken, ben de o günlere geri döndüm. Besteci ve yorumcu olarak, farklı projelerimi sundum. Kimi eserleri biliyorsunuz, kimisini ilk kez dinlediniz. Bu süreçte bestelediğim ve kaydını kendi imkânlarımızla evde yaptığımız "Şükran Türküsü" nün ilk seslendirilişini de sosyal medya üzerinden paylaşmak, hayatımda çok anlamlı bir anı olarak kalacak. Bunlar için hepinize bir kez daha teşekkür ederim.

Üretmeye, paylaşmaya devam.

Hayatımda pek çok, "keşke yapsaydım" dediğim şey vardı. Zaman bana iyi geldi.

Yazımın başlığı gibi, genç ve cesur bir hissiyat geldi.

- İstanbul'da bir kış sabahı hayaliyle...

4 Mayıs 2020-Urla ev

İstanbul'da bir kış sabahı... Bu eser üzerine yedi yıl önce şöyle yazmışım:

"Eski İstanbul nostaljisinde, hayallere dalmışım.
Arabalar yok, faytonlar var.
Gökdelenler yok, yalılar, konaklar, kayıkhâneler var.
Stres yok, çiçekler var.
Güzel bir İstanbul var.
Bir kış sabahı sessizliğinde, duygusal ve pastel..."

Dönem karantina dönemi, İstanbul'dan haylidir uzağız. Dönüş zamanımız yakın herhalde, bir türlü emin olamıyorum. Bugün Urla'da hava soğuk ve yağmurlu. Halbuki dün yaz gibiydi. Şu sıralar hayatımda, yirmi sekiz yıldır hiç olmayan şeyler yaşıyorum. Seyahat ve konserler yok. Kurulu bir düzen var. Stres ve koşturmaca yok. Sağlıklı hayat, sağlıklı beslenme, pilates, yürüyüş var. Ayrıca benim için paha biçilemez bir zaman var. Sükûnet ve bol vakit dolu, rahat bir *kendi kendine öğrencilik* var. Dönem karantina dönemi, aklım rahat, Urla'da yeni eserler besteliyorum.

-İstanbul'un fetih gününe yolculuk

Düşünün ki,
Çok eski zamanlarda, eski İstanbul'dayız.
Akşam vakti, deniz usulca hışırdıyor.
Orkestra bir hicaz ezgiyi çalıyor.
Ve tam o an, hayallere dalıyoruz.

Beş yüzyıl öncesi, İstanbul'un fetih gününe gidiyoruz o hayalde. Ve bir anda kendimizi, o dillere destan savaşın işinde buluyoruz.

Fatih Sultan Mehmed,
Ve bir Osmanlı Bizans savaşı…
Bir milat!
"İstanbul Senfonisi"nin birinci bölümü olan "Nostalgia", bu hayallere dalmayı anlatır.

-Hoş giyimli genç kızlar, Adalar vapurunda

"İstanbul Senfonisi" eserinin dördüncü bölümü olan "Hoş giyimli genç kızlar, Adalar vapurunda", neşeli bir müziktir. Ve eserin en sevilen bölümüdür. Şimdi, "İstanbul Senfonisi"nin bu bölümünde, tam olarak neyin peşindeyim, anlatayım madem.
Benim kulağımla dinleyin;
Adalar vapurundayız, nefis bir gün,
Deniz masmavi, bir de güneş…
Süslü püslü giyinmiş dört genç kızımız *-bunlar orkestranın nefeslileri; yani flüt, obua, klarnet, fagot-* vapurun güvertesindeler.
Bir ara, iki yakışıklı genç oğlan görürler. Bunlar da Türk enstrümanları; kanun ve darbukadır. Kızlar hoş sohbetlerindedir ama sonlara doğru, kendi aralarında biraz gerginlik olur. Hoş ve neşeli bir anlatımdır.

-Odam kireçtir

Besteciler halk türkülerinden yararlanmalıdır. Çünkü halk müziği aslında bir bestecinin ve ait olduğu topraklardaki kimliğinin DNA'sıdır. 1996 yılında "Odam Kireçtir" halk türküsünü, bir keman ve piyano sonatı olarak bestelemiştim.

Bu eserde, piyanoda yoğun bir armonizasyon var. Keman ise bazen "flajole" dediğimiz tiz ıslıklarda...Bir de "Kara Toprak" eserinden bildiğiniz çalış tekniği, piyanonun tellerine sol el ile basarak, bir nevi etnik tını elde etmece... "Kara Toprak" ve bu eseri, hemen hemen aynı günlerde bestelemiştim. Bir kasım ayında!

-Anadolu'nun Sessizliği...

"Anadolu'nun Sessizliği" piyano konçertosunu 2001 yılında, "Nâzım Oratoryosu"ndan hemen sonra bestelemiştim. O yıllarda "Kara Toprak", müzikseverleri etkilemeye devam ediyordu ve bana "Kara Toprak" benzeri bir konçerto yazıp yazmayacağım çok soruluyordu. Konçertonun ilk bölümü, bir nevi "Kara Toprak"ın orkestralaşmış hâlidir. Si üzerinden Hüseynî makamında, si notasının sürekli tekrarı üzerinde müzikal motifler gelişir.

İkinci bölüm "Obstinacy", çok hızlı ve ateş içinde yanan bir müziktir. Sonra piyanonun uzunca yalnız kaldığı bir kadans vardır. Bu bölümün ve son bölümün beste aşamasında, 11 Eylül olayları olmuştu. Bu nedenle son bölüm, o karmaşık günlerin hissiyatını anlatır. Olayların şaşkınlığını, dünya üzerinde yarattığı etkiyi ve tüm hüznüyle bu gelişmeleri anlatan, hüzünlü bir andantedir.

Konçertoyu ilk kez, 2002 yılında Fransa Ulusal Orkestrası ile Paris'te seslendirdik. Sonrasında pek çok kere çaldım. Eserin ilginç kayıtlarından biri Çin'de gerçekleşmişti. Çinli piyanist Sa Chen, Çin etnik enstümanlarından oluşan bir orkestra ile kayıt yapmıştı.

-Trajedinin, çaresizliğin melodileri "Schindler'in Listesi"

Schindler'in Listesi, Steven Spielberg'in 1993 yapımı efsane filmidir. II. Dünya Savaşı sırasında Nazilerin uyguladığı soykırımdan, binin üzerinde Polonya Yahudisi'nin kurtarılmasında rolü olan Oskar Schindler'i ve bu kurtarmayı konu eden film, tüm zamanların en iyi filmleri arasında.

Filmin muhteşem müziklerini yapan ise, büyük besteci John Williams. Nazilerin Yahudi soykırımı sırasında yaşanan trajediyi, insanların bireysel çaresizlik öykülerini; hiçbir müzik, Schindler'in listesi filminin müziğinden daha iyi anlatamaz. Williams, filmin müziklerini yaptığı için Grammy Ödülü'ne layık görülmüştü. Filmin orijinal kaydında, kemanı İtzhak Perlman çalmıştı.

Geçtiğimiz günlerde, en sevdiğim çellistlerden biri olan Gautier Capuçon, çok sevdiğim bu eseri seslendirmiş. Bu eşsiz melodi bana, Yidiş (Jiddisch) dilindeki şarkıları hatırlatır. Bu dil, bin yıldan fazla bir süreden beri Avrupa'da yaşayan Yahudilerin kullandığı bir dildir. Almanca kökenli, ama zaman içinde İbrani, Arami, Latin ve Slav dillerinin unsurlarının karışması ile ortaya çıkan bir dil. Güzel şiir ve müzikler yazılmıştı bu dilde. Bu müziğin dilinin, onların müziklerine benziyor olması John Williams'ın başarısı.

1945 yılında, milyonlarca Yahudi'nin ölümü sonrası, bu dil de kaybolmaya yüz tuttu. Eserler, kaybolan bu mirasların tek yaşam kaynağı!

-"Hitler Wagner severdi diye, Wagner alaşağı edilemez"

Wagner müziği, hayranlığı tutkudur. Sevenler aşk yaşar, sevmeyen de hiç sevmez. Onlar için, Wagner'in aykırı kişiliği, bahanelerle kolayca manipüle edilebilir zaten. Örneğin

"Tristan" operası ile ilgili gerçek; eserin sonuna kadar deha kanı taşıdığıdır.

Lars von Trier, hayatımda önemli yeri olan "Melancholia" filminde Wagner'in bu eserini kullandı. Bir müzik, bir filme daha fazla yakışamazdı. Dünyanın son günü, sevdanın son günü gibi çılgınca bir tutku ile…

Trier, Cannes Film Festivali'nde bir röportaj esnasında, filminde Wagner müziği kullanmasını savunmak isterken-*yağmurdan kaçarken doluya yakalanmış olmalı ki*- bu röportajı, ona karşı tuhaf bir koza dönüştü.

Cümleyi kendi açımdan tamamlamak isterim:

"Adolf Hitler Wagner severdi diye, Wagner alaşağı edilemez."

Hitler, Beethoven veya Mozart seviyor olsaydı, dünya tarihi bu sefer onları mı alaşağı edecekti?

Hitler (1889-1945) ve Wagner (1813-1883) ayrı yıllarda yaşadılar. Hitler'in doğumu, Wagner'in ölümünden altı yıl sonradır. Savundukları da ayrıdır.

Çağ 19 yüzyıl: Wagner müzisyendir, bir opera bestecisidir. Evet, ulusalcı, milliyetçidir.

Çağ 20. yüzyıl: Hitler ise Nazi Almanyası'nın lideridir.

Unutalım artık bu durumu.

Deha orada.

Dâhi çiziği orada.

Delilik orada.

Dinleyelim!

-Atatürk'ün davetlisi olarak Ankara'ya gelen Hindemith

Alman besteci, müzik teorisyeni, eğitimci ve aynı zamanda bir orkestra şefi olan Paul Hindemith (1895- 1963), Nazi döneminde Almanya'dan kaçmış ve Atatürk'ün davetlisi olarak Ankara'ya gelmiştir. Hindemith'in, Ankara Devlet Konservatuarı ve Ankara Devlet Operası'nın kurulmasında önemli katkıları olmuştur. Ankara Musiki Muallim Mektebi'nde Alman sahne direktörü Carl Ebert ile dersler vermiş bir isim. Çağdaş ve atonal polifoniyi bir nevi "Neo-Bach" anlayışıyla temsil eden, kanımca çok özgün bir besteci.

Hindemith, 1935-1936-1937 yıllarında, müzik kurumlarında yaptığı incelemeler sonucunda yüzlerce tavsiye mektubu yazdı. Bu mektupları, dönemin kültür işleri müdürlerine ve bakanlara gönderdi. Ankara'da geçirdiği bu yıllarda kurumlarda gördüklerini raporlar hâlinde sundu. Frankfurt'taki Hindemith Vakfı tüm bu konuları anlatan bir kitap yayınladı.

Çağdaş besteci Hindemith raporlarından birinde şu sözlere yer veriyor:

"Türkler; kendi halk müziklerinin, köy müziklerinin muazzam ritim ve ahengini çağdaş müziğe aktardıklarında, dünyada eşi görülmemiş muazzam eserler ortaya çıkacaktır."

(Köy müziği, Almanca'dan tercüme ettiğim tabiri ile "Dorf musik" ti. Sonuçta Hindemith, köylere gidip araştırmalar yapmış ve müzikleri dinlemişti.)

Bu kitapta, Hindemith'in kurulmasında büyük katkısı olan Ankara Konservatuarı yılları ile ilgili, biz Türk sanatçılarının bakış açısını anlamak açısından benimle de bir röportaj yapılmıştı. Umarım kitap tercüme edilir.

-Anadolu köylerinde Macar bir müzisyen "Béla Bartók"

Bir başka araştırmacı müzisyen ise, Macar besteci Béla Bartók (1881-1945)'tur. 20. yüzyılın en dâhiyane bestecilerinden biridir. Tutkusu; Balkan ve Türk halk müziklerini çağdaş müzikte de kullanmaktı. Ve bunu olağanüstü bir estetik anlatım ve renk ahengi ile müziğinde başarmıştı. Pek çok başyapıtı vardır.

Bartók'un halk müziği araştırması müthiş kapsamlı ve derindir. Konusu sadece ritim ve melodi değildir. Dil, prozodi, şive, fonetik, ritim, vurgu, üslup gibi pek çok başka unsuru da ele alır. Seyahatlerinde köylerdeki müzikleri dinler, gece matematiğini çalışır, notlarını tutar.

Bartók'un bir ziyaretinde, o yıllarda henüz çok genç yaşlarında olan Türk bestecisi Adnan Saygun ile Toroslarda eşek sırtında çekildiği, muazzam bir arşiv değeri olan fotoğrafları bulunmakta. Daha ilk kuşaktan, yani *Türk Beşleri*'nden itibaren Türk bestecilerine büyük ilham vermişliği ve yol göstericiliği olmuştur.

- Melek, Mezopotamya'yı korusun

"Mezopotamya Senfonisi", benim ikinci senfonik eserim. Ölüm kültürünü, savaşı, en koyu ve karanlık tarafıyla anlatmak istedim bu eserde.

On bölümlük senfonide, sahnede yüz otuz kişilik bir orkestra yer alıyor. Karantina günlerinde, senfoninin dördüncü bölümü olan "Melodram"ı paylaştım. Bu bölüm; çok değişik enstrümanların hikâyeyi anlattığı, hüzünlü, sessiz, atmosferik bir bölümdü.

Bölümdeki en güçlü enstrümanlardan biri theremindir. Elektro manyetik dalgalar ile çalışan, boşlukta görülmeyen ama varsayılan noktalarda sesleri ve volümü bulan bir enstrümandır. Theremin; senfonide meleği temsil eder, onca savaş ve terör arasında "Melek Mezopotamya'yı korusun," demek ister.

Çünkü savaş, bu evrendeki en sert en anlaşılmaz şey!

-Diz boyu karlı bir gece...

"Nâzım Oratoryosu" nun 4. bölümü "Diz boyu karlı bir gece" şiiridir. Nâzım'ın, hapisteki dokuzuncu yılında yazmış olduğu çok yürek burkan, dramatik bir şiirdir.

Sıklıkla paylaşırım, hayatım boyunca şu sözler beni çok etkiledi:

"Sevmek, düşünmek ve anlamak"

Bir sanatçı olarak, hep yolumu aydınlattı. Hayatımda, çalışmalarımda bir yaşam biçimine dönüştü.

Yaptığını sevmek, bir şeyi anlamak ve üzerinde düşünmek (!)

Sevgide, müzikte, hayatta, her şeyde...

Nâzım, kendi hapis şartlarında "Yani yasak olmadığı için değil," der.

Oratoryonun bu bölümünde, bu şiire eşlik eden dev bir orkestra var. İfadelerin orkestrasyonu var. Obua, ksilofon, piyano, tüm yaylı sazlar ve bunların çaldıkları müzik motifleri, hepsi bir ifadeyi temsil ediyor.

"Koridorda sedyede ölen adam"

"İnsandan çok eşyaya benziyorlardı"

"Tonla ümit, tonla keder"

"Kediler"

"Bu iş bitti, tamam" gibi...

Şiirler büyük usta Genco Erkal'ın sesinden. Ve şef İbrahim Yazıcı yönetimindeki Fazıl Say Orkestrası...

- Bitsin bu kadans!

Arada bir "kadans" kelimesini duyuyorsunuz. Konçertoda kadans...Kemanın, orkestrasız tek başına kaldığı hem virtüöz hem şiirsel çaldığı bölümlere kadans adı verilir. Nâzım Oratoryosu'nun sekizinci bölümü olan "Hapisten çıktıktan sonra" bölümü; iki ana solistin korosuz ve orkestrasız yalnız kaldığı an, bir nevi kadanstır aslında.

Genco Erkal'ın aşılamaz Nâzım Hikmet yorumları ve şiirin müziğini, atmosferini anlatan hatta bazen hece hece takip eden piyano eşliği...

Şu günlerde bu eseri düşünüyorum.

Korona karantinasından çıktıktan sonra ne olacak?

Nâzım'ın hapisten çıktıktan sonra diyerek sorduğu sorular ile bir benzerlik var sanki.

Koronadan sonra!

Kurtulalım artık, bitsin bu kadans!

-Bir karanlık zaman şiiri "Sardunya'ya Ağıt"

Can Yücel'in "Sardunya'ya Ağıt" şiiri, bir 12 Mart şiiridir. Deniz Gezmiş'i de anarak, memleketin o günlerini anlatan bir hapishane şiiri... 12 Mart 1971 faşist askeri darbesinde, babam Ahmet Say da bir buçuk yıl hapis yatmıştı. Enteresandır, bugün Mamak'taki Ulucanlar Cezaevi'ndeki o koğuş müze oldu. Bu şiiri yirmi dört yaşımda yani 1994 yılında bestelemiştim. Prozodi ve fonetik olarak, iyi bir ritim çalışması olmuş diye düşünüyorum. "Sardunya'ya Ağıt", yıllar sonra Serenad Bağcan'ın güçlü yorumuyla "İlk Şarkılar" albümümde yer aldı.

- Yunus sırtındaki çocuk "Hermiyas"

"Hermiyas", mitolojideki Hermias efsanesinden esinlenerek bestelediğim bir eser. Özen Yula'nın hikâyeleştirdiği bu Ege efsanesinde, bir yunusla bir çocuğun sıcacık dostluğu konu alınıyor.

Bu eserde piyano sesi, aslında bir yunusun sesi. Toplam altı bölümlü, otuz beş dakikalık bir eser. Eserde Serenad Bağcan, Hermias'ın annesini canlandırıyor. Selçuk Yöntem ise etkileyici yorumu ile hikâyeyi izleyici ile buluşturuyor. Piyanoya, şef İbrahim Yazıcı yönetimindeki Bilkent Senfoni Orkestrası eşlik ediyor.

Çocukluğumdan beri çok sevdiğim, çok etkileyici bir dostluk ve dayanışma efsanesidir. Karantina döneminde eseri ilk kez internet ortamında kesintisiz yayınladık. Bir yunus ile Hermiyas'ın çok anlamlı öyküsünü, çocuklarınıza da dinletin. Zevkle izleyeceklerdir.

- Hezarfen Ahmet Çelebi'nin hazin hikâyesi

Sabahları "*ney*" dinlemek, bir nevi meditasyon.

70'li yıllar…

Hatırlayanlar vardır belki; sabahları erken saatlerde berberlerde traş olurken, radyoda ney çalardı.

Düşünüyorum,

Sabahleyin, ney ile huzur dolar insan.

Bu alışkanlığı, Almanya'da öğrenciyken, on sekiz on dokuz yaşlarımda bir süre devam ettirdim. Yurt odamda, sabahları Kudsi Erguner plakları koyar dinlerdim. O zaman Kudsi Erguner kayıtları, Avrupa'da bulunuyordu.

Daha öncesinde, 80'li yıllarda Ankara'da kompozisyon bölümünde öğrenciyken, hocamız İlhan Baran, bize Türk musikisini de öğretmişti. Beş yüze yakın makama hâkimdik. İsmail Dede Efendi'nin saba ve segâh makamlarındaki "Mevlevi Ayinleri"ni derste analiz etmiştik.

Ses uhrevidir. Sesler, sesleri doldurur. Sanki tizlere yükseldikçe, güneşin doğuşunu temsil eder. Ama hayatı da temsil eder. Ağlar ney, içten içe. Bizim yerimize gözyaşını ney akıtır, omuzumuzdan yük kaldırır. İçimizdeki bütünlüğü yaratır. Ve ney sesinin yeri ayrıdır.

* * *

Benim de bir ney konçertosu eserim oldu.

"Hezarfen"

Hezarfen Ahmet Çelebi'nin ilginç ve hazin hikâyesini anlatan bir eserdir. Eseri, Türkiye'nin en iyi neyzenlerinden biri olan Burcu Karadağ seslendirmişti. Burcu, az sayıdaki kadın neyzenlerdendir. Benim "İstanbul Senfonisi" eserimin de solistidir. Karmaşık Batı tekniği eserlerini de iyi okuyan ve çözen bir neyzendir.

-Karantinaya denk gelen "çocuk besteciler"

İstanbul Büyükşehir Belediyesi, "Çocuk Besteciler Yarışması" düzenledi. Bildiğim kadarıyla Türkiye'de ilk kez böyle bir yarışma yapıldı. Korona günlerine denk geldiği için, ödül töreni Nisan ayında internet ortamında oldu. Yarışmaya yüzlerce çocuk başvurmuş, bu çok iyi.

Yarışmadan da biraz bahsedeyim:

Yarışmada çeşitli yaş gruplarının kategorileri vardı. Ve çocuk bestecilerden, eserlerini video ve ses olarak kaydetmeleri, eserlerin notalarını yazmaları isteniyordu. İkinci aşamada ise, yarışmaya az bir süre kala çocuklardan bir de beste yapmaları istendi. Çocukların sadece enstrüman çalmalarını değil, onların yaratıcı güçlerini motive etmeyi ve onları müziğe karşı şevklendirmeyi amaçlayan bir faaliyet. Jüri üyeleriyle konuştum bu süreçte. Jüri, ülkemizin değerli müzisyenlerinden oluşuyordu. Bana çocukların seviyelerinin çok yüksek ve yollanan tüm bestelerin güzel olduğunu, bundan mutluluk duyduklarını söylediler. Pozitif izlenimlerdi bunlar. Ödül törenini internetten izledim. Ödül alanların yanı sıra, ödül alamayanlar da vardı elbet. Hiçbir çocuğumuz üzülmesin. Daha güzel besteler yapmaya, yaratmaya, çalışmaya, öğrenmeye devam.

Bakın, dünyanın en büyük sanatçıları bile çocukluklarında, gençliklerinde birçok yarışmada, sınavda hüsrana uğramıştır. Tarih bunlarla doludur. Mesela Mozart'ın herhangi bir ödül kazanmışlığı yoktur. O yüzden sevgili çocuklar ve aileler; yola devam, seneye başarılır. Olmadı beş, on, belki otuz sene sonra başarılır. Mühim olan, bu işi sevgiyle yapmaya devam etmek.

Bestecilik yarışması, performans sanatlarından elbette daha zor bir konu. Hele ki çocuklarda! Çocukların bestelediklerini yazmaları, doğru notaları, doğru ritimleriyle kâğıda dökmeleri zor iş. Hocaların ve ailelerin yardımını gerektirebilir. Tecrübe ve emek konusudur. Şunu unutmamalı; edebiyatta, müzikte, tüm sanat dallarında, çalışarak hep daha iyisine varılır. Türkiye'nin her yerinde fevkalade yetenekler var ve memleketin gelecekteki bestecilerini, daha çocuk yaşta keşfetmek bu toplum için önemli.

Katılan tüm çocuklarımızı kutlarım, seneye yine katılsınlar. Daha çok katılım olsun.

Not: Yarışmaya Antalya'dan katılan ve kendi kategorisinde ödül kazanan yedi yaşındaki Nesibe Sultan; önce bestesini piyano ile çaldı. İstanbul Büyükşehir Belediye Başkanı Ekrem İmamoğlu görüntülü bağlantıdaydı ve Nesibe'yi kutladı. Nesibe durdu durdu ve İmamoğlu'na: "Okullar ne zaman açılacak?" diye bağırdı. Güldürdü hepimizi. Karantina dönemine denk gelen yarışmanın hoş bir anısı oldu bu. Ben de yazıya not düşmek istedim.

-Bir doğum anının sesi gibi "mırıldanmak"

Çalarken mırıldanmak, benim ve pek çok piyanistin eleştirildiği bir konudur. Buna; Glenn Gould, Keith Jarrett, Horowitz, Brendel, Gulda gibi sayamayacağımız kadar çok, büyük usta da dâhildir.

Peki nedir bu mırıldanma?

Niye olur?

Sebepleri nedir?

Önüne geçilebilir mi?

Dinleyen rahatsız mı olur?

Yoksa dinleyen, sanki kayıt yapan piyanistin yanında oturuyormuşçasına samimi mi hisseder?

Aslında mırıldandığımız şey, müziğin melodisi değil. Başka sesler… Yani çaldığımız melodiye, mırıldanarak eşlik ediyor değiliz. Bu sesler isteğimiz dışında çıkıyor. O an, o seslerin çıktığını bilmiyoruz ve fark etmiyoruz. Buna alışkanlık demek de zor. Dünyadaki çok sayıda piyanistin kayıtlarında bu insan sesleri; hohlama, nefes ve mırıldanma mevcut.

Ruh vücudu yendiğinde, müzik sanatı başlar.

Yürek eli yenmeli.

Bu zor bir konudur.

Bakın,

Piyano özünde bir vurma sazdır. Piyano çalmanın özü de vurma saza şarkı söyletmektir, resim yaptırmaktır, onu şiirselleştirmektir. Piyanist, yaylı sazlar ve nefesli çalgılarda olduğu gibi şarkıyı daha doğal bir yolla elde edemez. Uzayan sese müdahale etme, sesi değiştirme, büyütme, renk katma şansı azdır. Piyanoda basılmış bir sesi, sonrasında fiziksel olarak değiştirmek mümkün değildir, ama metafiziksel olarak mümkündür. Pedal ve renk oyunları ile, renk paleti ile şarkıyı yaratırız.

Benim tüm kayıtlarımda, sıkça dinlediğiniz İlk Şarkılar'da, Nâzım Oratoryosu'nda ya da Beethoven sonatlarında var bu sesler. Mesela sonat kayıtlarında, aynı pasajın mırıldanmadan olan çalışları da var elimizde. Sonuçta her sonatı on on beş kere kaydettim. Bunların içindeki en iyi, en sihirli, en şarkılı, en ilginç olanını seçtik. Daha somut çalışları da seçebilirdik. Ancak bu büyülü anları yaratırken ki çalışlarda "o ses" hep oluyor.

Aslında bunu tarif edecek özel bir kelime olmalı, çünkü olay sadece piyano çalarken mırıldanmak değil. Benlik ve ruh büyük şarkıyı çıkarırken; vücudun bir reaksiyonu, vücudu yenmiş bir ruhun hâli…

-Berlin "Amrumer Strasse" yıllarının hayat öğretisi

1993 yılı Almanya, Berlin… Yirmi üç yaşımdayım. Artık öğrencilik bitmiş, hayata atılmanın ilk yılları. Ayda yaklaşık 1300 mark filan kazanıyorum. O dönemler Almanya'nın para birimi, euro değil mark idi. Sonra tedavülden kalktı. Ekstra konserler olursa ne âlâ. Bir de müzik okulunda asistanlık, özel öğrenciler…Ev kiram 550 marktı. Buna diğer giderler de eklenince, biraz kıt kanaat geçinebildiğim dönemlerdi. Hele ay sonlarında durum daha da vahim oluyordu. Hep eksideydim.

Bir keresinde 700 mark eksideydim. Kartım çekmedi. Bankaya gittim. Bir yetkiliyle görüşüp, dedim ki:

"Hiç param yok, ekmek su alacak 5 markım yok"

Adam Alman, hem de çok Alman!

Bana;

"Her Zay, para konusunda size bir iyilik yapabilirdim ama yapmayacağım. Bu dünyada herkes parasını hesap etmek zorunda. İyi günler dilerim," dedi.

O gün ekonomik realiteyi bayağı öğrendim. Hayatımda bir kere daha bu muhabbet olmadı nitekim.

* * *

Yıl 1994, yine Berlin.

Yabancıların Almanya'da kalması o yıl çok zorlaşmıştı. Berlin Duvarı'nın yıkılıp, iki Almanya'nın birleşmesinin üzerinden sadece beş yıl geçmiş. Henüz Doğu Almanya ekonomisi diye bir şey yok, her şeyi Batı Almanya sırtlanmış. Mülteciler, işçiler, yabancılar... Sayıları gün geçtikçe artıyor ve Almanya sert önlemler döneminde.

Amrumer Strasse'deki yabancılar dairesinin adı; *"Auslaender Amt"*

Sabah beşte kuyruğa girerdik, işimiz ancak öğleden sonra biterdi.

Bir yıllık oturma izni, sanki altın madeni bulmuş gibi kıymetliydi.

Hayatım boyunca, normal bir Türk vatandaşı pasaportu dışında özel bir statüm olmadı. Her şey ama her şey, hep doğru düzgün oldu hayatımda. Ve hiçbir zaman müşkül duruma düşmeyi sevmedim.

1995 yılında, New York'a taşındığımda mutluluktan havalara uçuyordum. Çünkü Amrumer Strasse yıllarında, Almanya bana müşkül olma durumunu hissettirmişti.

Tek bir sebepten kırgındım.

Sert olmakta haklı ama niceliklerde haklı değillerdi.

Aradan yıllar geçince unutuluyor hepsi. Onlar da değişiyor, bizim anılarımıza bakış açılarımız da değişiyor.

Nitekim, her şey tekrar dostluğa dönüyor.
Hayat bir öğreti, sonsuz bir okul.

-Hocam David Levine'in bana mirası "Schubert"

Avusturyalı besteci Franz Schubert, otuz bir yaşında frengiden ölen ve hayatı boyunca Beethoven'in gölgesinde yaşamış dâhi bir besteci... Ah ne güzel müziktir! Ben Schubert'in sonatlarını çok ihmal ettim. Beethoven ve Mozart'a olan tutkum, ona zaman bırakmadı. Onun "Alabalık Quintet" eserini sık sık çalarım. Yıllar önce bir şan başyapıtı olan "Winterreise" yi çalardım. İyi bir tenor veya bariton ile bu esere yeniden dönmek istiyorum.

Hocam David Levine, çok güzel Schubert çalardı. Öğrenciyken epey çalıştırmıştı beni. On sekiz yaşımdaydım ve bir şeyi keşfetmenin heyecanı ile, şu yazdığım cümleyi ilk ona söylemiştim:

"Hocam, Schubert çok kendine has. Öyle anlar yaratıyor ki, minör melodiler mutlu ve umut taşıyor. Majör tonalitelerin özünde ise hiçbir bestecide olmayan bir hüzün var."

Hocam Levine de;

"Bak, bunda haklısın. Onu anlamaya başladın," demişti.

Karantina günleri devam ediyor. İstanbul'daki evimdeyim. Mahallemde büyük bir sessizlik var. Bütün gün Bach'ın "Goldberg Varyasyonları" eserini çalışıyorum. Sabahın köründen, akşamın bir vaktine kadar... Mahallemdeki insanlar, komşularım; "Fazıl keşke Urla'da kalsaydı buraya dönmeseydi," demiş olabilirler. Bir süre daha Bach çalışmaya devam edeceğim. Çala çala büyüyecek eser.

Bu sessizlikte aklımda bir de Schubert'in sonatları var.

Hocam Levine derdi ki:

"Büyük Alman başyapıtlarını çalmak lazım; Bach'ın

Goldberg Varyasyonları'nı, Beethoven'in sonatlarını ve Schubert'in son sonatlarını..."

Şu dönemde bana kendini hatırlatıyor hocam!

- Bach'ın kılıç düelloları

Johann Sebastian Bach'ın ilk karısından sekiz, ikinci karısından on iki olmak üzere, toplamda yirmi çocuğu oldu. Elimizde kalan bin yetmiş eseri var. Eserlerinin yarısının kayıp olduğu biliniyor. Bach'ı insan olarak sevin ya da sevmeyin, gelmiş geçmiş en büyük müzik dehasıydı.

Max Reger şöyle der:

"Bach, bütün müziklerin başı ve sonudur."

Hayatım boyunca beni düşündüren, iddialı bir cümle.

Bach, aynı zamanda büyük bir küfürbaz. Kendisine hakaret edenleri, küfür edenleri, müziğini beğenmeyenleri düelloya davet ederdi. Ya ölürsün ya kalırsın denilen, bildiğimiz kılıç düellosuna bir davetti bu.

Sinirli adammış!

Mesela Rus şair ve yazar Aleksandr Puşkin, henüz otuz sekiz yaşındayken, bir düelloda hayatını kaybetti. Bach ise, altmış beş yaşına kadar yaşadı. Barok dönem için bayağı bir uzun. Eceliyle ve yaşlılıktan öldüğüne göre, bu düellolar ne oldu? Tahmin yürütelim, çok can yakmıştır!

Şimdi,

Bu büyük deha, 1750 yılında ölmeyip, yaşamaya devam etseydi; kime ne derdi? Özellikle kendinden sonra gelen bestecilerle ilgili ne düşünürdü?

Tüm dünya bu konuyu düşünmüştür. Sorgulamıştır.

Bence siz de bir düşünün, eğlenceli olacaktır.

Benim kişisel naçizane tahminlerim şöyle:

Mozart'a,

-Ah haylaz çocuk ah, hiçbir şey öğrenmedin.

Beethoven'e,

-Bu mudur benden kalan ah akılsız, bunu mu öğrendin? Utan, utan! Sağır olunca mı füg yazmak geldi aklına? şayse şayse!

Chopin'e;

-Ya bu Polonyalı çocuk yeteneksiz değil, melodi yazıyor yazmasına ama hiçbir şey bilmiyor yazık! Schubert'e,

-Herkesin müzisyen olması gerekmiyor.

Wagner'e,

- Başka meslek bul kardeşim!

Bu liste böyle devam eder. Bir de bence 1905-1920 yılları arasındaki müziklerde bir dururdu, ilgisini çekebilirdi. Kızardı ama ciddiye alırdı. Debussy, Stravinski ve Schönberg, ona ters gelse de ilgisini çekerdi. En azından onları düelloya davet ederdi(!)

Sonra 70'ler, 80ler, caz ve popun iyisi…Bence hoşuna giderdi.

Art Tatum, Keith Jarrett doğaçlamaları, Michael Jackson MJ dansları ilgisini çekebilirdi.

Kim bilir?

-Eleştiri, kötü bir tarih oldu

Ece ile sık sık Rus besteci Rahmaninov'un piyano konçertolarını dinleriz. Özellikle iki ve üç numaraları konçertolar… Bunlar; duygu yüklü, görkemli, virtüöz ama şiirsel, başyapıt eserlerdir. Bu eserleri Fransız meslektaşımız ve dostumuz Helene Grimaud'dan dinledik. Çok güzeldi. Argerich'den dinledik, Zoltan Kocsis'den, yenilerden ayrıca Gürcü dostumuz Katia Buniatishwili'den…

Hepsinin kendine has tarafları var elbet.

Hepsi lezzetli.

Kimi Monet sergisi, kimi Klimt…

Kimi Cemal Süreya, kimi Turgut Uyar…

Daha iyi sergi, daha iyi şiir mi var?

Bu, estetikte de yorumlarda da kişisellikte de böyle bir şey. İnsan sanatını yapıyor. Dünya mükemmel olmadığı için yapıyor bunu!

Rahmaninov eserlerinin çok sayıda kaydı var. Eskilerde, Horowitz ve Richter gibi efsanelerinkiler de dâhil. Hatta mevzubahis Rahmaninov olunca, bestecinin 1930'lar ve 1940'larda kendi çalışlarının kayıtları da var. Önemlidir. Hep merak ederiz ya Bach, Beethoven ya da Chopin'in kendisi nasıl çalardı diye.

Bir ara düşündüm; Helene veya Katia çalarken, ne güzel bir yetenek ve emek harmanlanması çıkıyor ortaya ve buna eseri çok defa çalmanın tecrübesi de ekleniyor.

Şimdi, konumuz;

Bu yeni icralar için yapılan eleştiriler, maalesef hep bir noktada tıkanıyor.

Mesela,

"Helene iyi çalmış ama Horowitz'i asla aşamamış ya da Katia, Richter'e, Argerich'e yaklaşamamış bile," gibi eleştiriler…

Bu ve bunun gibi zırvalıklar!

Bunlarla ömür tükettiler. Ve eleştiri olayının da sonunu getirdiler.

Yahu kardeşim! Bu sanatçıların hiçbiri, geçmişte eseri çalmış birini aşmak için çalmıyor ki eseri. Kendi hedefleri, kendi hisleri var. Onları aşmaya çalışıyorlar. Dünya için, aktarmak için, akış için çalıyorlar.

Hiç kimse, hiçbir eseri çalmasın o zaman.

Eskiler nasılsa çalmış hepsini.

Eee, n'apalım?

Müzik yapmak mı bitsin?

Ve tüm bunlara kim karar veriyor, uyduruk bir eleştirmen mi? Yani "eskiden çalan daha iyiydi, bu yeni çalan kötü," diyenler; bunu bir tek onlar mı biliyor? Bu hep mi böyle?

Kötü bir tarih oldu bu iş. Bütün bunlar on yıllarca süren saçmalıktı, son beş on yıldır da eleştiri hükmünü yitirdi. Bunun tek suçlusu da bu işi yanlış yapanlar oldu. Çoğunluktaydılar. Ve onların yaptıkları eleştiriler, sosyal medyadaki herhangi bir yorumdan daha değerli değil artık.

İyi etmediler.

-Bardağın havada asılı kaldığı büyülü anlar

Serenad Bağcan'ın Nâzım Oratoryosu'ndaki dokunaklı anları, bardağın havada asılı kaldığı büyülü performanslardan biridir. Nâzım'ın hasret ve sevgiyi buram buram hissettiren dizelerini, sesiyle bizlere böylesine derin yaşatabilmiştir. Memleketim parçasını besteledikten yirmi iki yıl sonra, bu eser Serenad'ın sesi ve performansıyla buluşmuştu. Ne mutlu bana! Bu tılsım, bin kadroya bedeldir benim değer yargımda.

Şimdi bazı farkındalıklara da değinmek isterim; bundan altı yedi yıl önceydi. Serenad'ın çalıştığı devlet kurumu, kurumun müdürü, şefi; onun benimle konserler vermesine "izin vermeme" kararı almışlardı. Akabinde Serenad, "sanatını yapmak için" erken bir emeklilikle ayrılmıştı koro kurumundan. Kimin sanatı yalan ya da yalanı sanat, gayet iyi biliyoruz. Bahsetmeye gerek yok. Serenad gerçektir, yaptığı sanat da. Gerçek olan duyarlılıklar, yorumlar, ifade yaşanmışlıkları; bu topluma, bu dünyaya katkıdır. Serenad'ın insan kumaşı da iyi bir dokudur.

Kısa bir parantez açayım; ben gün doğmadan uyanıp, çalışmayı, üretmeyi seven bir insanım. Hep daha iyisi vardır, buna ulaşılmalıdır çalışarak ve üreterek. Bunun da kadrosu olmaz kardeşim! Bu yüzden kadro, hep bana uzak bir kavram oldu. Ama içinden geçtiğimiz şu korona salgını günlerinde, en zor durumda kalan kesimlerden biri de kadrolu olmayan sanatçılar oldu. Her ne kadar hep kadro karşıtı olsam da bugünlerde memleketimde kimin zor durumda kaldığını fark ediyorum. Korolarda, orkestralarda kimler ne zor durumlarda kaldı. Şu zor günlerde bunu hatırlayın, bilin istedim.

Serenad Bağcan & Fazıl Say
20 Temmuz 2020 – Şu Dünyanın Sırrı albüm kaydı

-Şu Dünyanın Sırrı

Bazı dönemler, "içinden ne geliyorsa, onu yap" diyorum kendime. Ve içimden yine şairlere dönmek, şiirlere şarkı olmak geldi. Yirmi dört yaşımda, ilk şarkılarımı bestelerken hissettiğim heyecanıma geri döndüm. Bir şiiri bestelerken hangi dünyadayım? Belki de sadece kendi dünyamdayım. Bugüne kadar pek çok şarkı ve vokal eser besteledim. *İlk Şarkılar* (2013), *Yeni Şarkılar* (2014) ve *Güz Şarkıları* (2017) albümlerinin ardından *"Şu Dünyanın Sırrı"*; aklıma, ruhuma dokunan şiirlerin yer aldığı dördüncü şarkı albümüm.

Her şiiri, her şairi piyano ile uzunca anlatmak istediğim bir müzik doğdu bu albümde. Tüm şarkılar, Serenad Bağcan'ın güçlü sesine emanet. Büyük oranda şan ve piyanonun başrolü oynayacağı yalınlıkta, görkemli bir orkestrasyondan uzak, yaklaşık 60 dakikalık bir müzik. Sadece Pir Sultan ve Kaygusuz Abdal'da Aykut Köselerli'nin performe edeceği davul ve vurma saz var. Bir de Sabahattin Ali eserinde viyolonsel kullandım. Onu da hepinizin çok beğeneceğine inandığım genç yetenek Jamal Aliyev yorumlayacak.

Albümde 20. yüzyıl Türk edebiyatından üç şairimizin eseri yer alıyor: Metin Altıok'un felsefi ve güzel şiiri *"Kendinin Avcısı"*, Aziz Nesin'in *"Sıvas Acısı"* ve Sabahattin Ali'nin *"Ruhumun Dalgaları"* şiiri. Ayrıca yüzyıllar öncesinin mirası olan Kaygusuz Abdal, Pir Sultan Abdal, Yûnus Emre, Ömer Hayyam şiirleri var. Bu toprakların şiirlerini bilmek gerek. Yüzyıllar sonrasında, aynı seslerin armonisiyiz sanki. Bu buluşma tarihin içinde yolculuk gibi. Dinlerken vardığımız yer, yüzyıllar öncesi bugün! Bu şiirleri bestelerken, kendimi şairlerin denizinde buldum. Şimdi her birinin şiiri, benim denizimde...

-Son birkaç söz ...

Düşünceler yola çıkar.
Ve her düşüncenin kendince bir yolu vardır.
Kimi kısacık bir yola,
Kimi bir ulusa ulaşan yolculuğa,
Kimi de tüm insanlar için, bir dünya yoluna çıkar.
Bazı düşünceler de kalıcı ve uzun vadeli bir dünya yolculuğunda evrene uzanır.
Her düşüncemiz başka,
Ve hatta farklı yapılarda da olsa,
Hepsinin tek bir ortak özelliği var özünde.
Bu yolculukların hepsi, bizim içsel yolculuklarımızdır.
Benim dünyama ortak olan herkese, sonsuz sevgiyle…